ZHULAN
HUA

珠兰花

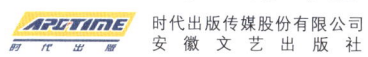
时代出版传媒股份有限公司
安徽文艺出版社

杨有华 ◎ 著

杨有华，1964年4月出生，黄山市作家协会会员，供职于休宁县源芳乡政府，曾获黄山市"五一劳动奖章"。

ZHULAN
HUA

珠兰花

杨有华 ◎ 著

时代出版传媒股份有限公司
安徽文艺出版社

图书在版编目（ＣＩＰ）数据

珠兰花/杨有华著.—合肥：安徽文艺出版社,2024.3
ISBN 978-7-5396-7826-9

Ⅰ．①珠… Ⅱ．①杨… Ⅲ．①长篇历史小说－中国－当代 Ⅳ．①I247.5

中国国家版本馆CIP数据核字(2023)第147762号

出 版 人：姚　巍
责任编辑：宋潇婧　　　　　　装帧设计：张诚鑫

出版发行：安徽文艺出版社　　www.awpub.com
地　　址：合肥市翡翠路1118号　邮政编码：230071
营 销 部：(0551)63533889
印　　制：安徽联众印刷有限公司　(0551)65661327

开本：700×1000　1/16　印张：19.25　字数：236千字
版次：2024年3月第1版
印次：2024年3月第1次印刷
定价：88.00元

(如发现印装质量问题，影响阅读，请与出版社联系调换)
版权所有，侵权必究

前　　言

我是一个乡级的普通公务员，未曾想过写小说，也没相信自己能写出小说，但还是凑合着写了。

我出生在休宁县璜尖乡一个大山里，也在这大山里工作，2002年调离璜尖乡，到源芳乡任财政所所长，不管怎么说，走出大山了。可刚来的那阵子，这个乡实在太穷，比原来大山里的璜尖乡还穷，让我多了几分怨气，没办法，硬着头皮干吧，做了一些事。财政慢慢地有所好转，考虑到发展旅游，需要写点对外宣传材料，于是我学起斯文，写点材料，可资料来源少之又少，就开始挖掘，功夫不负有心人，在后来的岁月里找到不少历史资料，因此，整理出来源芳、璜尖境内仰山的历史材料，以致人家给了我一个"仰山研究学者"的称号，实在是过奖，但于我来说，倒是一种欣慰。

源芳乡有幸在2009年开发了旅游项目，源芳从此走上了发展旅游之路。我因此爱上了这块土地，工作之余经常做一些文字方面的事。一次偶然下村到凹上自然村，"乾隆十九年"五个大字赫然映入眼帘，那是一老房墙角上的垫脚石。出于好奇继续察看，隐隐约约地知道是当年的一块禁事碑。凹上村在2018年建村级美丽乡村时，取出了这块埋在墙脚下的碑，才知道休宁县在乾隆年间曾经生产过珠兰贡茶。当时休宁县衙的吏员,利用休宁县向朝廷进贡珠兰贡茶的机会,大做文章,加大摊派数量;大肆压低价格;还在秤上做手脚,从中非法获利,造成当时多地保长无法承受,导致以孙汉臣为首的众保长把此事告到徽州府衙,最终徽州知府何达善,主持公道,追回非法获利,并立碑予以禁示。这是一个典型的民告官的成功案例,在休宁实属罕见,清朝也有好官,上忠朝廷,下抚黎民,做了一些好事。

  弹指一挥间,我在源芳工作了整整21年,把一辈子最美好的时光融入了这块沃土。我总想着再为这里做点什么,心头老惦记着那块古碑,想写可又缺少这方面的经验,多少次试图放弃,出于对这块土地的情怀,让我如鲠在喉,直到近年,我终于下定决心做这件事。我不再局限于源芳,而是全身心投身到对徽州文化的学习探索之中,不懂就问,让我对徽州文化博大精深的认知更上一个高度,读徽州历史文化,如品陈酿美酒,越品越有味,最终想到把徽州历史文化结合到一起,融入这块碑文的故事里,于是就有了这部小说。

杨有华

2023 年 5 月

目　录

前言 / 001

一　新安江上远行人 / 001
二　夫妻久别胜新婚 / 008
三　再次放排新安江 / 012
四　正是农忙三月天 / 016
五　遭遇抢夺幸化险 / 021
六　挣得大钱全家乐 / 024
七　徽州之古城休宁 / 028
八　迎来送往忙开局 / 035
九　丁峰塔下忆家乡 / 042
十　登齐云拜访名山 / 045
十一　宏伟建筑太素宫 / 051
十二　祸从口出毁终身 / 058
十三　严惩恶吏不手软 / 062

十四　惩恶少赢得民心 / 065

十五　参佛事下访民情 / 068

十六　计划赶上了变化 / 074

十七　放开手脚忙秋伐 / 077

十八　选择吉日上房梁 / 080

十九　黎阳庙会好热闹 / 083

二十　徭役税赋理还乱 / 086

二十一　山里农人无闲事 / 091

二十二　一切是那么新鲜 / 096

二十三　兴水利重教优老 / 100

二十四　家家户户忙大年 / 104

二十五　大年乡远去不得 / 108

二十六　孩童上学先学礼 / 113

二十七　入学先拜孔圣人 / 117

二十八　借力杭州开木行 / 120

二十九　一朝成名天下知 / 124

三十　休宁会试大丰年 / 128

三十一　新安江畔商贸忙 / 131

三十二　赚得个盆满钵满 / 137

三十三　买条黄牛学种田 / 142

三十四　当铺老板智退款 / 147

三十五　县令明断盗伐案 / 150

三十六　遭遇洪水吃大亏 / 157

三十七　屋漏偏逢阴雨天 / 161

三十八　改行种起桑田园 / 165

三十九　县令计擒偷盗贼 / 169

四十　种田种桑也惬意 / 174

四十一　忙趁东风放纸鸢 / 179

四十二　赌博无果终悔改 / 183

四十三　新安中医亦神奇 / 188

四十四　天有不测之风云 / 192

四十五　设陷阱从中牟利 / 197

四十六　学生意先学算盘 / 202

四十七　点破危机化险情 / 207

四十八　感恩人传授秘技 / 211

四十九　创业方知有艰难 / 215

五十　生意开始有起色 / 220

五十一　灾年倾力救乡民 / 223

五十二　进京城商议报灾 / 229

五十三　觐见皇上求救灾 / 233

五十四　施诡计巧取小利 / 238

五十五　修会馆留得英名 / 242

五十六　相见恨晚春心动 / 248

五十七　不会相思更相思 / 251

五十八　新安江畔的倩影 / 255

五十九　好男儿尽显柔情 / 259

六十　　贡茶迎得好势头 / 264

六十一　有情人未成眷属 / 269

六十二　官差舞弊惹民愤 / 273

六十三　作弊殃民终露馅 / 277

六十四　守节艰难赴黄泉 / 282

六十五　众人议事撰告状 / 289

六十六　威严的徽州府衙 / 293

六十七　公正知府惩奸弊 / 295

一　新安江上远行人

"拜——河——神——!"所有放排人一齐面向大河连磕三个响头,这是放排人为保平安归来所举行的仪式。休宁县上溪口朱家坑冰潭河上,一条条长长的木排沿河摆开,河岸上人群聚集,一个个放排人手持三炷燃香,只听得领头人朱昌九一声高喊:"河神菩萨在上!我等向河神菩萨敬酒了!敬请河神菩萨保佑我等放排人平平安安!"说完将一碗酒倒入河中,再行拜河神的大礼。

"开排了——开排了——"礼毕之后,随着朱昌九这位排头掌舵人一声吼,摆动排头,后面的人拿起撑篙轻轻一点,木排跟着水流动起来了,整个河面也跟着动起来,像冰河解冻,河面发出了阵阵声音,伴随着放排人的笑声、叫声。河面上这无数的木排正逐条启航,向着远方劈波斩浪,前后的队伍绵延数里,浩浩荡荡。

这是乾隆六年(1741)的二月初,望春花刚刚开放,冰潭河在雨中,时而大雾压低,时而雾开云散,一河清水开始涨起来,两岸山上的樱桃花开得最早,白色的、粉色的,把青山装扮成花的世界,春天在樱桃花、望春花的带领下,向人们一步步走来。这朱昌九乃朱家坑人,是当地有名的头排人,他这

年28岁,是这一班放排人的领头。他放排已有十年历史,两年前开始掌舵,他家住在溪口一个小山村,长得人高马大,一身强健的体魄,一头的乌发,留着个大辫子,下巴上留一撮小胡子,黑魆魆的脸上时常笑眯眯的,把着排棹,或左或右,直把水面打得啪啪炸响。

冰潭河水叫渐水,自大鄣山东流120里至冰潭—江潭—溪口,又流170里至屯溪汇吉阳水,再流60里到歙浦,下为新安江,后达杭州入海。

朱昌九这条排上有四个人,他掌舵,中间是胡万余,40岁,只是一头的乌发中多了几根银丝,他的头发不是那么粗壮,辫子显得细了许多,留小胡子,穿的衣服很旧,还有几处补丁,但很得体,人长得瘦但显得很精明。接下来是木材老板吴韵,中等个,理了个大清头,辫子要长一点粗一点,也留小胡子,衣着较为讲究,人也精神,一看起来就像个先生,他同样拿一根撑篙,动作娴熟,撑排的技术不差哪个,单独看这几篙子的功夫,同样是个撑排的能手。最后则是汪永根,30来岁,留着粗黑的辫子,小个子,没一点胡子,衣服挺旧的,嘻嘻哈哈的,人很热情。这其中,只有吴老板一个人穿的是布鞋,其他人穿的是清一色的草鞋,排上架了四个篷子,最后面还带了一些大杉木。

朱昌九一行7条排都是吴老板一个人的,装这一大批的木材也花了不少时间。吴老板共买了100多亩青山,这次下山的杉木仅仅是其中的一部分,二月的水还是很冷的,刚下到水里的时候,一个个都呀了几声,一会才慢慢适应,放排人的脚一天几乎浸泡在水中,木排或快或慢,距离拉开后,在绿水青山中晃悠悠地前行,两岸的古树、竹海、人家慢慢隐退向后离去,木排顺江流而下,水中倒映着的崇山峻岭,就像一幅幅山水画,很有一番情调,有诗云:水面奇峰云作帏,波心文石锦成堆。篙师下濑莫容易,迟我停桡饱看回。可这些撑排人是不能轻易回头看的,在他们的眼中,只能向前看。他们过三江口这一带都很慢,上水船、下水船、竹排、木排,航道十分拥挤,只好缓缓而行,到了屯溪还有一道手续需要老板去办理,就是纳银,即交税。清代休宁县的户房在屯溪设有收税的官差,负责过往船只、木材、茶叶的税收。官差上排一看:"哦,又是吴老板喔,看你小子发大财了。"没等官差开口,吴韵老板便迎上去,塞过几两银子。毕竟是多年的老板,懂得江湖上的"潜规则",吴老板试图讨价还价,要知道当时税率不是那么规范,只是个大致,一切由当差的说了算,当差的乘此机会多捞点油水,大家都这样,只要不弄出大问题即可。官差点了点数,也就是做了个样子,最后交了20两银子便放行。到傍晚过草市,正是:"才过草市溪边舍,复转岑山月下砻。"过了草市就等于出了休宁,江面逐步开阔起来,船和木排稍稍拉开了距离。

行进了一天,朱昌九他们找到一水平处,是他们晚宿的老地方。大家把排一一系好,来到河滩上,拿出黄烟袋中的打火石,熟练地把火生着。而后每四五个人一伙,垒锅烧水做饭,顺便烤烤衣服。放排人中午是不烧饭的,简单吃点填下肚子。河滩上燃起了袅袅的炊烟,主菜是咸菜,一起将就着吃顿饭。放排人整天泡在水里,容易得风湿,所以少不了喝酒来舒筋通络,活血祛寒。放排的男人大多喜欢喝点酒,但他们出门在外都很节制,喝酒有度,一天辛苦下来,晚上无论凄风苦雨,都睡在木排中间的竹帘篷里,以驱走白天的疲劳。

徽州的奇山异水,天下独绝。晨曦刚刚露白,放排人在叽叽喳喳的鸟鸣声中醒来,山谷间晨雾如乳,或升或降,山峦隐现,宛若仙境。汪永根笑哈哈地对大伙说道:"我这晚上做梦还是抱着老婆睡,真是太开心了。""那是你抱到我的脚了"胡万余一说,把大家逗得哈哈大笑。"出门老想着老婆,也不丢人,这家伙。"你一言我一语,闹完后大家起来简单地吃点早饭又出发了。江面越来越阔,晴日里两岸五彩斑斓,成群的白鹭开始在江上翻飞,放排人的心情越来越好,新安江也显得越发美丽。他们仿佛躺在母亲河里,尽情地享受着这美好的时光。但桃花水季节时雨时晴,也没个定数,需要经过长时间的奔波进入浙江地界,正是:界口东来水势宽,山夷水远到淳安。

下午天空又开始下起雨来,再向前有多处高坝和险滩,一会儿来到一处高坝。坝高有一丈多,第一节的朱昌九摘下箬笠,脱去蓑衣:"你们都往后站,省得下水。"说完迎头直面着雨水,朱昌九的头排一个猛子插入水中,人整个身子随着排下去,一直潜入水中,只露出个头。他倒是镇静,紧紧抓住棹手,屏住呼吸,随着水流下沉到四五丈开外的水域才慢慢浮了上来。后面的两个人下水要浅些。吴老板倒是老手,早早地跑到后边,没打到什么水,头排朱昌九则是全身湿透,一连打了几个寒战,嘴唇被冻得发紫,等到一水平处,找出酒壶猛喝了几口:"再叫你冷,叫你冷。"放排人都是以酒驱寒。整个新安江水系还有不少的高坝需要这样通过,下高坝只要排不散,心理素质好,就不会有大事。

江面上有船道和排道,相比较排道要险得多,真正让他们担心的是险滩。行到太阳偏西,"停!停!停!"朱昌九高声叫停了这九条排,大家全部停排检修,再过一里路就是最险的老虎滩了,此处的水平而且浅,正好停下检修。像过老虎滩这类险滩前,朱昌九每次都要喊道:"大家一定要拉开距离,防止前排停下后面的排刹不住,撞向前排。"嘱咐了又嘱咐。一时间各条排上大家忙得不亦乐乎,在确定整修完成后,朱昌九跟后面的万余、永根说,一定要按我说的做,到时候听我的,这老虎滩的惊险是出了名的,常言说:老虎滩呀老虎滩,十个壮汉九个寒。这老虎滩年年都出事,暗石多,弯道急,处处都是险地。朱昌九一再叮嘱万余和永根,胆大心细。吴老板是高手,不用说心里有底,虽然过了无数次的老虎滩,但每一次都是险象环生。朱昌九开始出发,叫大家听他的号令,左撑篙,右撑篙……很快他们的第一条排过了老虎滩,朱昌九松了一口气,停下,他独自绕山赶到后面的排上,一一告诉这次的水势、方向,才让他们下滩。他又跟到最后一条上压阵,在行至一处拐角时,最后一节的朱小树撑慢了点,最后面的几节排甲还是撞到暗石上,"撞上了,撞上了",前排走不了,朱昌九转身望去,后面几节呼啦啦一下压叠上来,"快点转身向后跳,快快!"后面的朱小树,迅速地转身起跳,一节一节地过,直到最后才稳下来。"好险呀!"几个人一起到该处,大家一齐用劲把排甲①从山边的石头上移入水中,重新出发。此时的朱昌九还在万分的惊恐中,要知道朱小树如果来不及跳或者跳慢了,后面的排压上来,不死即伤,朱小树也是他带出来的,只有17岁。

有不少地方看似平静,实则暗流涌动,漩涡丛生,如果一旦转入,必是排毁人亡,这就要老手带路,朱昌九久经风浪才能混到今天的掌航。像这方面他经验足,所以每到这类地方,叫大家跟着他行进的路线走,一般不会有事,到漩涡前,都要叫前排把话传到后排,跟传口令一般。

这长长的木排在新安江上穿行,自冰潭到钱塘江,将近500里的路程,沿着烟雨迷蒙的水面,自冰潭河出发经过溪口、五城、龙干、屯溪、浦口、渔梁坝、深渡、街口、富春江,一路上克服了无数的艰难险阻。过了富春江,江面逐渐开阔起来,天又放晴了,此时朱昌九他们眉开眼笑,正所谓"七分酸苦三分甜"。放排人也是如此,现在他们的心都放松下来,没有高坝险滩,在这新安江上行走,几天的水上行,让他们一个个胡子拉碴的,好像一下子老了好多。

---

① 排甲:休宁县对整条木排中一小节的称谓。

到达钱塘江码头的第一件事便是去剃胡子,大家你笑我我笑你的,开心不过。吴老板则去找东家把杉木全卖了出去,把放排人的工钱也开了。朱昌九是领头,一天有150文钱,其他每人每天有80—90文钱不等。大家兴致勃勃地购好物,起身踏上回家的路,一个往返就要十天半个月。

二　夫妻久别胜新婚

朱昌九他们二月十三日很晚才到屯溪，找到屯溪镇海桥边上的一家简易客栈住下，这班人早早就进入梦乡。第二天一大早，屯溪街上就有人开始走动，大多是各地的来客，以放排经商者居多。溪口朱昌九这一班的放排人起床了，他们一班二十多人，自前些日子从溪口冰潭放排出发，离家已经10多天，一个个回家心切。大家异常兴奋，因为今天他们都可以到家了，每个人身上都挑着一个沉沉的担子，一路走一路买，今天一大早就向着溪口方向行进。屯溪至休宁30里，休宁到溪口30里，再到家还有20多里，担子一边是放排的被铺行囊，一边是从外地回家买的粮米、杂货。砍树放排都是朱昌九来打头阵，判山老板很赏识他的为人，只有找到他才放心。他家中上有母亲胡竹枝，父亲朱良才，下有两个儿子。大儿子叫达山今年7岁，小的达远才3岁，妻子余云时26岁，小时候的脚没有完全裹好，所以脚有点大，这反而是好事，走路干活丝毫没有影响。父亲当年也是放排好手，在一次事故中，把脚给损伤了，带点残疾，走起路来一拐一拐的，行动不很方便，不能外出挣钱，但手上的活还好。家中有一间低矮的平房，很是破旧。过了溪口，甫提他心里有多高兴，大伙一路走，他们中胡万余、胡万成、汪永根，还有汪义庆、汪义富,都住在一个村子。过了江潭离家就不远了,走着走着,太阳快要下山了。

冰潭河的水,养育了这一方人,这里的人们一代又一代地依着大山,繁衍着他们的子孙后代,也有许多名士,走出大山,出人头地,奔向五湖四海。朱昌九挑着大担子,虽然负重,但快到家的感觉,让肩上变得轻了许多。胡万余年纪大点走得有点跟不上,于是叫道:"好你个昌九,回家抱媳妇也不差这一会,走这么急,可把我累死了。""是啊!你这家伙走得这么急,不就是想早点去亲你媳妇吗?"大家虽然累,却时不时地自寻开心,乐乐。朱昌九停歇了下来:"好好,我们歇一下吧,省得又说我,今天也不是我一个人要回家抱媳妇的,哈哈!"大家有说有笑的,心里别提有多美。过了一弯又一弯,一眼望去,层峦叠嶂,杉木漫山遍野,"看到屋走到哭",就是说山里人的家在大山深处,到家还有几里的路,远远地看村水口林,一棵棵硕大古树,十分的茂盛,屹立在村边。

这个山中的村庄,叫朱家坑,休宁有坑的地方很多,大多有坑的地方都在山坳里,村子不大,只有百来户人家,后山一条小溪,直接汇入冰潭河。村子到大河的距离只有几百米,但通往外村的路,只有一些小路,下5里路便是江潭,有渡口,到外地要到江潭乘渡外出;到溪口有20多里,也可以走旱路。村庄人家靠河一边建,村中有几个大姓,朱姓、胡姓,下个村有汪姓、程姓等。这其中大量的山场为少数大户人家所有,大部分人只有少量的茶园、竹林、杉木林。村中的一些劳力,凭着一身力气干活来挣钱养家糊口。

到家了,到家了,他一声不响地进家中,叫了声:"阿大!阿妈!""回家了,好,回家了好!"两个儿子一下冲了过来:"阿大!——""阿大!——""我阿大回家了!""阿大回家了!"两个儿子争先恐后地叫着。昌九媳妇一下子冲了出来，冲着丈夫一笑："哦，回来了？""回来了。"她忙上前帮助丈夫卸下担子："回家也不叫一声，饿了吧，我去做饭给你吃。"朱昌九把两个儿子一起抱了起来："想阿大了吗？""我和弟弟、妈妈还有爷爷、奶奶天天都在盼着你回家呢！"大儿子如是说。"好儿子。"朱昌九把两个小子亲了又亲。古时候通信不易，一走就是半个多月，音讯全无，他也是每时每刻都在想着父母亲、两个儿子，还有亲爱的妻子。"知道阿大给你们买什么了吗？""买什么好东西啦？"两小子一下子溜到地上，就去翻担子。"不急，不急！我一样样地帮你们拿。这是给你们买的吃的，这是小拨浪鼓，一人一个，还有给你们买的布料，还有一点大米、豆腐，一会拿去叫你妈妈做吧。""晚上我们有米饭吃了。"两个儿子拿着他们的东西一下吃起来。朱昌九给他父母亲一人一份，最后一份给了妻子，顺便把米拿到厨房，还故意碰了妻子一下："老婆，想死你了！"恨不得上前去亲上一口，惹得妻子脸唰一下红了。一家人欢欢喜喜做了点菜，朱昌九父子俩还喝了点小酒。一般秋季后有红薯、南瓜、玉米，玉米是主粮，可以吃到半年以上，玉米的吃法，可以做成玉米饭、玉米馃、玉米糊，将玉米炒熟后，磨成粉即为干粮。米是有钱人家吃的，穷人家除了过节或挣到钱了，加餐时可以吃上一点，平时很难吃到大米。朱昌九家属于后面那种挣了点钱，顺便带点米回家给大家解解馋。

朱昌九早早收拾停当，把两个儿子弄上床睡了。在阴暗的桐油灯下，朱昌九看着妻子，越发漂亮，越发可爱，一下抱上了妻子。妻子指了指身边的两个儿子，意思是儿子还没有睡沉，等到儿子睡沉以后，这对年轻的夫妇小别胜新婚，一番亲热。妻子躺在丈夫的怀里，十分幸福。朱昌九跟妻子说："这次放排出去很顺，这桃花水平当，老板价钱也卖得好，我比人家多了半份的钱，工钱有1个大洋，这钱看样子来得真快，还是放排这事挣钱！""不行，少干点,你这出去半个月了,今天是二月中了,人家整天提心吊胆的,担心死了。别人家虽然钱少挣点,但是不危险,我呀情愿你少挣点钱,安安稳稳地过日子。""别担心!就凭我这身体,放排难不倒我,真的,大小我在这一块是师傅级的人了,多少风口浪尖不都过来了,没事。再说,我父母亲也挣不到钱,这么多人吃饭,不出去挣钱,这日子咋过呀,你看看这次回家买了那么多好东西,如果不是放排能挣到这些吗?""你还是在家干点农活,钱少就少过,真的不想你再出去。""大家都说呀,这富贵险中求,放排到钱塘江,虽然很危险,但能挣钱,等我钱挣多了,我也做老板,到山上贩木材,那可是大生意呀!挣大钱,盖好房子,好好地享福过日子。"妻子看说服不了朱昌九,便说:"要时刻注意,半点都马虎不得。"

三 再次放排新安江

天晴几日下来，朱昌九一班人把老板的木材运到山脚下，忙着清理了几十亩山场上的杂柴，清好后一把火把山场烧完，烧好再清理，将新砍的杉木条削尖，然后扦插到地里，这样扦插好的杉木，再过二十到三十年即可成林。

朱昌九忙起了放排前的准备工作，到周边的山上斫取细小的杉木，细到比大拇指粗点的，长一人多高即可，砍下后，需用火烧烤，而后绑在木桩上，绕制成油炸麻花样。做成放排用的藤，这种绳韧性好，很牢固，用它连接的排，不易断，当地叫杉木藤，使用前在水中浸泡两小时，逐根展开搥打后才能使用。打排甲用的则是山上的白花继木，它韧劲特别好且牢固，一人多长，要直，较刀把细点，用于串排。线口长度为一只手臂长，似插销形，一头像尖刀，一头约手掌五个手指样厚，装排时两人对尖，砸在两根木角中间，将木排卡拴住，防止分散。竹缆绳由专业竹匠师傅破好竹篾，篾先用开水煮过，站在二层屋顶高的木架上，套上一个竹筒打制，一般五六天打一支竹缆绳，每根竹缆长15到20丈，粗为1寸，主要用于牵制、系木排，再经石灰水浸泡，这样加工而成的竹缆绳韧劲特别好。朱昌九年底把杉木运到河边后就开始打排甲，制木排的第一道工序是打排甲，一般都在水边进行，在树杪下面一点用斧头凿个小洞,而后穿入备好的继木条,10到30根组成一甲。一甲压一甲的,连成排,朱昌九是老手,所打的排甲质量要高出大家的一头。他一节一节地检查,把扎排的功夫做足,在河边一层一层地叠好,层与层之间,用一根细点的杉木横放,春节过后,一下雨,河里涨了四五尺水,再将排甲一层层地推入水中,就开始接排。排头要按上一片棹,高度各异。棹的长度是1丈多,前部分需有一定弯曲弧度。要在众多的杉木中找这样一根,然后将其多余的部分劈掉,做成大刀片的样子,类似于船桨,用来掌握排的航向。排在水力的推动下运行,而行走的方向则是由头排这片棹来控制。接好的排连上竹缆,等到水再大一点就开始放排了。

做竹帘,因为到杭州路途遥远,一般需要5—6天不等的时间,所以排上必须带上竹帘,竹帘是用竹篾做成,织得很紧密。朱昌九在做好的竹帘上涂了一层又一层的桐油,把它卷成半圆形固定好放在木排上,就像乌篷船上的那种,一般雨打不湿,可以放点被服什么的,放排人晚上就睡在里边。在排扎好后或是停排休息时一头接到排上,另一头连到岸上,遇上一般的大水也无事,排甲会随着水上升或下降。

远山搬运木材,需要大量人力,才能抵达大河,找一处河水平静,且水较浅的地方,集中好木材,然后开始扎排,他们用斧子、木锉在树杪处挖出一个小孔,在孔中穿过小杂木,把树杪的一头沿水流的方向朝下,用小杉条绳把杉木扎紧就成了木排了。一节木排,可以穿30根左右的杉木,按方向来扎,木排才平服。一条排由20—30节木排组成,可以运500根左右杉木,更有甚者,扎个二到三层,运的杉木就更多。扎排需要过硬的技术,扎得牢固,路上才可能安全;反之,排容易散掉,可能危及放排人的安全或导致木材的丢失。

吴韵老板这一批杉木有2000多根,叫朱昌九负责。他们扎成了7条大排,安上了竹帘篷,一切就绪就等着出发。朱昌九自己掌握的那条最大,较人家多出几个排甲的数量,专做木材生意的吴韵老板也在昌九的排上安了个竹帘篷,他信任朱昌九的技术,相比头次的人员,这次没有变化。

南宋罗愿编的《新安志》中就有记载:"休宁俗亟多学者,山多美材,岁联为桴,下浙河,往者多取富。"这浙河指的就是新安江水系。古时的树木运输靠的就是水运,水运就是放排。放排是一种代价较小而又便捷的运输方式,平常除了秋冬为枯水期,都可以放;只是五月梅雨时节,洪水汹涌,放排危险系数高,稍不注意可能排散人亡,所以正月一过一直到梅雨季节前都是放排的最好时节。

雨又开始下起来了,溪水又开始涨了上来,今年的桃花水,很平稳,自桃花汛开始他们就没有停过。这一溪木排整装待发,出去一趟都要10多天。

朱昌九的媳妇忙着准备干粮、咸菜等食物,是夜朱昌九的媳妇依偎在丈夫的怀里,久久不肯入睡,心里有说不出的滋味。丈夫风口浪尖上求生活,风险很大,尽管丈夫一再安慰,但她的心跟丈夫所想的完全不同。一大早朱昌九准备出发,媳妇想送,开始他坚持不让送,无奈拗不过媳妇,只好让媳妇一同前往河边为他送行,媳妇帮助拿上一些东西。路上碰到了几个一起送行的女人,大家一起打着招呼,媳妇跟朱昌九说:"幸好我跟着来,不然的话你心里不好受的。人家的媳妇都来,唯独我不来,人家肯定要笑话你的。"朱昌九开心地笑了。

放排的同伴们把斧头磨得锃亮,出发的那天,河边站满了送行的人,拿这拿那的,朱昌九的妻子云时,站在河边,神情凝重,多少有些放心不下,毕竟在风里雨里、风口浪尖上讨生活。一条木排三到四个人,放排人脸上笑吟吟的,头戴斗笠,一身蓑衣,腰部别着个斧头,人手一根长长的撑篙,因为放排出去,换回来就是一家人的粮米油盐。"青箬笠,绿蓑衣,斜风细雨不须归。"这是唐代祁门籍著名诗人张志和笔下的江南水乡美景,更像这些放排人的写照。是的,为了生活他们必须迎着风雨前行,朱昌九他们每一次远行,都要举行祈祷仪式,请求河神护佑放排人的安全。等大家都准备好,把缆绳解开,开启了又一次远行,昌九回头望时,妻子仍然站在那里,他挥了挥手,也没能说上什么,其实他的内心比妻子还苦。

四　正是农忙三月天

《治事丛谈》载:"山郡贫瘠,恃此灌输,茶叶兴衰,实为全郡所系。"徽州土地贫瘠,历代以来,茶叶兴衰,跟徽州的经济社会发展、人民生活的关系十分重大。

谷雨的前一天,五更刚过,雄鸡叫起来了,妻子便起身,小声地对丈夫说:"你这阵子够累了,多睡下,等我把馃做得差不多了再来叫你哈!"妻子开始生火,公婆听到儿媳妇起床,也都跟着起床了。云时把锅烧着了,直接捞了些咸菜,切碎,加丁点的猪油,做成玉米馃的馅子。这边开始烧水,等水烧开,她把磨好的玉米粉倒进去,进行搅拌,手工反复揉,揉好便开始做玉米馃了,婆媳两人同时上阵做起馃来。做玉米馃也是个技术活,手艺不同,做出来的味道有很大的差别,每一步都很讲究,做好放入锅中烤熟,即可食用。朱良才便在土灶前为她俩烧火,烧火的要求很高,得听着烤馃人的指令,要大或者要小。这么多人两餐的饭得做 30 多个馃,也够婆媳俩忙一阵子的,做了一半,云时便放下手中的活,去叫醒丈夫,叫醒两个儿子,一边一个,俩儿子还在梦里,就被提了起来,穿了衣,洗了吃,"我们早点一起上山采茶。"朱昌九背着大儿子,媳妇云时筐里背着小儿子,婆婆是一双小脚光手走,朱良才则背了一大箩筐和布袋,装有十几个玉米馃。玉米馃对于农民来说,上山最为方便,到了中午,山上找点柴生点火,烤下,就可以吃。云时一路上碰到不少姐妹,这班姐妹也是快言快语。"你家昌九发财什么时候回的家,他回家你快活了!高兴了!"大家哄堂大笑。"你们呀常年抱着老公睡,我们也没说什么,这倒好,人家老公有好久没回家了,这回家才几天,还眼红人家,真你个没良心的……"云时也是风风火火的,一边笑,一边说。"瞧你们也是的,眼红什么呀!"是万余老婆桂凤在回她们的话。"你老公也是前几天回家的吧,没说你不乐意啦!"大伙一下子把话转到了桂凤头上去了。大家一路走一路笑,朱昌九把他们送到茶园,便去了大源岗山场。

这老山岩茶园,已经到了不少人,山头山脚漫山都是采茶人,山上树木已经发青,茶园绿油油,长势兴旺,勃勃生机,正是:江南多香茗,春日吐芳华;老叶托新翠,香溢满山岗。半山上的映山红还有不少,红彤彤的,野花也在次第开放,给大山增添了一层秀色。山间的竹笋一天一个样的,争先破土而出,清朝重臣汪由墩《双溪集》诗云:

> 焙茶烟起争相晖,笙竹阴中笋乍肥。
> 绿树晓啼春去了,麦须风煖燕雏飞。

写尽了一个新茶时期的茶乡情景。朱良才看着眼前的茶园,露出了满意的笑容,乐呵呵的,对着老伴道:"今年托老天福呀,十几亩茶园没冻着,这茶真好!"云时给两个儿子找个平坦的地方,放几块石头,叫他们两个在这里玩耍,不准乱跑,嘱咐大的照顾好小弟弟,把前几天没吃完的糖带在身上。"好好的,有糖吃哈!"以此来稳住两个儿子。话说这云时采茶也是把好手,

只见她手起茶落,箩筐里的茶渐渐满起来,婆婆箩筐里的茶也在增加,朱良才就要慢得多,只有薄薄的一层,偶尔还来上一二口旱烟,胡竹枝会催上一两句:"你也要加快点,这么多的茶我们两个人一时半会采不下来。"日上三竿的时候,朱良才拿来布袋,将婆媳俩采的茶叶装好,放到了山边阴凉地方,茶叶是不能曝晒的,受不了高温,否则会发红变质。时间很快到了中午,朱良才找些柴火,烧个火堆,为他们烤粿,两个小孙子吃了后,才叫来婆媳,云时还奖赏了两儿子几块糖,顺便烤了几块红薯干,这就是他们一家的中餐。或是两个小孩闻到了风送过来的兰花的香,"嗯真香,阿妈闻到了吗?""闻到了,是好香!""朝朝①这就去给你采过来。"朱良才不大一会找着一捧兰花交给两个孙子,自己便又忙采茶去了。

日过中午,整个大地温暖了,山上"多种、多种"的鸟叫声,天天在叫人们多种点,人们也习惯叫它为多种鸟,劳作的人们顿时进入了疲劳状态,此时,也不知道从哪个山头上飘来了山歌:妹妹那个辫子长又长——哥哥见了心发慌——歌声悠扬绵长,让昏昏沉沉的人们一下子振作起来,山歌里有采茶歌,但更多的是爱的表达、爱的期盼,有自创的,也有传统的。你来唱我来和,从这边山岗到那边山坳,到处都飘起了山歌,就这样人们把一个宁静的大山,拨弄得热闹起来。这山歌唱红了姑娘的脸,拨动了媳妇的心弦,唱得姑娘春心动,唱得媳妇心里甜。山歌是大山的文化,人们一代一代地传了下来。

话说朱昌九背了一袋玉米粿步行十几里来到大源岗山下,相约的还有那二十几个人也陆续到达,山脚下的河边已经堆了不少杉木了,一堆连着一堆,看这长长的杉木,真是一打一的好木料,又粗又大又直,山岗上还有不

---

① 朝朝:方言,指爷爷。

少,这些人登上山顶,将一根根刮好皮的杉木,抬到沟前,沿着山沟沟往下放。木材从数丈,甚至是数十丈高的山顶溜到山脚,一段接着一段地往下放,一直放到河边,有些地方得要人工扛运,二十几个人一天能运的也不多。

太阳偏西,朱昌九急匆匆地赶到老山岩帮妻子挑茶叶,一天下来,一家人采了100来斤鲜叶。晚饭吃过,他们开始了做茶,他们把已经清洗过的做茶用具拿出来,炒茶的锅是专用的,切不可混用,杀青锅开始烧火,做茶的第一道工序是杀青,"阿大!您来烧火吧!其他的我来做。"朱良才承担了烧火的事情,不断加柴烧火。朱昌九站在锅边上看着,直到铁锅通红才把鲜叶下到锅中,伴随着劈劈啪啪响声,朱昌九手不停地翻捞鲜叶,一锅只能放2—3斤,一定要炒到"熟透",杀青完成,把茶叶摊开来放,不能让其叠压,一般说来要等杀足了一大锅干茶的数量才开始第二步;第二步是揉捻,捻床是用竹篾做成的,非常精致,而且用水煮过,竹篾已经变软。朱昌九将杀青好的茶叶反复揉捻,这第二道工序得花大力气方可,而且对技术要求高,茶叶的外形取决于揉捻,用劲有章法有套路,揉好进入下一道,即第三道工序炒干。炒干这一道工序需要很长时间,开始要用猛火,一段时间下来则改为小火慢炒,直到炒干为止。一家人要一个晚上才能把百来斤鲜茶叶做完,得花很长时间,晴天4斤鲜叶炒制1斤干茶,下雨天则可能要5—6斤。雨天采茶辛苦不说,制茶人更加劳累,时间长,难把握。品茶人煮开一壶茶的时候,很难想象制作的艰难。

朱昌九一家人花了十几天时间,把家里的茶采完做完,个个都瘦了不少,眼睛都凹下去了,妻子看着丈夫如此劳累,时不时地做个鸡蛋给他吃,自己和孩子依旧吃点简单的饭菜。朱昌九把茶挑到沿途一路去卖,好在他们家的茶做得好,价钱也还不错,百来斤茶,卖了1800文钱,已经算是高价了。

五　遭遇抢夺幸化险

采摘茶叶结束,天气暖和了,几天大雨过后朱昌九又出发了,这次九条排5000根的杉木经过六天的行走,终于到达了钱塘江码头。码头长达数里,船排无数,朱昌九把排找到一处空位系好停住,木材吴老板邀了朱昌九一道去找买家,今天的木材特别多,市场上来的人特别多,人山人海的。他们俩一路问过去,有几个木材老板跟着他们过来,老板们看过木材,每两①只开了700文钱的价,较上次价格还少了200文钱,未成交,于是他们又去找下个买家,就这样一天下来,问的有几十家,出的都是一个价,所以一直没有谈成。吴老板有点急了,第二天一大早,就跟着大路向前走,找木材买家,走着走着,在他们后面一直跟着第一天见到的几个木材老板,俩人心里想,莫非这班人有问题?前几天的价格都一样,难道是这班人做了手脚?几里路下来,那班人跟着走,也不超他们,真是莫名其妙。一天下来,也没找到买家,那班人马也没有怎么样,他们在想或许是自己想多了。又一天早上他们换了条路线,几里下来吴老板眼尖,看到一处军营在建设,生意人的眼光是有的,径

---

① 两:自明末清初起,木材商人以"两"为杉木材积的基本计量单位。

直走过去,问了军爷,这里果然需要大量的木材,于是几个军爷跟着他们来到码头,看了货,吴老板甩开嘴皮:这是徽州最为有名的木料,产自深山,木材粗直,而且年数很长,中间的芯都红了,用这种木材做成的物品,结实耐用。你到周边看下,材质像我这样好的真不多见,军爷看得出您也是内行。吴老板手疾眼快,一眼看准了个当官的,便在牵军爷上排之际,一次出手就是10两银子,外行人还没看清怎么回事,他就把事给办了。军爷看过后,一本正经地问了价格,最后以1800文钱一两木材的价格成交。吴老板如数地把木材点交给了军爷,总计木材为120两,折合银子216两。军爷把银子如数点给吴老板,吴老板掂了掂,有10多斤重,心里着实高兴。"昌九,走!我们一起吃饭去!""好的,我去街上买点东西。"朱昌九顺便带了个布包和扁担,一道上馆子请军爷吃了饭,喝了点小酒,吴老板又给了军爷们一些银子,见者都有份,几个军爷也是乐呵呵的。军爷很客气地把朱昌九和吴老板送到门口,这个价比上次差不多多出了100两纹银,这可是个大数字,可把吴老板和昌九高兴坏了。吴老板背上银子,两人一前一后准备到街上去换些银票,两人刚走进街口,在一处深巷子,前面上来两个蒙面人,手持大刀,拦住了他们的去路,后面马上又跟上来两个持刀蒙面大汉,前面的蒙面人说道:"要命的把钱留下。"说着就伸出手来,欲抢夺吴老板身上的银子,说时迟那时快,朱昌九猛地一扁担过去,只听得那个夺包人啊哟一声,随之倒地,另一个人还没反应过来也被朱昌九一扁担打倒在地。"快跑!往大街上跑!"两人拼命往大街上跑,后面的人紧追不舍,两人在前面跑,两人在后面追,就这样一前一后的,追过几条巷子,好不容易冲上大街,那蒙面人哪想放弃,正当蒙面人快追上的时候,迎面过来一顶大轿。"老爷救命!救命!……"吴韵见有官人过来,立马求救,一听有人喊救命,前面的几个衙役手脚很是利索持刀迎了上去。两个蒙面人吓得赶快往回跑,殊不知这几个捕快身手了得,一口气拿下他们两个。吴老板和朱昌九慌忙跪下感谢老爷救命之恩:"谢谢老爷!谢谢老爷!"这位老爷听出了他俩有徽州口音,于是抛出了一句乡音:"你们是休宁人。"两人一时愣住,没听错吧,只见知府大人下得轿来,扶起了他们两人,用方言跟他们说:"我也是徽州休宁人。"轿上的老爷乃杭州知府邵士棣,休宁黎阳人,这下可好,吴老板和朱昌九做梦都想不到能在这见到当大官的老乡。邵知府随即与他们聊开了,他们也把此次过程讲给了邵士棣听,他们要拿出一半银两送给邵士棣,邵不仅没要还送他们到银楼换了银票。邵很清楚他们的辛苦,出于同情又送给他们一张加盖官印的路条,告诉他们以后到杭州只要有这路条谁都不敢再欺负他们!不一会,那两个被朱昌九打伤的也被抓获。

经过审理,被抓的这几个人属于地方上的一些地痞流氓,抢、偷、盗,样样都来,经常欺行霸市,强买强卖,不几天邵士棣将几个犯人斩首示众。

邵士棣在杭州为官期间,也为徽州商人铺出了条成功之道,徽商在杭州一步步地崛起。

这一次要不是朱昌九的勇猛,吴老板的命可能要丢在杭州了。从那时起,吴老板与朱昌九结为兄弟,吴老板为大哥,朱昌九为小弟,有了杭州知府为靠山,吴老板做生意的胆子也大了起来。

六　挣得大钱全家乐

经过五天的时间,他们走到屯溪,吴老板直接把他带回到阳湖家中。阳湖又名洋湖,因"滨溪平衍,每春流涨合,汪洋如湖",故名洋湖。又因二个字都有水,犯水,故称为:阳湖。此处是屯溪街对面的一个小村落。屯溪街渡口直达阳湖,而且是一处官渡,归休宁县管辖,由于渡口的原因,慢慢地聚集了一些人,房子逐年地建,形成了一定的规模。朱昌九跟着大哥,走过斜坡,道路的两边都是商店,前店后房,店门是全一色的活动木门,店门做得很讲究,一色的徽派风格,一幢挨着一幢,店里有来自各地的杂货,品种很多,生意主要集中在白天,客户是渡口上下过往的行人。

店面到吴老板家为止,吴老板的家是一幢二层的徽州建筑,门面做得很讲究,砖雕是一幅彩运吉祥图,三进三开间,进门为一小过道,过道直通上堂,即便是雨雪天,雨雪也落不到人的身上,过道进入天井有一个小小门槛,为高门槛或门槛高的意思,天晴或良好天气,经门槛进到天井,过门槛还是过道,再前方是一个大天井,过道和天井地面清一色的麻石铺就,天井的上方有四道屋檐,雨天檐水直接落入天井,也叫四水归堂。徽州人向来视水为财,四水归堂意为财不外泄,徽州一般有钱人家都建这般格局,过了天井,上房的中间是八仙桌,后面挂了幅祖宗画像,两边是厢房,硕大的冬瓜梁上雕龙画凤,梁下方的两个大狮子,后面是背靠背的厢房中堂,再后面是天井,跟进门的差不多,三进两边是楼梯,再后面连的是厨房,厨房后面是一个大院子,一大家子,人丁兴旺。吴老板引着朱昌九见过嫂子,跟妻子说起了这次的生死经历,吴嫂十分感激,热情吩咐下人照顾好这个兄弟。

吴老板执意要把这次赚的一半钱分给朱昌九,朱昌九说什么也不肯要,最后吴老板硬是塞了他20两银子。次日一大早,吴老板便带着朱昌九来到一处空地,告诉朱昌九:"我把这块地给你了,你们就在此处建个房子吧!"朱昌九一惊,傻傻地望着吴韵,吴韵则把写好的地契塞到朱昌九手中,朱昌九看着眼前的好大一块地,估计有2亩多,很是惊讶,顿时问道:"这怎么行?""这怎么不行,就按大哥说的办,等过了梅雨季节你们就开始建吧,我这还有空房,你们一家人早点过来先住着,以后我们一起判山做生意好了,我们兄弟有福同享。"

一路上吴韵老板跟朱昌九说:"你在山里是好,可那里终究没有什么前途,你也别老盯着你自家的一亩三分地,你看外面的情况哪点都比你那山里好。我还帮你想了,你家有两个儿子,大的都可以上学了,让孩子走出大山到屯溪读书,可以学文化,还可以考功名。如果考不了功名,也不至于比你差吧,你跟着我再干段时间,我们一起挣钱,到时候再多买点地,你在这里还愁没饭吃吗?只管放心,我们在一起哪个敢欺负你呀,屯溪这里哪点都比你们山里强,我们以后继续做木材生意。这溪口、流口两地可是我们徽州杉木的大仓库,以后生意再做大点,应该可以挣些钱的,我做外业你就做当地的内业,配合着做,你看如何?当然你也可以自己单独做。"

这是朱昌九连想都不敢去想的事,现在好运撵着他走,他摸着自己的脑袋,一时间思维陷入了混乱,他没有立即回答,只说了句:"大哥,嗯——让我再想一下。"他站在那里,脑子里在飞转,一会是老家的朱家坑,一会是屯溪阳湖,一会是水上漂浮的木排,把他整得像一团乱麻,这让吴老板看得好笑。朱昌九这人太实诚了,越是这样的人,他越要认,吴老板接着说:"你这样,家里的东西也不要放弃,我这里算你另外购的一处,生意做不好你回去也不迟,你还年轻,何不趁着年轻干点事业。"

这下可提醒了朱昌九,对呀,我老家那点地那点山先不放弃,尝试一下不好吗?这一点拨可把朱昌九给点通了,他爽快地答应下来:"大哥,我想好了,我听大哥的,今后得仰仗大哥关照,从今往后我就跟着大哥干。"

朱昌九此次买的东西更多,一路上他兴奋到了极点,这么多的钱,他一辈子想都没敢想过,这不经意发了横财,20两银子可不是个小数目,可以建个好房,还可以买好多的地,他在想着他的未来。虽然大家伙一起走,他也没告诉这些伙伴在杭州发生的事情,人逢喜事精神爽,他乐得几乎要跳起来。

傍晚还没有进门就大声叫着:"云时,快来帮接担子哟!"妻子看着乐呵呵的丈夫道:"今天什么事把你乐成这样?""快快,有大好事对你说。"朱昌九跟父母亲打了声招呼,顺手拿了些吃的给两个孩子,一把把妻子拉进房里,拿出20两银子交给妻子,着实把妻子吓了一跳。"你去抢劫了不成?""不是抢劫,而是真的发财了。"他把来龙去脉跟妻子说了一遍。"那可是真的发财了。"妻子也跟着高兴起来。"我就说过嘛,富贵险中求,我们享福还在后面。"他只告诉父母亲,此次挣了好几块大洋,也是把父母给乐坏了。

这天晚上云时可把朱昌九给亲了个够,云时睡着了,便做起梦来,她感觉自己在漂呀漂呀,漂到了一个什么地方,走进一个大新房,好大好大的房子,走着走着,新房里有好多的新衣服,云时挑了一件新衣服穿上,两个儿子也穿上了新衣服,家里桌上有好多好多的大米饭,还有好多肉和菜,一闻香喷喷,她大叫一声:"好香呀!"把朱昌九给吓了一跳,朱昌九叫醒云时,云时一说可把朱昌九给笑坏了:"你这人真是个急性子,这么早就想住大新房了。"云时乐呵呵地说:"你可是坏了人家的好事,否则梦里可以好好享受一下。""你这人呀,那可是梦。"这一夜他们谈了很多很多。

七 徽州之古城休宁

乾隆六年三月初的一天,泸州县的小吏周其祚接到圣旨,到江南徽州府任休宁县知县。周其祚带上两个亲信,经过一个月的奔波,几经辗转方才抵达休宁,时间已经是四月了。

休宁之为邑,东有古城岩之固,西有黄竹岭之塞,南有白际岭之险,北有石圻山之阿,群峰攒立,拥蔽周回,山多涧谷,水贯其间。

早在东汉建安十三年(208),海阳镇西北部的凤凰山即为县治驻地;沿革唐天宝九年(750)始,这里一直是县治驻地。宋筑城后,习称为"城"。

《元和郡县志》卷28歙州休宁县:"本秦歙县地,属丹阳郡。后汉建安中,贺齐讨黟、歙山贼,分置休阳县。"后经三国、晋、南朝,数代风雨坎坷,先后由休阳县更名为海阳县、海宁县、黎阳县。六朝变更,九易其名,直至隋开皇九年(589)(按:当为开皇十九年)隋文帝钦定休宁县,一直沿用至今。

又《太平寰宇记》卷104歙州休宁县:"按吴图云,吴割歙县西川分置休阳县,在此县之西二里杨村东三里灵鸟山上,吴避孙休之名改为海阳县,仍移于万岁山上。晋平吴之后,改为海宁县。""休宁"乃合休阳、海宁为名,含"吉庆平宁"之意。城池宋始筑城,当时城墙周长九里三十步,辟有六门。

东门名"迎春",西门名"忠孝",南门名"班政",北门名"良安",东南门名"牧宁",西南门名"美俗"。至明初,城墙倒塌,于是环绕民居重新修筑,废东南、西南两门,只辟四门,并改北门为"松萝"。嘉靖三十五年(1556),为防备"倭寇"侵扰,知县林腾蛟再次筑城,周长仍九里三十步,城墙高度和厚度均为二丈五尺,辟有七门。四大门各以所朝山峰命名。北对松萝山,为萝宁门;东对万寿山,为万宁门;南对玉几山,玉宁门;西对齐云山,为齐宁门。另有三小门,西南为启贤门,俗称小南门,西北为忠孝门,俗称小北门,东南为钟秀门,俗称小东门,另外齐宁门距小北门和小南门较近,故东北无小门。万宁门和玉宁门各建有"月城",以作屏蔽。并掘池护城,池深一丈,宽一丈五尺。自忠孝门外引水入池,西流环经启贤门汇入横江。

乾隆初期休宁有四万户,十八万人,三十三都,十一个乡,有安乐乡、吉阳乡、里仁乡、黎阳东乡、黎阳乡、由山东乡、履仁乡、和睦乡、千秋南乡、虞内乡等。

清代对城墙时加修缮。顺治十二年(1655)五月,大雨毁了西南城墙,次年又遭大雪,知县张天成两次修复城墙。康熙二十九年(1690)知县廖腾煃也加以修复。县城主要街、坊有:东街长二里、西街长二里、南街长二里、北街、中街二里、后街、柳塘街、石羊巷、淳化里、厚田里、凌家巷、王家巷、辅堂巷、晁熙里、鹤山巷、古墨巷、居仁里、苏家巷、朱紫巷、由舟巷、水碓巷、内翰巷、柳塘巷、社坛巷、里仁巷、东青巷、高市巷、宣仁巷、美俗巷、旌孝巷、名儒巷、古楼巷、玉堂巷、凌家巷、东村巷。

休宁南街就很富有,在宋代,就建得十分豪华,宋代的范成大曾经在休宁写下:

休宁·南街豪郡城

南街豪郡城,东圍压州宅。

谁云沸镬地,气象不偪仄。

林园富瓜笋,堂密美杉柏。

山醪极可人,溪女能醉客。

吴子邑中彦,毫端万人敌。

传杯相劳苦,不觉东方白。

　　县城内设有廨所、县丞衙,县丞衙为三楹径二楹内室如知,东西吏房,廊各一干楹深,东书房横三楹经若干楹,前厅后寝。还设有主簿衙、典史廨、真武堂、僧会司、道会司、西察院、仓库、牢狱、邮传等。

　　坊表有:进士坊、尚书坊、司谏坊、文昌坊、保宁坊、旌孝坊、宣仁坊、瑞芝坊、敉宁坊、名儒世里、朱紫坊、名贤里、硕儒里、勋贤坊、名宦坊、父子尚书坊等。整个布局有"东门牌楼西门店,北门住户南门田"之说。还有烈女坊在蓝田,为吴世华妻毕氏;贞女坊在流口,为主贞女;砥柱纲常在临溪,为吴文衮未婚妻汪氏。

　　下有万安街在县东五里,长三里;

屯溪街在县东三十里,长四里;

旧市街在县东七里,长二里;

凤凰街在县西二里,长一里;

蓝渡街在县西十三里,长一里;

上溪口街在县西五十里,长二里;

临溪街在县东南三十五里,长二里;

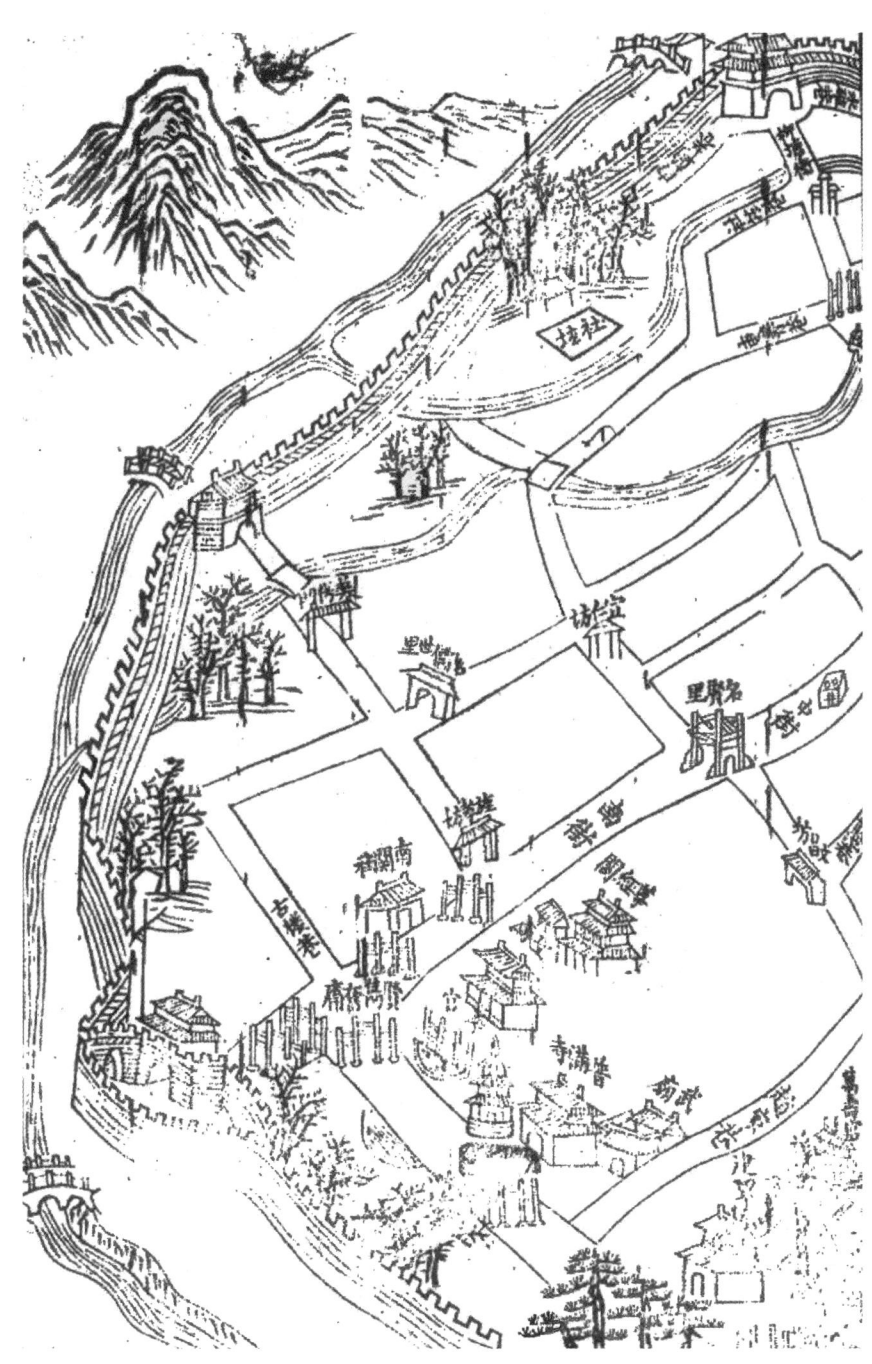

五城街在县南五十里,长二里;

当坑街在县西四十里,长一里。

古塔有休宁县城海阳镇南面的巽峰塔、丁峰塔、古城塔、富琅塔、辛峰塔。

学校有儒学,在县东南一里,崇圣祠、明伦堂、下设书院有商山书院、秀山书院、东山精舍、柳溪书院、率溪书院、社学,乡地还有大量的族学私塾等,为了促进当地教育事业,通过捐赠等方式获得学田数百亩。

最知名的桥为夹溪桥和屯溪桥。

夹溪桥俗称东夹溪桥。位于县城西门外。明嘉靖四年(1525)休宁知县李升举荐邑人程一募建。建桥之初,民工深挖桥基,曾于第三个桥墩下挖出一块石碑,石碑上刻有"石砌千秋桥,李候万古标;夹溪连内翰,西北出翰林"四句诗。嘉靖六年(1527)桥成后,桥正中建亭,以石碑诗意额"千秋"二字,故又名千秋桥。桥为 10 墩 11 孔石拱结构,桥墩船形,桥面铺青石板 237 块,长 189 米,宽 6.6 米,两边石栏高近 1 米,桥上有亭、庙、坊等,古朴雄伟,是休宁县最大的一座古石拱桥。明崇祯元年(1628)重修。

古桥有屯溪镇海桥。屯溪桥在县东南三十里,明嘉靖十五年(1536)由邑人戴时亮创建,中桥为亭,为邑绾毂,康熙十五年(1676)桥圮,邑人程子谦重建,三十五年再圮,程子谦复建。

渡口有万安渡、江潭渡、屯溪渡(阳湖、洽阳两处)、临溪渡等十几处船渡,相当部分为官渡,即由官家负责费用等。

水有吉水和吉阳水。

吉水又名南港,自溪口以上溯梅口可通筏,自溪口以下至梅田会颜公溪水,泛水至龙湾会五城水,至雁塘会蓝水,至闵口会汊口,至屯溪下达杭州,能胜二百石舟。

吉阳水又名县港。自黟渔亭以上溯黟城可通筏,自渔亭以下至蓝渡会南当水,至县城会夹源水到万安,会松萝水至梅林,下会匼口至屯溪入渐水,亦能胜二百石舟。

各地为了保障良田得到更好的灌溉,建有大量的堨坝,如一都的观音堨、金堨、凤山堨等数十处,人工建水潭无数。

休宁的山有白岳山、松萝山、凤凰山、阳山、鸡笼山、颜公山、鬲山、仰山等。其中白岳山又叫齐云山,为道教山,仰山为佛教山。明代有史记载:新安有三山,曰黄山、曰白岳、曰仰山。三山之中休宁县占有两座名山。

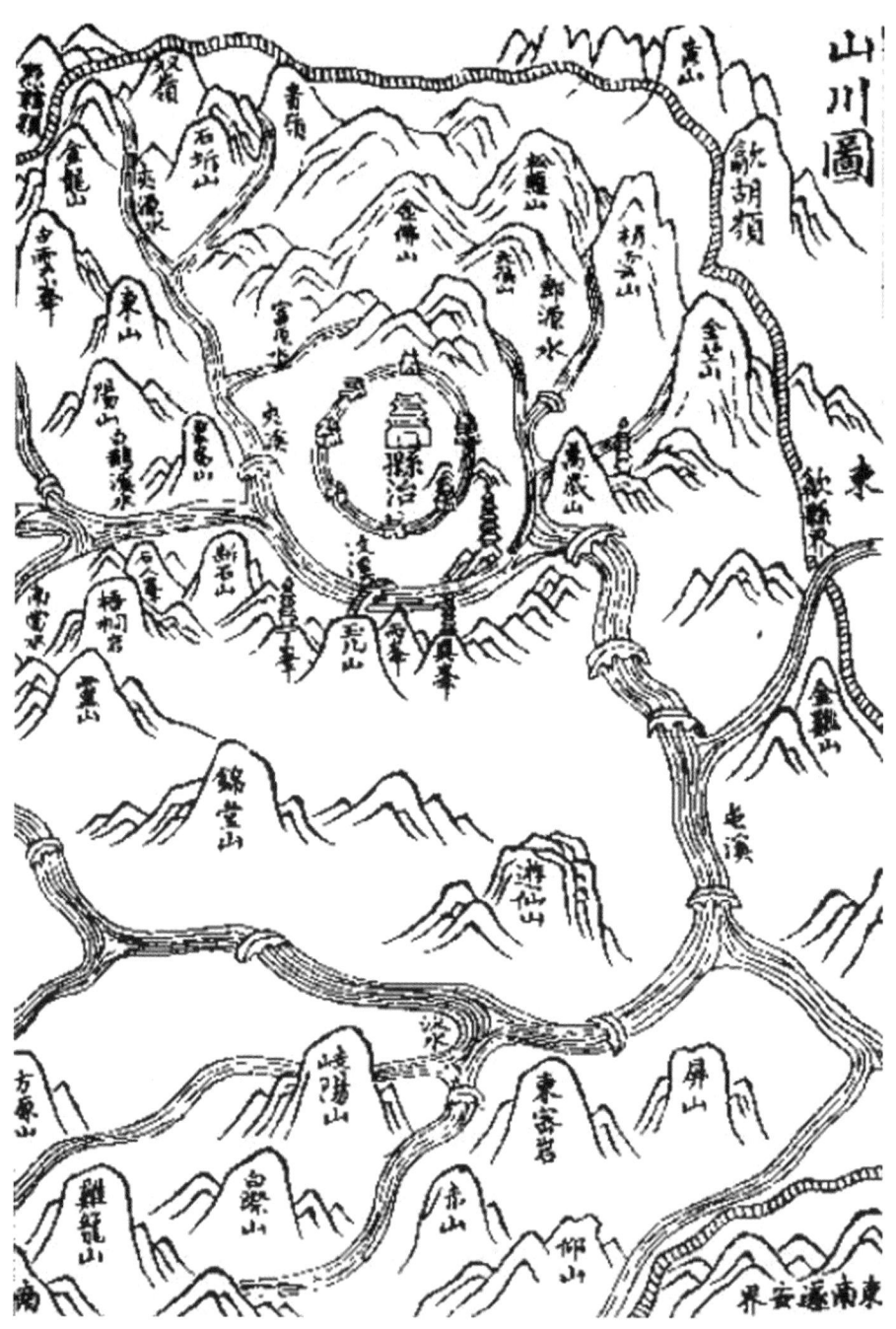

八　迎来送往忙开局

周其祚,字承社,泸州人,44岁,大清头,留一小胡子,扎个不长不短的辫子,中等个,两眼炯炯有神,着一身举人制服。此时的周其祚春风得意,显得格外的精神,其实他的科举之路也同大家一样,十几年寒窗苦读,直到20岁那年也就是康熙五十六年(1717)终于考取了举人,迎来了人生的转折。虽然后来没有考取进士,但衣食无忧,在泸州一带当了个小吏,他在雍正元年(1723)冬十一月为其泸阳的眷姻弟方氏家族修家谱时作了《原序》,也算是当地的一个知名人士。

县令虽说是个七品官,那可是朝廷的命官,清代的明文规定,不得在本地为官,凡朝廷命官须离家500里外方可任职,这是清代推出的一项回避制度,在一定时期内遏制了任人唯亲的弊端。

周其祚来到休宁县衙,第一时间接到的是县令的官服和一顶"无眼"花翎,乾隆年间六品以下的官员都是"无眼"花翎。次日,周其祚穿上了官服,走马上任。

县衙的一干人马集中到一起,向周其祚作了介绍。

主簿:王衍。

县丞:高大成,镶黄旗人,监生,乾隆元年任。

教谕:陈嵩鉴,桐城人,甲辰进士,由知县改任。

训导:沈龙光,华亭人,禀贡。

典史:张浩,顺天宛平人。

汰厦司巡检:吴宜厚,山西太谷人,吏员。

守备:钟俊,广东人。

乾隆年间县级的设置为知县1名,是县衙的最高行政长官。其职责是掌管全县赋税征收、决断刑狱、劝农稼穑、赈灾济贫、除奸除霸、兴善之教、贡士、读法、祭神祭孔等无所不包。其秩为正七品,多由进士、举人、贡生等经吏部铨选授职。

县丞1名,是知县的辅佐官,其秩为正八品,也是朝廷命官。其职责是主管全县的文书档案、仓库、粮马、征税等,下设攒典1人协助其处理公务。

主簿是知县的佐贰官,别称"书记"。其秩为正九品,主管全县户籍、文书办理等事务。下设攒典1人,协助其办公。

典史1名,是知县的佐杂官,未入流。掌管缉捕,稽查狱囚、治安等事宜。

以上知县、县丞、主簿、典史均由吏部铨选,皇帝任命。故称"朝廷命官"。

不入流的县吏有教谕1名,为儒学署首席学官,秩正八品,由举人或贡生除授。掌管训迪学校生徒,考察学校课艺业之勤惰,组织考试生员、祭孔等事宜,直接听命于省学政。

训导1名,为儒学署副学官,秩从八品,其职责主要是协助教谕处理有关事宜。

巡检,巡检司的首领官。

同时设置了六房,县衙日常办公的有吏、户、礼、兵、刑、工六房。六房是县属的组织机构,相当于现在的局、委、办,附于县公堂之左右,每房设典史1人,其工作人员称"攒典""书吏""书办""书役""胥吏"等。六房的办事人员均没有俸禄和工食银,只能靠微薄的纸笔费、抄写费、饭食费等维生,因而他们只能靠谋取各种私利,以补其收入之低微。这些人大都读过书,科举无望,但又"文理明通,熟于律例,工于写算"。因而便通过各种手段,进入县衙门当一名胥吏。五年役满后,即由知县给予一定赏赐开缺。清代即墨县衙设十房,其职责分别为:

吏房,设典史1名(亦称"吏书"),攒典1名,管理本县所属吏员的升迁调补,下委任状,以及登记本县进士、举人等在外地做官的情况。吏房是管官吏的,有权有势,在知县直接领导下开展工作。

户房,设典史1名(亦称"户书"),攒典1名,主管全县征收税银,交粮纳税,并把所收皇粮折成银两,然后签点银匠将碎散银两入炉融化铸成元宝(50两)、中锭(10两)、锞子(5两)等型号,上解朝廷国库。另外,户房还掌管"鱼鳞图册"、钱粮地清册等。如遇灾荒三年,户房还具体经办赈灾放粮等事宜。

礼房,设典史1名(亦称"礼书"),攒典1名。该房主管祭神、祭孔、庆典等事。科举考试时协助知县、教谕等考官组织考生应试、监场、发放和收缴考卷等。还主管知县出巡时的仪卫、鼓乐和祭孔时的佾生,生员参加乡试时,由礼房组织"送学""宾学"等礼节仪式。礼房下设柬房,设柬书1名,掌管知县的信件、名片和帖子,以及出示县谕,办理请柬等。

兵房,设典史1名(亦称"兵书"),攒典1名,主管全县征集兵丁、马匹、训练丁壮。另如驿站、铺兵、城防、剿匪等事宜亦属兵房管辖。

刑房，设典史1名（亦称"刑书"），攒典1人，其职责是主管全县民事、刑事案件，其下有件作数名。

工房，设典史1人（亦称"工书"），攒典1人，主管全县蚕桑、织造、修筑署衙庙堂、兴修水利、铸造银两、销毁制钱等。

此外，尚设有负责登记收发文件、誊写状榜等事宜的收发房；负责管理县属银钱出入的库房，又称账房；有专司知县审官司时原、被告应填之表格及口供笔录事宜的招房；又负责管理粮仓的仓房。

乾隆年间实行知县负责制，虽有典史协助处理公务，但由于人少事繁。因此，其正式办事的是六房胥吏，他们实际上承揽了衙门的全部事务和权力。

三班即清代即墨县衙设三班：皂班、壮班和快班。他们和禁卒、门子、仵作、稳婆等统称为衙役，他们服务于县衙，担负站堂、行刑、拘捕、查赃、催科、征比、解囚等差事。虽享有国家规定的低微工食银，但常凭借手中的实权，鱼肉百姓。所以《大清律例》将他们贬为贱籍，其子孙三代不得入仕为官。

皂班，负责知县升堂问案时站班、行刑等事宜。为典史听差的4名。

壮班，又称民壮，承担力差、催科、征比等。县衙设40名。

快班，又称捕快。负责缉奸捕盗、破案、解囚等事。

此外，为知县听差的尚有门子2名。

驿丞，是递铺司的首领官，掌管邮传、递送等事宜。

清代县令的工资由上级发放，所以他必须听命于朝廷，县令以下人员的俸银全部由本县支给，虽然俸银数量多少不等，但相比百姓待遇好得多，所以普通人都想尽办法挤进县衙当差，以至于县衙人员越聚越多。

县衙除设有上述机构和人员外，还有知县私人聘任的幕僚。这些人或擅长刑律,或能写会算,或谙练官场事务,具有一定的聪明才智。知县聘请他们作为心腹为自己出谋划策,处理公务。他们泛称师爷,再按其专长分为书启师爷、刑名师爷、钱谷师爷。师爷们无俸禄和工食银,年终知县给予束脩。他们往往左右知县施政之明暗、为官之清廉。

县衙内的吏大部分是本地人员,正所谓:流水的官,世守的吏。长此以往,很多人成了本地的地头蛇,这些人员由于他们没有薪俸,却握有实权,因而便千方百计利用手中权力,横征暴敛,索贿受贿,中饱私囊,还能左右知县政策的执行,一个外地的知县,必须在这其中玩平衡术。特别到清朝中叶以后,书吏擅权已成为积重难返之弊病。清代曾流行一句话曰:"任你官清似水,难免吏滑如油。"这是清代县衙胥吏的真实写照。

县衙组成人员交接完毕,得一处一处地查看情况,迎来送往是每次换人必须的动作。一些地方绅士,表面上都想在此时好好地巴结一下新来的县令,好生宴请离职县令一班人马,顺便给新来的县令接风洗尘,认识一下。想来巴结的,想找工作的,人家找各种理由来见,来人留下帖子,送上一大堆奉承话语,简直忙得不亦乐乎。周其祚也很清楚,都是有求于他的才来,人常说"老虎下山拜土地"。周其祚很清楚,亲自上门到县城附近汪家、程家、吴家、黄家等这些大家族拜访,能找到的各个乡绅名士几乎走了个遍,也让他了解到很多的休宁县情。

周其祚到各地走了走,还专门参访了溪口当朝重臣汪由敦故地,对于流口、溪口的杉木赞不绝口。休宁的南面主产杉松木,元朝著名诗人方回,也是徽州人,在《行休宁县南山中》写道:

我非尘中人,素心在尘外。

深谷行人稀,幽赏与心会。
原醋苎苗肥,岭坞山木大。
女绩男斧斤,生理于此赖。
稻畦无凶年,山泉百道溉。
水满石自舂,奇哉润边碓。
惜我乏守土,把茅不容盖。
老矣徒空谈,悯悯发深慨。

写尽了休宁南山的山、谷、泉、人、屋等。

周其祚是读书人出身,对读书人尤其关照,上任伊始就去了县学、海阳书院、还古书院、商山书院。他深知读书之苦,更想到了办学之艰难,休宁是崇尚读书的地方,人才辈出,周其祚还主动要求闲暇之余来学校讲学。

周其祚开始完善保甲制,保甲制度最早是宋代王安石推崇的,到了清代,逐步完善,起初分为两级,以10户为甲,10甲为保。后来在甲之下又加进了牌,成为牌、甲、保三级,分别设牌头、甲长和保长。按规定,每户都印牌一份,上书户长及成员的姓名,凡有出入,都要一一注明。清初规定:"凡遇盗贼,若一家隐匿,其邻九家、甲长、总甲不行首告,俱治以重罪不贷。"康熙时期,又推行"十家连坐"以维护统治和社会治安。到乾隆六年(1741)保甲的编制扩大了。当时,不但内地各省民人要编立保甲,其次,保甲的内部组织也更趋于严密。周其祚在全县范围内,大举完善保甲制度,一个乡一个乡地抓落实,一个保一个保地重新核定人员,重新任命一批保甲长,当然这一切的操作,仍然没有突破各村大族、宗派等的制约,全县上下每家每户都钉了牌子。每户的门牌包含了这些内容:甲长、牌头的名字;祖父母、父母、庶母、妻妾、子孙媳、兄弟等的姓名和年岁。对于外来人,有一项特殊的规定,一样要求外来人无条件地接受管理,之所以要规定得如此细密,目的是想通过保甲维护社会治安。

其次,重新核定税赋,在原来的基础上,重新丈量,重新核定土地面积,核减了一些年来水毁土地,增加了些新辟土地,特别是近年来,百姓大肆开荒造地,作为新增税赋地,纳入管理。周其祚有一点做得好,没有提高税赋,公平地开展了这项工作,也得到了广大百姓的支持。

周其祚为了做好县域的事情,不得不利用宗族、宗派等各种关系。县令就在这些复杂的环境下,为求其全只能同各方面进行博弈,各个大族、宗派也在利用县衙的保护,而谋取最大的利益,大家面上看似和和气气,但私下则是暗流涌动。作为县令还要充分考虑一方的稳定,不能惹麻烦,不给上面添乱,只能是如此处理。

九　丁峰塔下忆家乡

一天,周县令在幕僚的陪同下来到丁峰塔,陪同人员跟他介绍了关于丁峰塔兴建的传说,当地有一段传说:"海阳西门有位叫汪洪的人,官至宣议郎。一天,有一个测字先生对汪洪说:'你能做官,全凭玉几山西的祖坟好,贵府祖坟下面有只凤,现今凰相招,凤将飞,得快想个办法才好。'汪洪听后,吃惊非小,即刻大兴土木,在玉几山西祖坟上建起了一座塔,这才算是把凤留住了。"这就是丁峰塔的由来。故后人又称其为"停凤塔"。在丁峰塔的对面是巽峰塔,此塔坐落于玉几山东翼,与丁峰塔隔山对望。塔兴建于明嘉靖四十一年(1562),历经六年成于隆庆年间(1567)。塔六角七层,高35米,砖砌亭台楼阁式。各层四个拱形门,内有168级螺旋状梯道直达顶层。塔内有宝葫芦状塔刹,风格神似唐代佛殿。塔内腔绘有众多佛家主题墙壁画,虽年久,线框依然清晰可辨。

周其祚听了良久,他想起了家乡泸州,也有一座塔。他讲述的家乡的报恩塔,是宋代进士、泸南安抚使冯楫所建,有记载:"云(冯)楫幼丧父离母,寄养于人。后官泸,求其母不得。诞日,群丐聚乞署门外,内一瞽目老妪曰:'吾儿生同今日,若在,老身不至流离若此也。'家人入告,楫进妪,问曰:'汝子生年月日时能记忆否？'妪一一言之不爽。又问曰：'身上有记否？'曰：'二子共胎，联臂而生，以刀分之，一死一生，生者脊有长痕。'楫下拜泣曰：'是吾母也！扶起，熏沐焚香，告天跪舔。其目复明。因建此，命曰'报恩'。"冯楫父母住在"泸州城关门外"，"靠做豆腐为生"，冯母带着冯楫到一大户人家为佣，因冯楫聪颖被大户和教书先生收读家塾，"17岁那年，冯母陪伴儿子进城考试，不料途中遇兵乱，母子失散"，随即失去了联系，"冯楫中了进士，派任泸南安抚使"一直寻母未见。在冯楫50大寿时，众多乞丐到冯楫家门口乞讨，其中有一个眼瞎年老女乞丐，在自言自语地说："我的儿子跟这位这位官人也是同一天出生，如果在，我也不至于在这乞讨呀。"冯楫的家人听到此话，马上告诉了冯楫，冯楫马上叫老人进来，问道："你儿子出生年月日时你真能记得吗？"老人说得清清楚楚。冯楫又问："你儿子身上是否有记号？"答："我儿子是个双胎，生下的时候手臂联着长到一起，我用刀把他们割开来，一个死了，一个活下来了，活下来的身上有长长的刀痕。"冯楫当即跪下含泪哭着说："您是我母亲呀！"随即扶起母亲，沐浴更衣，上香祷告，并亲自跪到母亲跟前为母亲舔眼睛，母亲的眼睛复明。为了让后代子孙不要忘记父母养育之恩，冯楫便在城中修建了这座塔，因为"报恩"而建，报恩塔也因此而得名。

泸州报恩塔初建时，无顶。明弘治十四年（1501）李节、李俭等增铸铜顶，系八角重檐砖塔，七级双檐，八面开窗，背西向东，造型古朴壮观，结构协调自然。外第一层檐下为砖砌斗拱，第二层塔檐下，装饰有鸟类和生活用具、文房四宝等形象浮雕。这些雕像，造型巧妙，错落有致，千姿百态，栩栩如生，颇具南宋秀丽工致的风格。第七层存有冯楫建塔事迹造像，第七层的塔檐上，还有四个镀铜力士雄踞四方，顶端铜铸巨叶云板装饰于外，酒杯粗的铁链从塔尖下垂,与力士相连,既有优美的装饰效果,又有稳固塔尖的作用。因塔尖宝顶为青铜铸造,"故时放霞彩",素有"白塔朝霞"之誉。明朝状元杨慎《中元夕望塔灯》诗写道"窣堵高千尺,然灯达五更。刚风吹不灭,甘露洗还明。龙灯真堪并,蛾飞不敢惊,獶升何矫捷?应见闵婆城"。

冯楫不仅是宋朝的高级官员,还是虔诚的佛教信士,自号为不动居士,被誉为佛教义解、修行方面造诣精深的"大学"。宋代僧人释普济撰《五灯会元》一书列出释氏传法世系,冯楫作为禅宗临济宗"南岳下十五世龙门远禅师法嗣"被列入该书,是一位著名的佛教居士。他进行了许多佛事活动,诸如念佛参禅、访刹拜僧、问道求法、印施佛经,为僧人、寺庙撰写铭记、捐修佛塔、组织"净土会",弘扬佛教,倡行善事等。

冯楫在知泸州任上还有较好的政绩:绍兴十五年(1145)正月向朝廷"献嘉乐"回;绍兴十五年,主持增筑泸州城,该城原东面临江城墙585丈,是在石筑江堤上用土筑成,容易为洪水冲坏,冯楫改为"以石土",即以石为壁,中实以土,"以避水患";又将旧城扩大,"周城之基"由6里338步增广2里40步,通为9里18步;绍兴二十年(1150)奏请朝廷允准,免除在泸州、叙州(今四川宜宾)、长宁军(今四川长宁)推行经界法。绍兴二十一年(1151),泸州一带农业歉收,冯楫出粮救荒。冯楫晚年,更加崇奉佛教,正如他的自咏诗所云:"公事之余喜坐禅,少曾将胁到床眠。虽然出现宰官相,长老之名四海传。"周其祚对于那些曾经建功立业的人是念念不忘的。

周其祚毕竟是读书人,首先他要了解清楚休宁的县情,翻阅前人大量的材料,让他感叹明代名臣休宁人朱升,曾经被誉为:"九字平天下,深山出高人。"朱升的广积粮、高筑墙、缓称王,也为后人所用。

十　登齐云拜访名山

明代戏曲家汤显祖在他的《有友人怜予乏劝为黄山白岳之游》写道：

欲识金银气，多从黄白游。
一生痴绝处，无梦到徽州。

明《齐云山志》载祖师圣语："吾山不及诸山富，诸山不及吾山清。吾山冬寒而不寒，夏热而不热。三世为人方到吾山，五世为人方住吾此地，七世为人方葬吾境……"相传最早在唐乾符年间，开山道士龚栖霞上山开始，到明代嘉靖皇帝求子成功，齐云山名声大振，由皇家拨巨资建设，达到空前的规模。"齐云天下岩，深壁连绀洞。山山玛瑙红，高古复飞动。"齐云山属典型的丹霞地貌，"丹崖千尺，峰险奇洞，有名可指的就有奇峰 50 座、怪岩 49 处、幽洞 16 处，还有星罗棋布湖、潭、泉、瀑，风光奇丽动人。"集险、奇、秀、美于一身。

如此的一座好山，作为一县的县令无论如何也要一往探个究竟。四月二十日一大早，周其祚便乘官轿到达齐云山山脚，同行的还有县丞高大成、教谕朱大复、典史张浩天等。在当地地保的陪同下,周其祚一行经过登峰桥向上攀登,走了9里过了13亭,才到望仙亭,算是到达齐云山的第一层高度了,齐云山的道长已早早在此等候,他们一路走一路看,出亭后便是梦真桥,此桥是明嘉靖三十四年(1555),一位徽州学子求学成功后而捐资建造,意喻梦想成真,再过桃花洞即到洞天福地,颇为壮观,有栖真岩、忠烈岩摩崖石刻。道长在桃花洞停下介绍说:"一名桃源俗称洞天福地,嘉隆间数百岁人居此,卧一石床,无姓名,不立文字,人第称为邋遢仙,云后化去,从峨眉山来,云常见之。有诗写道:峨眉人不返,惟有石床存。大隐无文字,虚名聚子孙。荐衣埋虎迹,蜡屐入苔痕。何必桃花水,子山翠绕门。"

  周其祚大笑起来:"我来问问你们,所谓的邋遢是不是穿着不讲究,一身乱七八糟的样子?""是的是的。"众人应道。"你们这里的方言叫邋遢,跟我们四川的叫法差不多,我们称叫邋里邋遢,邋遢这两个字是不是这个四川人带过来的?"大家也是一阵哄笑。"当然这种邋里邋遢的人加了一个仙字这可就不得了啰。"此地据传,栖真岩是齐云山最早道士、唐朝的栖霞真人修行的地方;忠烈岩是祭祀关公的地方;向前便见一个宽敞的石洞,纯属大自然所赐,崖下窟窿,称为一天门,摩崖石刻和碑铭,琳琅满目,为白岳碑林。当看到谒齐云,周其祚便读起来:千里迢迢得大观,天门一望入云端。幽溪鹤鸣秋风晚,绝厌猿啼夜色寒。……

登白岳

(明)陈向廷

封内神皋北斗坛,上清宫阙出云端。

层崖鸾去箫声远,白昼龙归玉殿寒。

浩荡几人同选胜,阴晴千克此凭栏。
向来何处皈依地,应笑浮生一宰官。

登白岳

(明)陈侯周

白岳峰头翠色环,倚天楼阁有无间。
岩泉作雨寒潭静,古树眠云石洞闲。
贝阙晚烟浮远黛,玉炉朝霭绕前山。
天门咫尺苍茫外,谁得清风纵往还。

好诗好诗呀,周县令禁不住赞叹起来,当然最远古的还数唐代郑玉所写:

白岳

名冠江南第一山,乾坤故设石门关。
重重烟树微茫里,簇簇峰峦缥缈间。
五夜松声惊鹤梦,半龛灯影伴人闲。
忽闻环佩珊珊度,知是神仙月下还。

从这一首诗上可以看出,齐云山早在唐代就有一定的知名度。最显眼的是吏部右侍郎林平泉公白狱修路记,通篇记载了其修路的事迹,并大加褒奖,时间为隆庆元年(1567)四月吉日,由进士浏山王景全所撰写。周县令也大加感叹:"看来做好事,还是会有人记得的,人呀还是要多做点实事,多积点功德。"大家一致点头称是。他同时又是举人出身,对石碑的碑文尤其感兴趣,一块块看过去,时不时地发声朗诵。这些碑大多为明代的,所以清晰好辨。

道长一边走一边介绍,前边真仙洞府崖壁下有许多洞穴,供奉各路神仙塑像,依次是八仙洞、圆通洞、罗汉洞、雨君洞、文昌洞。从前修行的道士就居在洞中。八仙洞供奉的是道教的八仙;而圆通洞供奉的却是佛教中的南海观音;罗汉洞供奉着真武帝君,两旁却又供奉着十八罗汉。大家在周其祚的带领下,一一跪拜。齐云山真仙洞府把儒、道、佛合璧,颇有特色。真仙洞府处的摩崖石刻有多处,最先进入视野的是"近蓬莱",其下方是"人间天上",向前是"仲止仰止"、"真仙洞府"。真仙洞府崖壁上有很多摩崖石刻,其中最为醒目的是崖壁上的"天开神秀"四个大字,笔力遒劲,气势不凡,是真仙洞府的显著标志,为明嘉靖年间所刻。

向前是众妙之门,接下来是宋代的一处崖刻,再向前是太子少保礼部尚书昆陵卢崖顾所题的一首诗:面壁齐云慎,晴乌天雨珠。水中含黍米,图象许该知。前方的崖刻,有泉珠、调君雨、古渡玄精、半天晴雨、真灵伟迹、天池、天开图画、玄天妙境、新安胜境,最壮观的是"新安胜境"与真仙洞的"天开神秀"有一比。接近二天门,有人提醒大家回望,正好看见大家路过的一天门,真是大自然的恩赐,鬼斧神工之作。二天门是一处人工建筑,其阶梯依山而凿,门建在黑虎崖上,为明代所建。出了二天门,香炉峰就在咫尺之间。进了"古化宫","古化宫"其实是一处官方的驿站,供接待官吏使用,明代所建。宫内有明代嘉靖年间赐进士光禄大夫柱国太子太保吏部尚书致仕诚斋汪鋐所写的《登齐云》:

簇拥悬崖重上重,凭空削出玉芙蓉。

人间偶见三山境,云外高撑五老峰,

风透疏林鸣老鹤,雷惊深洞起潜龙。

抠衣不尽登临兴,何日重来访赤松。

周其祚等一班人在此用膳,道长还专门介绍了当地产的齐云黄芽等特产。

十一　宏伟建筑太素宫

用了午餐,稍事休息,继续向前走,下了阶梯就是太素宫,其建筑气势非凡,为齐云山最为宏伟的建筑,门前有五根大石柱构成的石牌坊,两边的石雕甚是精美,太素宫前,山峰独立挺拔,形似香炉,故名。此峰底座小而稳健,炉身粗壮,顶端与底座大小几乎相同,顶上的铁亭、香炉是当初朱元璋所赐,每当雨后初晴,云雾缥缈之时,香炉峰或隐或现,有诗赞其妙曰:"山作香炉云作烟,嵯峨玉观隐千年。"

"奇峰真拔地,一缕正当门。天近无楼鸟,藤枯有挂猿。白云浮暮霭,紫气拥朝暾。铁屋何年构,风雷万古存。"

"妙哉妙哉! 真是上天所赐的美景。"道长介绍道:"大殿的地形像一把金交椅,鼓峰、紫霄峰、中峰三峰相连呈'山'字形,左有青龙盘绕,右有白虎护卫;五道清泉汇于殿堂,正应'五水到堂一水出',是个风水特别的地方。"大家一看,也确实如道长所说,周县令大加赞叹。进了太素宫,各种雕像看得让一行人折服。嘉靖三十五年(1556),皇室开始大兴齐云山建制,齐云山的宫观建筑遂蔚为壮观,名闻天下。明代著名地理学家、旅行家徐霞客在《游白岳山日记》中写道,"二十七日,起视满山冰花玉树,迷漫一色。坐楼中,适浔阳并奴至,乃登太素宫。宫北向,玄帝像乃百鸟衔泥所成,色鳌黑。像成于宋,殿新于嘉靖三十七年,庭中碑文,世庙御制也。左右为王灵官、赵元帅殿,俱雄丽。背倚玉屏即齐云岩,前临香炉峰。峰突起数十丈,如覆钟,未游台、宕者或奇之。出庙左。至舍身崖,转而上为紫玉屏,再西为紫霄崖,俱危耸杰起。再西为三姑峰、五老峰,文昌阁据其前,五老比肩,不甚峭削,颇似笔架。"

休宁县齐云山齐云观,原有真武圣殿,相传自宋宝庆中建,而真像则百鸟御泥所塑成者。"迄今数百年,金容如始,遐迩人民,凡有祷祈必皈赴焉。朕于嘉靖壬辰,因正一嗣教真人张彦颗,奉令道众诣山建醮祈嗣,果获灵应,自是设官焚修。而祠宇卑隘倾颓,不称崇奉至意,爰命巡按御史,应工程材,遣高士陈善道,锦衣卫千户何昶,德董颜役,以嘉靖丙辰八月启工,修建真武正殿,并左右配殿,添设供器钟鼓楼等项,复创造三清殿一区,规制宏丽,仪物备饰。更题曰:玄天太素宫。惟此山高百仞,盘绕百余里,上应斗宿,俯瞰大江,峰峦秀特,岩洞幽奇,允为东南之福地,神仙一洞天也。至是宫成,金铺玉映,始足以妥明神而增胜概矣。御史奏请朕撰文勒碑,以示永久。朕惟帝以天一之精,炳灵降世,感召元君,授以无极大道,丹成冲举,受册琼台,主镇北力,辅化制运。昔我太祖、成祖,开基创业之时,帝赫著神灵,翊成丕绩,乃立庙南都,建宇太岳,殷礼秩已,前后并隆。及朕承大统,复荷帝宣灵昌胤,彰彰若是。玄功圣德击报称,比炒发银,修饰太岳太和山宫殿,门庑坊,额曰:'治世玄岳'。夫神无德而不在,则义无德而不备。谨效法祖宗,随在祇若明祀于兹宫之修廷,罔敢缓焉。惟帝鉴享克诚,保揩朕居,昌延祚,偶岁稔时,和内安外,靖佳祥骈集,教法兴隆,则帝之福德,益计一元防,而朕实永有赖矣。"

明代万历年间翰林祭酒冯梦祯到访太素宫后写下了:

太素宫

圣代肇封泥,神仙窟宅奇。

丹梯隣日月,碧殿府虚危。

实笈千年秘,灵威万里知。

身从金阙化,道作玉虚师。

帝许分玄社,妖能荡文犀。

女巫纷屡舞,祝史竞陈词。

愿保君亲寿,还令风雨时。

小臣遥下拜,飒飒俨来斯。

把太素宫写得更为神奇。当然还有写得更神奇的佳作,由于人的地位不同,其影响力也是千差万别的。

周其祚等人一一跪拜,他们既是对神灵的一种敬畏,也是当时人们的一种寄托,寄期望神灵护佑,而且是自上而下,上行下效的做法。

太素宫曾遭水火,金像如故,使得道更加神秘,继而一传十十传百,无意中增添了人们对道的迷信。《御制齐云山玄天太素宫之碑》详细记载了明世宗重修玄天太素宫的过程,对动工时间、重修动机、经费来源、监工人员的记载都很详细。明代以前,齐云道观建筑仅靠道士和本邑善士的募捐还很不够,规模狭小,缺乏官方对其进行的扶持,无法维持道观的正常开销,是明以前齐云道教发展局限性所在。明嘉靖年间,齐云道教建筑进行了多次翻修重建,增添了道教用具,人称"江南小武当"。巡按直隶监察御史莫如士题

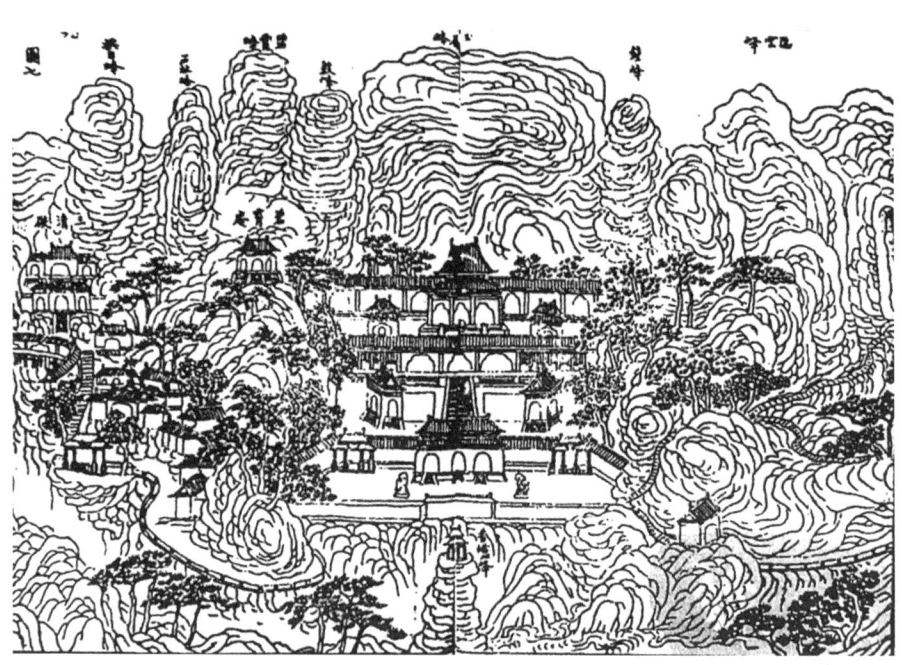

称："修建齐云山真武殿已经具题，合用物料，会同估计，该银三万三十八两四钱。后蒙钦降银一万两，共四万三十八两四钱。钦遵谨将前银分给委官置买物料，成造宇殿，尚有余银一万两。经高士陈善道、千户何泉，会同臣等，看得旧殿左廊后原有屋宇一区，内供奉三清、玉帝圣像，议照上帝不当列在正殿左侧。查得太素宫东拱日峰下隙地一段，入深一十六丈，横阔九丈六尺，相应创建殿宇一区，左右两廊，前盖三门，奉安圣像。及照真武新殿并配殿等处落成之后，内缺供器牌位钟鼓等项，半山坡可建石牌坊一座，并碑亭碑石，欲将前项余银买办物料，召募工役，建造竖立，庶俾享祀各隆，仪度备等因。"作为此次工程的负责人，莫如士详细记载了工程建设的情况，根据莫如士的记载，该工程原经费为三万三十八两四钱，用于修建真武殿，后又追加一万两银，用于新添仪器设备，增加道教建筑，得益于明嘉靖皇帝的恩惠。

向前走折下再向前，是明代所建的一个石坊，石坊上有"小壶天"三字，壸即皇家园林石砌的路，"壶"与"壸"虽然只差一横，意义相差甚远。石坊门洞呈葫芦形，进门后便是一个长6丈、宽1丈，高7.5丈的石窟，石窟的一侧为万丈深渊，站在窟侧有无限风光在险峰之感，此地极其震撼，人宛如在空中，过去的人只能一个一个小心而过，当时就有两个人未敢向前走进石窟，后退一步便见崖壁上有思退崖、石上流泉、一线泉、升所等石刻，据传这是道士飞升成仙的地方。此泉水大旱也不干涸，常年都只一线，因此而得名一线泉。石窟经过人工雕琢后，显得越发精美，加之这些崖刻，更加显得道文化的厚重，周其祚一行俯瞰山下，自上而来的吉阳水平静如镜，船帆点点，缓缓而动，构成一幅美丽的江景图。吉阳水出黟县之吉阳山经休宁城到屯溪入于渐水合汊。

到玉虚宫得爬一段坡折而向前2里才到达，而且全部是鸟道，走起来比较慢。

快到玉虚宫的一幅石雕引起大家的好奇,下方是一个石人,为古代一武士,身着盔甲,右手搓腰,左手牵一头战马,雄姿英武,战马正迈步而行,上方有一石碑,所有雕刻均在山石上凿出来的,上方还有一块巨大的石碑,也是在山体石上凿出来的。图案非常精美,折左即见玉虚宫,映入眼帘的是崖刻,依次是:霞光月色、银水泻碧,左边是:飞雨,向前:秀拔诸峰、东南名嶽,大字为:紫霄崖,再向前为:壁立万仞,下方为:凝霞。

玉虚宫在紫霄崖下,由"太乙真庆宫""五虚阅世仁威宫"等石坊组成,石坊上有神鸟异兽图案的浮雕,宫内便是石洞。洞内供奉神像都是与道教有关神仙的传说。玉虚宫是善男信女烧香求神、祈祷福寿的圣地,玉虚宫的紫霄玄帝碑,碑高7.6米,宽1.4米,整座碑以一赑屃承托,在齐云山众多的碑中为最大,气势最为宏伟,因而被告称为"齐云山碑中之王",紫霄宫玄帝碑又称唐寅碑,这是因为在碑的一面刻着唐寅为玉虚宫落成而写的铭文。相传唐寅去齐云山时,正值玉虚宫落成,唐寅至玉虚宫前,见道长汪泰元倚栏站在雷坛上,俯瞰山下小道,面有难色。一问,原来是道长想为玉虚宫立碑,碑铭仍没有着落,唐寅有感于道长的良苦用心,自告奋勇,提出为玉虚宫撰写碑铭,由此一篇《紫霄宫玄帝碑铭》骈体文,一挥而成。

周其祚实在为之扼腕,像唐寅这样有才华的人,应该活得有模有样的,可唐寅正好是反其道而行之。一辈子生无着落,唐寅的那首《贫士吟》道出了他的艰辛与困苦。

十朝风雨若昏迷,八口妻孥并告饥。
信是老天真戏我,无人来买扇头诗。

青山白发老痴顽,笔砚生涯苦食艰。
湖上水田人不要,谁来买我画中山。
荒村风雨杂鸡鸣,籁釜朝厨愧老妻。
谋写一枝新竹卖,市中笋价贱如泥。
书画诗文总不工,偶然生计寓其中。
肯嫌斗粟囊钱少,也济先生一日穷。
白板门扉红槿篱,比邻鹅鸭对妻儿。
天然兴趣难摹写,三日无烟不觉饥。

这是唐寅一生的真实写照,并不是民间故事传下来那个风流倜傥的唐伯虎。

唐寅跟休宁也有一段渊源。

十二　祸从口出毁终身

周其祚一路走一路讲述着唐寅的故事。

这一切还得从一场考试说起。弘治十二年(1499),唐寅准备进京赶考,此时的唐寅已经名满天下,他不仅年少成名,而且在乡试中一举夺魁。他对此次的进京赶考也是信心满满,当时的人们也认为此次会考唐伯虎必中解元。

由此,唐寅信心十足地踏上了进京赶考的道路。在进京赶考的路上,唐寅遇到了一个改变了他一生的人,这个人就是徐经。

徐经,字衡父,江阴人。和唐寅是同科举人,不过唐寅是解元,而徐经则是四十一名,这两人的天赋可以说是一个天上一个地下,因此徐经对于唐寅可以说极其崇拜。

所谓无巧不成书,徐经在赶考的途中遇到了那个举世瞩目的偶像:唐寅。于是家里颇有钱财的徐经立即表示,他可以承担唐寅此次进京赶考的所有费用,而要求也十分简单:只要唐寅跟他一起进京就可以了。唐寅答应了这个请求。

徐经也很够意思,他把唐寅照顾得很好,这两人吃吃喝喝,一路逍遥到了京城。在到达京城后两人也肆意玩闹,一直到玩够了才散伙。

等到会试的时候,唐寅在众人的瞩目中走进了考场,之后一脸轻松地走出了考场,而同样一脸轻松地走出考场的人,是徐经。

当时的考题让唐寅认为,就算自己不中会元,也一定会高中进士,因为有一道极难的题,天下学子能够做出来的寥寥无几。

在考试结束后唐寅参加了一个文人举办的宴会,估计是当时唐寅的酒喝得有点高了,再加上周围人的吹捧,让唐寅的嚣张劲又飘浮出来,他指着众人说:各位不必争了,今科会元必是我唐寅,再无他人。

正所谓说者无意,听者有心,听到唐寅这句话,有的学子就思考起来:这唐寅也太狂妄了,要知道会试不比乡试,这其中不仅高手如云,还有诸多不确定因素,他唐寅何德何能,竟敢说自己一定是会元,这其中一定有什么猫腻。于是一纸状告到了皇上那里,唐寅被关进了大狱。与他一同关进大狱的还有主考官程敏政,还有他的好友徐经,他们的罪名是会试舞弊。

弘治元年(1488),程敏政被御史魏璋以暧昧之词弹劾,归南山读书。五年后,复起用,任太常卿兼侍讲学士,掌院事。后又任礼部右侍郎,专掌内阁诰敕。弘治十二年(1499),会同李东阳主持会试,考生唐寅、徐经预先做的文章恰与试题吻合。给事中华昶劾奏程敏政以泄题罪,被执下狱,唐、徐亦同时获罪。后经查明华昶劾察失实,程敏政被释放出狱。他不愿为官,坚请致仕。不久,因悲愤成疾,发痈而卒,终年55岁。追赠礼部尚书。

他的遗著有《宋遗民录》《篁墩文集》《程篁墩诗存》《宋纪受终考》《明文衡》《新安文献志》等,并撰有明弘治本《休宁志》38卷,为本县现存最早的一部县志。

程敏政,字克勤,休宁人。明代文学家。祖籍篁墩,故以篁墩为号。他出身武宦之家,自幼聪敏,有神童之称。10岁随父到四川,为巡抚罗绮所钟爱,荐与英宗。召见时,英宗令作《瑞雪》诗和《经书义论》,他才思敏捷,文采出众,受到称赞,被破格送入翰林院读书。后学业大进,又受到大学士李贤赏识,被招为女婿。

成化二年(1466),程敏政应殿试中进士,授翰林院编修,参与英宗、宪宗两朝实录编写。弘治初,擢少詹事。后被提升为侍讲学士。孝宗继位后,尊称他为先生。时人评论说,翰林中"学问渊博程敏政,文章最好李东阳"。如果不是因为唐寅的事,程敏政也不至于下狱,也不是后来的样子。

唐寅的一生最后没有志得意满,后半生贫困潦倒,只能靠卖点画来维持生计,他曾经写道:湖上水田无人要,谁来买我画中山。因此经常断米无粮,有一年的大年三十,由于家中没有食物,到了竹堂寺写下了:

柴米油盐酱醋茶,般般都在别人家。
岁暮天寒无一事,竹堂寺里看梅花。

写出了他当时的寒碜境况,到了最后的光景,唐寅回想起他走过的路,在世上枉活一生,所以写下了《绝笔诗》:

一日兼他两日狂,已过三万六千场。
他年新识如相问,只当飘流在异乡。
生在阳间有散场,死归地府又何妨。
阳间地府俱相似,只当飘流在异乡。

诗中道尽了他对人世间的绝望,他这一生跌宕起伏,孤苦伶仃,命运似乎总是跟他过不去,死的时候只有54岁,因无钱安葬,还是他的好友祝枝山出钱帮他下了葬。

唐寅如果当时没有口出狂言,他的一生可能是仕途无量,那一段时期的历史也可能被改写,当然历史不容假设,正可谓:祸从口出。毁了他自己一生,还影响了其他人。

十三　严逞恶吏不手软

休宁县令周其祚,常常望着这"明镜高悬"的大堂,陷入沉思,脑海中浮想联翩,做个好官可以千古留名,做个坏官也可以千古留名,只不过是个臭名,做个好官不容易,他在自己老家深有体会,为官一方,当尽全力为民办事,百姓心中有杆秤。周其祚饱读诗书,"君,舟也,民水也,水能载舟,亦能覆舟",先生当年的教诲犹在耳边,想当年他也是立志有朝一日能当上官,一定要当个好官。

前几年的从政生涯,周其祚懂得了许多,他静下心来,查看了县衙的档案,案件当中,最多的是山林纠纷案件,个别案件已达数年之久,状子,记录地图,让他看得眼花缭乱。山林纠纷案件影响大,容易引起村民与村民,宗族与宗族间的争斗。县衙的收支也是捉襟见肘,连个正常的办公需求都难以满足……他来了这么久还是理无头绪,毫无建树。

主簿、县丞、训导、教谕跟着周其祚做了些事,看着新来的县令表面像是个做事的人,新来乍到也可能都要做点样子吧,有人说长也有人说短的,反正就那样,周其祚的随从马彪和卢维仁把听到的这些消息一一告诉了他。

主意拿定后,他把眼光放到了户房,户房设典史1名(亦称"户书"),攒典1名,主管全县征收税银,并派有一些官差经办具体的事宜,他在老家当县吏的时候,就听人说过户房是个肥缺,户房下面的一班人马几年干下来,个个都富了,这里面猫腻太多,朝廷给的权力,成了个人敛财的工具。他决心去蹚一下这浑水。

四月的下旬,屯溪几天都是阴雨绵绵,自上游五城、万安、临溪下来的木排天天都能把整个江面挤得满满的,户房派出的衙役,或东或西,忙得不亦乐乎,在归帆的不远处,一条小船在不停地查验着税银票据,逐一记载了这些人所交的官银,几天下来,大账本记得满满的,周其祚了解情况后点点头。

过了几日,户房派出的小官差依旧在忙着收银的事,归帆处来了一大批杉木排,杉木老板被县官差叫住,老板自称姓王,一面嘱咐放排人把排停好,一面带了个先生上了江边官差的船,官差的领头一听王老板是外地口音,于是一番计算要100两银子,这可不是个小数目,于是讨价还价。"你不想交吧,150两,加50两。""官爷你怎能这样? 刚才账是你计算的,这会说变就变,还加这么多,你这不是讹人吗?""好大的口气,竟敢说我讹你,来人,把王老板拿下。""有话好说,有话好说,做生意和气生财,和气生财。"边上的一个官差见来人不示弱,于是把王老板叫到岸边上:"你是第一回从我们这过吧,好像一点规矩都不懂呀?""是,我是第一次做杉木生意,还有什么规矩,我真的不知道。"一副不知情的样子。"那好吧,我来跟你说,你得听我的。"官差凑近王老板耳朵,一番开导。"哦,原来是这样。""这样吗,我头次做生意,真的不清楚道上的规矩。"于是到一暗处,拿个10两银子塞与官差,可官差又伸出二个指头,王老板心领神会,于是又拿了20两银子塞与官差,嘱他帮美言几句,王老板做出一副服从的样子。"放心吧,我这就去说说。"官差心领神会,说那人已经拿了20两银子,领头看样子很生气:"等会再说。"又去忙别的事了,过了许久官差的头过来了,慢吞吞地说:"王老板,你叫我重新帮你算下税银是吗,我再重新核下吧。""是是!"王老板一边应着,一边赔着笑脸,官差的头带着一伙官差或上或下,一番查看好了。"交个40两吧,第一次照顾点,否则100两一分都不能少。"王老板和先生一同办了手续,拿到了税银票据,一声招呼,岸上下来几个人,为首的是高大成,还有新来的师爷马彪、卢维仁等人,他们奉了周其祚之命专治户房派出的官差,于是下令:"给我拿下。"这些官差如梦方醒,原来是周其祚一手设计好的一出戏。

周其祚几天前叫查验了户房收取官银的票据,发现了户房派出的官差收银有诈,少收、乱收情况时有发生,中饱私囊现象十分严重,这些官差已成了一方恶吏,所以派人进行试探,结果确如所料,户房负责收取官银,权力很大,个中猫腻也不少,他这次是下了决心的,先从户房开始整顿,撤换了户房及一批官差,起到了震慑作用。

治县先治吏,这第一步还是成功的。

十四　惩恶少赢得民心

休宁四月底的初夏,天气时凉时热,正所谓二四八月乱穿衣,年轻人已穿薄纱了。大街上,午时刚过,一小瓷器店前,一堆人嚷嚷着。一个少爷打扮的人,长得五大三粗,满脸横肉,扎着又大又粗的辫子,看起来十分凶狠,当地人都叫他汪横来。汪横来拿着一个茶杯,大声叫道:"李老板你看看你卖的是什么货?"原来是汪横来手里举的这个茶杯,缺了个小口,"你怎么说吧,赔钱还是赔物,你看着办。"原来这家店的李老板头一天卖了一个茶杯给了这位少爷。李老板好生说:"给我看一下。"李老板瞧了又瞧,"少爷,这个缺口是新的,是不是你拿回去掉地上碰到的。""问下这是不是你卖出去的货?""是的,是从我家卖出去的货呀,可我卖出去时你看过,我家的货是好好的。"李老板压低了声答道。"你的意思是本少爷弄破的不成?""我家货卖出去的时候确实是好好的,你也仔细验过了。""我看你是活得不耐烦了吧,欺骗了本少爷,还敢狡辩,你可知道我是谁,也不到休宁大街上问问。""你可知道我们家少爷是谁,一会儿就让你知道我家少爷的厉害,让你见识见识。"跟汪横来一起来的几个跟班应和着,李老板知道,这班人明摆着就是来找茬的,俗话说:好汉不吃眼前亏,于是左一个好商量,又一个好商量,我有眼不识泰山,"有话好说,有话好说!""这样,我替你换了这个杯子,行吧?""你说换掉这个杯子,对吧?你再说一遍。""少爷,我是说了,这杯子我就替你换一个。""大家都来听听呀,他说了卖给我的茶杯有重大问题,是店家骗我在先。"汪横来内心高兴着呢,他亲自下的局,这不,李老板还是中招了,汪横来故意把嗓门提到了最高处,"这可是你说的,哈哈,承认了吧"只听得啪的一声,汪横来把手上的茶杯猛地砸到地上,把附近的人吓得一跳,"敢骗本少爷,休宁街上竟然还有人骗本少爷,你看着办吧?"说完,汪横来上来一把抓住李老板的衣襟,怒气冲冲地说道:"既然是你欺骗了我,你看看怎么着吧?你自己说。"一小跟班上前,怒吼道:"赔钱。""对,赔钱!""五两银子!""十两银子!""二十两银子!"吆喝声一浪盖过一浪,李妻被他们这群人吓得直发抖,李老板也不知所措,知道一时半会也没办法,小心问了句:"我把你付的那500文钱全退给你行吗?我不卖了,货你全部退还给我。""你说行吗?""跟你说吧,10两银子,一个子儿都不能少。""我把全部的本钱都退给你,你还想怎么着?""怎么着,你不想赔钱吧,我让你看看是我的拳头硬还是你的嘴硬。"说完便举起了拳头。"住手!"只听得一声吼,汪横来一看,一中年人直冲他而来,而且听声音是外地口音。"哟,这是来帮手了吧?"于是放开了李老板,挥拳便打上来人,拳未落下,倒是被人给按住,不能动弹。几个跟班正准备一起上的时候,也被人给拿下按倒在地。

话说周其祚这天午时过后,着了个便装带了几个随行,一同上街走动走动,不想到了西街口,看到嚷嚷的人群,于是也凑了过来,问了本街上的人,这少爷是什么人,也有好事者,一一告诉了他,这少爷姓汪,街上一大户人家的公子,仗着家中有人在县衙当差,整日游手好闲,敲诈勒索,无恶不作,横行一方,于是人们送了他一个绰号:汪横来,真正叫什么名字,大家也不太清楚,这人在当地谁都惹不起,没少干过欺负人的坏事,他家的钱财就是靠霸占、敲诈而来的,整天在街上晃悠,一旦找到借口准能得逞,凡是外地来的没少吃过他的亏,你看这家店老板又要倒霉了。周其祚听着点点头,于是他叫上一跟班,如此如此地吩咐了一番,周其祚站在一旁静观其情。

这家瓷器店老板姓李,景德镇客商,他们看过此地,瓷器这类东西紧缺,景德镇距离休宁也不远,所以选择到休宁做瓷器方面的生意。夫妻俩到休宁西街上租了一间小屋,开了一家瓷器店,专营景德镇碗、茶具等瓷器类的东西。

汪横来正挥拳之际,捕头一个箭步冲了上来,将汪横来按倒在地,随后一把大枷锁直接上到了脖子上,汪横来方才知道这回栽了,几个跟班也被一一拿下。周其祚这回可是铁了心治恶,要给他们点颜色看看,他叫上衙役鸣锣开道,将这恶少还有跟班的几个人,戴着重大的枷锁,在休宁街上游了个遍,而后直接押往大堂,公开审理,每人各打20大板,直打得他们皮开肉绽,叫苦连天。这个打板子是很有讲究的,看似一样地打,这个中内幕极其复杂,一般的衙役为了个人的利益,从中设法练就了一身所谓打板子的本领,普通的打只伤筋不伤骨,而当真的重打,将是皮开肉绽,打的人一方面要看县太爷的指令,另一方面如果有人暗中塞了钱,那么就好过一点,如果重打,再好的身子骨也承受不了这20板,像汪横来这类的人,县令的意思是重重地打,所以这20板几乎取了他的性命,从此休宁街上再也没有了汪横来。

治县要治乱,周县令惩治恶少一时在休宁传开来,都说周县令为休宁做了件大好事,成为一时的佳话。周其祚用现在的话说,以身作则,也影响到县衙内的一些小吏,眼见如此严苛的县令,也让他们有所收敛,由此休宁县域之内平静了多年。

十五　参佛事下访民情

七月六日,夏日炎炎,暑气逼人,一大早,周其祚与三人便骑上马直奔东南方向,一路上到屯溪,过临溪,经汊口,到凹下,叫上地保带路,根据地保的介绍,有专门的《仰山乘》记载:"仰山在县东南七十里,由汊口环佩水,东行过方山,历凹下,至茶园,即化山脚也。登者如猱升木,壁斗绝,任趾不任踵,直不可径,则绕折蛇行,号十八盘。进憩白斗亭前,渡剪刀门,时时扪为固,支枝以防,及绝顶,稍东折下,数百武,平衍夷旷,殿祀宝公。"七月七日是仰山寺祭祀日,外地香客远道而来,早早上山,人特别多。在明末以来,仰山寺香火十分旺盛。他们走到仰山山脚叫茶园的地方,见到题有"仰山初地"的亭子,再看诗云:

即进勿自退,到此莫拟议。
若能如是行,举足登初地。

周其祚点点头,仰山是休宁县的一座历史名山,登仰山是县令周其祚期待已久的事情。四人一步一台阶地攀登仰山岭。一段路一走,几个人脱了

衣服,光着膀子。走到十八折,周其祚站在台阶上吟道:

持地净佛土,到此开悟入。
常随阿罗汉,一人治一级。

好个"一人治一级",此诗即为:十八盘。走到十八折顶,一个个满头大汗,看着群山,皆在脚下,正是:懒摇白羽扇,裸袒青林中。脱巾挂石壁,露顶洒松风。

爬到一善亭,他们进亭坐下休息。大批香客一听是县太爷来了,纷纷围拢过来,问这问那。周其祚很是随和,言谈甚欢。此处叫剪刀鞏,乃一夫当关万夫莫开之地,古人在此建了石拱门,加盖了亭子,方便休息,也可以做往来防护之用。此地留有古诗:"鸟道通幽径,巢居最上方;高僧乘语录,胜迹重梁唐。四姓尊慈教,千山拱法王;禅堂近天际,净坐日偏长。"释文石剪刀门诗:"道高多所疑,入门悉冰泮;远胜并州铁,一剪诸缘断。"程文举剪刀门诗:"两峰峙作门,谓剪宛相似;入此断诸缘,亦毋轻造次。"一路上蝉声此起彼伏,绿树成荫,仿佛进入另一个世界。喝过了甘露亭的水,真是涓滴如甘露。甘露亭的水又叫卓锡泉,传说为卓锡所凿,此处的水自崖出,冬暖夏凉,可为过往行人解渴消暑。

过了甘露亭,很快就到了仰山寺。仰山寺方丈快速上前迎接周其祚,人来人往的,好不热闹。屋檐上的风铃随风而响,发出阵阵丁零丁零的声音。只见:仰山寺前香炉香烟袅袅,两座二层高的寺庙坐北朝南,寺前山门一间中有天井门上一匾额题曰"敕赐仰山真觉禅寺",为明万历皇帝所赐。进入仰山寺大雄宝殿,丹彩之饰耀眼夺目。此处建有大雄宝殿、宝志公殿、天王殿、伽蓝殿、祝圣法筵、龙王殿、华严楼、净业楼、钟楼、藏经阁、忏阁、禅堂、镜堂、五观堂、涅槃堂、扑拂斋、十方院、旦过寮、信宿寮、直岁寮。正殿佛座高七尺,横一丈八尺,皆石造,中座雕狲,左雕狮,右雕象,四围皆卍字套环。后殿观音菩萨座高四尺,横一丈亦石造,上下四围一色素净。前殿宝志公座中左右雕狮子,二楹俱雕西方莲及八吉祥,石座上皆木雕,分户门,三雕工精巧殊甚,寔昆上,座捐钵倡置顾指而成;正殿两廊乃十八尊者,座皆木雕;净业楼佛座皆木雕;正殿梁上佛龛一座分三户门中安;钦赐渗金铜佛像一尊,高二尺,铜莲花座一尺五,左右安奉,内赐法宝龛;水口有石堤一道,高三丈,横四丈,上阔四丈,蓄水堤;上有龙王殿四楹;堤外有水碓及屋三间;水口的银杏树迎风招展。

众多和尚已经在寺内做法事,周其祚嘱不要打扰他人,遂与方丈一起入上堂休息喝茶。仰山七月七期间,要做三天三夜的法事,周边一些寺庙的和尚一起来到仰山寺,方丈带着县太爷走到百丈崖、鸦生台等地。仰山为新安三山之一,明代曾称:黄山大而嵯,白岳秀而奇,仰山幽而峻,三山鼎立。仰山因为路途遥远,所以在仰山寺建了很多的客房,供外地香客在此歇息。明代在开发仰山时一共建了40余处景点,供香客旅游,仰山成为可拜佛可游览之地。七月七开门的第一支香由德高望重的人上。县太爷的到来,为仰山寺增光添彩,这让方丈高兴不已,明天一开寺门这第一炷香非县太爷莫属。

七月七日拂晓,寺前晨钟敲响,寺门打开,周其祚在方丈的引导下,第一个进入寺内烧香敬佛。周其祚毕恭毕敬地拜完佛,直奔汊口村。

汉口因是二水合一的交叉口，得名汉口。二水一是来自璜源，发源地为璜源；二是来自佩琅，发源地为仰山。二水到汉口合二为一，流经临溪，在枧东村注入新安江上游率水。程敏政到汉口曾写下："二水中分白鹭洲，人家多住竹棚头，眼前好景道不得，长夏江村事事幽。"这二水乃璜源、仰山的二水，也是周边居民外运木材、毛竹的重要通道。

通往浙江的几条驿道都由汉口经过，附近山民都要在此歇脚，买卖山货等，渐渐形成了休宁县东南的一个集镇。汉口历史悠久，文化底蕴深厚。汉口以程姓为主，自宋代端明殿学士程珌以来，人才辈出，出现程若川、程若庸等一批名臣，这些名臣回报家乡也促成了汉口的繁荣和发展。

在地保的陪同下参观了汉口街道、程家祠堂、程珌墓地，察看了当地的水利灌溉设施。据地保反映，当地的农田关键是用水问题，雨量充沛，收成就好，反之，收成会减少，从前曾经出现过颗粒无收的情况。当周其祚看到稻子长势良好，村民安居乐业，一路上饶有兴致，地保更是引以为豪地谈及汉口古今。

周其祚走到汉口河边，看到河床上的石菖蒲便问。地保一一解释，周其祚明白过来，这就是宋代洪迈笔下所写的石菖蒲。

休宁村落间有奇石如弹子涡所出宜养石菖蒲程

（宋）洪迈

君家绿溪上，岸曲溪成涡。

涡间石无数，水礧相荡磨。

谁尝掬而戏，一一印指螺。

我欲往取之，拥此菖蒲窠。

石罂注新汲，幽姿发清哦。

　　夫子许饷我，往督书已多。

　　愿言速寄与，起此泉石痾。

　　周其祚看了又看，驻足良久，称赞洪迈把石菖蒲写到了极处，情景交融。

　　看到几个村民在用水车打水，周其祚饶有兴致地说道："让我来试试。"他一边踩着水车，一边大为赞叹发明水车者的聪明才智，为百姓种田立下汗马功劳，曾有古诗云："既如车轮转，又若川虹饮。能移霖雨功，自致禾苗稔。"龙骨水车最早发明于东汉。有个叫马钧的人，想着法子方便农民种地，尤其在干旱季节，看到村民一桶桶地挑水浇灌，甚是劳苦，效率不高，所以经过多年的研究设计出了龙骨水车。其构造是：用木板做一个长2丈许、宽约3尺、高约三分之一尺的木槽，在木槽的一端安装一个比较大的带齿轮轴，轴的两端安装可以踏动的踏板。在木槽的另一端安装一个比较小的齿轮轴。在两个齿轮轴之间安装上木链条，木链条上拴上串板。这样，在灌溉农田的时候，就把木槽的安有小齿轮轴的一端放入池塘或河中，人只要踏动大齿轮轴上的踏板，就可以使串板在槽里运动，刮水而上，实现了将水从低处提升到高处的目的，并且可以"更出更入"，循环不已，能连续不断地提水。速度加快，效率提高，免去了农民提水之累，是一大技术进步。每到夏季，田间地头到处都听得到水车的声音。

　　走过汉口后，周其祚于当日回城。

十六　计划赶上了变化

徽州之木,松、杉为多。民间栽杉以三十年为期一伐。

朱昌九从杭州回家的第二天,又带了一班人上山去看了一下山上的杉木,还有不少的数量,这一时半会地运不下山,又去看了扦插杉木苗的山场,面积近百亩。他跟大家伙商量道:"这山场如果种上玉米,保管是大丰收,那是一件很有准头的事情。经与吴老板商定,这三年的山场抚育全部交给朱昌九,免费种玉米,收成归昌九他们。朱昌九回到家中,召集了村里的人,把想法跟大家讲清楚,特别带上一些没有山场的农户。接下来,几乎是全村上阵,大家带上种子,各自划了片,把近百亩山场全种上了玉米。

朱昌九这人力气大,身体强,干活停不下来,又带着一班人马上山扛树、放树,一个月下来又运了不少下山,朱昌九他们又出发了。

吴老板自从得到了杭州知府的支持,便叫朱昌九加快速度,这不,一个月后又出发了。这次出去,十分顺利,杉木卖得价格也很好,吴老板又给了朱昌九10两纹银。朱昌九简直欣喜若狂,到吴老板家中,已成座上宾,到了无话不谈的地步。吴老板开始帮助朱昌九改善家庭,叫朱昌九再买点田地,有了田地才能安居乐业。朱昌九只读过两年私塾,识字不多,也不知道怎办,表示全部听吴老板的,一切由他来帮其操办,任大哥安排。于是吴老板一边帮着他张罗建宅,一边帮着他购田地。吴老板说:"建房的事到梅雨季节过后就开始,现在可以准备材料,我山上还有不少杉木,你自己多运点下山,起码弄一条排放出来,拉到我家后院存放。"

吴老板还考虑到他们两人下一步的生意,山上的事就全权交给朱昌九,以保证有足够的杉木存在山中,他想到杭州租点地方,开一家木行,自己专门在杭州销售木材,多赚一些钱。朱昌九听得云里雾里,也插不上什么话,就呆呆地应着。的确,这吴老板还是有远见的,还要多购点杉树林存放在山上,有家乡的人帮忙,不妨趁机大干一场。

这次朱昌九带着的这班人,放排出去挺顺当,大家一路上也高兴,都很感激朱昌九,叫哥、叫弟、叫侄的,大家回乡的时候都是满满的一担,搁谁身上谁都高兴。朱昌九一面放着排,一面帮着大哥拉生意,人缘又好,自然也成了大家伙信赖的朋友。

天气转暖了,此时是放排人的最好季节,出去可以少带点被服,也少受寒。大家干劲更足,上山扛树放树,再扛再放,再扛,直到河边。朱昌九叫大家先提了一条大的排,叫上两个兄弟,先放到了屯溪,他一切都是在悄悄地进行着,丝毫不对外张扬。

朱昌九要做的事,就是找些山场,一下雨就去隔壁村打听。溪坑村有一个地名叫大石山的山场,为八个大户人家共有,有五六百亩,开价1000两纹银。他不会算账,只好去屯溪请大哥吴老板来看山。吴老板是周边有名的判山老板,看山场眼睛很准,找到几个大户,几天一跑,心里有数了,他说只值500两纹银。吴老板开了价,叫大家考虑下,就走了,这把朱昌九给惊呆了,有这样做生意的吗?回家的路上吴老板才半开玩笑地说:"这叫开价天杀价地,你信不,到时候他会卖的。"

果不其然,过了半个多月,方老板几个人找上门要来谈谈。吴老板口若悬河,讲了他山场内的杉木,数量讲得很准,方坚持要 800 两,而吴只给 550 两。又过了一天,吴老板只答应给他 580 两纹银,最后成交,于是写了个地契,叫上地保做了个中,事就成了。

这之中朱昌九有所不知,原来,吴老板在与这八个老板商议的同时,他很会识人,他看中了这班人中的方老板,这人能说会道、思维敏捷,而且很能服众,所以吴老板就把宝押在他的身上。在看山的同时,吴老板私下会过几次方老板,才知道方老板所占的份数最少,事成后暗地给他 50 两银子,所以由方老板促成了这笔买卖。同时吴老板还托了几班人马上到此地看山,谁知这价格一个不如一个,第一个去的是程老板,大家很是兴奋,心里想,你吴老板出的价这么低,我们的杉木也是"皇帝的女儿不愁嫁"。可一天看下来,程老板直叹气道:"你们这么远的路,山又高又陡,我最多只能出 500 两,多一分都不要,而且当下只付一半的钱,杉木全部下山再付清。"大家再没出声,心想还不如早前的吴老板,谁不知道一千不如八百现?一连几天都差不多,眼见行情上不去,最后方老板把大家召集到一起讨论此事。方说:"这样谈下去也不是个办法,大家再看看。"众人你一言我一语,也没了准绳,还有人提出自己分开卖,算来算去,都划不来,方老板试探地说:"要不我去趟吴老板的家,试试?"众人说不妨试试。就这样,事情完全按着他设想的办妥。

接下来,朱昌九又去了杭州一次,山上的树木便全部运完了。

十七　放开手脚忙秋伐

夏季刚过,热度未减,中午的太阳更加毒辣。可山上就大不一样了,蝉声依然盈耳,但山林间已是凉风习习。玉米已经开始结穗,一眼望不到尽头,满山都是绿油油的,根根粗壮,看不见一根杂草,应该是他们刚刚除过了。玉米开始长出棒子,白胡子、黑胡子也都开始挂了起来。今年的雨水挺会人意的,时不时地就来场雨,看着这长势,人见人爱。

朱昌九忙起来了,他自己磨好了柴刀、斧头、刮刀,一大早,背上中饭,系上弯刀,带上昨天磨好的斧头、刮刀,领着一班人到村外十几里的大石山去砍树。秋日的山林里,树荫遮盖,完全晒不到一点阳光,看着这满山又直又大的杉树,朱昌九心想,这小弟的眼力还是很好的。伐木人每进一座山干活,先得拜山。他带着这班人,理出一片空地,把香一一点着,人手三支,齐刷刷地跪下,齐声高喊:"山神保佑!"叩好头把香插在地上,才开始干活。因为朱小树是第一次上山砍树,所以朱昌九带着他学着砍树。别看这个力气活,个中还有不少的技巧。朱昌九找到一棵缠满藤的大树,叫小树来看着他做。"先将树周边的杂柴砍尽,把树周边的杂柴全部清空,给砍树时布下足够的空间。"接着到周边找个长长的杂柴做了个钩子,看似非常简单,但很实用。他耐心地给朱小树做着讲解,因为树上有不少藤。"不要急着动手砍树,得爬到树上,把所有缠在树上的藤条一一砍断。只有这样,这棵树在砍伐时才听我们的话,叫它怎么倒就会怎么倒。"说完把斧头、刮刀放在了一边,像猿猴一样地上了树,可谓身手敏捷。他一手抱着大树,脚踩着一根大点的树丫,还特意吩咐了小树一下:"一定要找最为结实的枝丫踩。在踩之前,一定要试试枝丫的承受力,因为人站在枝丫上面,枝丫必须承受整个人的重量,否则枝丫断掉,人会掉下来。先抱着树试探,承受力行的话才能落脚。"朱昌九站定,便抽出背上的柴刀,将缠在树上的藤条一一砍断,动作十分娴熟。然后他下到树下,挥起了斧头,教朱小树如何下斧:"下斧砍树很有讲究,为了方便运输,树倒的方向选择根部朝山下,树梢朝山上,所以不能乱砍。下斧的时候,靠山的方向略低于山外方。"朱昌九围着树一阵猛砍,下斧有力整齐,周边只听得一片咚咚的砍树声。当砍到一定程度时,朱昌九说了声"可以了",拿出备好的钩子,叫朱小树站在上方,把小树钩往树丫上一搭,轻轻一拉,树顺着他拉的方向倒下。当然,这砍的程度要自己把握好,如果没有砍到位,树一下子拉不倒,弄不好,可能向着反方向倒下;根部砍得过多也可能自己先倒掉,这样砍树的人掌握不了树倒的方向。朱昌九把这棵最难砍的树留给了自己,也是为了给朱小树做个示范,跟着朱昌九后面的树也是倒下一片。朱昌九坐在地上休息,大伙也坐到了地上,有的则拿起了旱烟,只听得叮叮地打起火来,一会儿火着了,烟雾便在林中升腾。接下来朱小树自己独立去砍了,昌九还是站在他边上,看着他砍,就这样朱小树慢慢学会了砍树。树砍倒后,朱昌九拿起刮刀,开始刮树根部的皮,几刀下来,地上树皮一大片。处理时只去根部的一截皮,其他的枝丫则不去动它,经过个把月的时间,树上的水分会被这些小枝丫吸收干净,树木渐渐干枯。

过了中午,朱昌九则要做另外一件事情:搭棚。因为下面一个月的时间要待在山上,回家路途遥远,要做好长期的打算,找处地势稍平、向阳还要有水的地方,搭建个临时的工棚。树上刮下的皮正好可以用来盖棚子,搭好的棚子上面盖上一层厚厚的树皮防雨水,可以做到滴水不漏,弄点野竹子,做点树皮夹板,将周边围上,可以防野兽,就更安全。一个下午他们搭了一大排的棚子。第二天他们带来了被子、锅碗,用竹筒子装些咸菜,再背上玉米粉,做点玉米糊糊,就着点咸菜,就是他们的一日三餐了。伐木的人们便这样在山上驻扎下来,本家的侄子朱小树一直跟着这位堂叔。

与此同时,吴老板说话算话,帮朱昌九找到木匠,开始建房,小师傅、大师傅一大堆,一天上场,十几个人,先找屋柱,弹墨线、打眼。为了做得有点档次,吴老板还专门到江边找了一些大杂木,做冬瓜梁,还请了雕刻匠,从事雕刻的事,一一展开……

父亲朱良才也没有闲着,接下来的事便是开始挖茶园。都说"七挖金,八挖银",他把茶园内的草除得干干净净。这天收工回家,朱良才走到两个孙子面前:"你们过来看看这都是啥?""我要!""我要!"兄弟二人争着向爷爷讨要。原来有空时他找点儿粽叶,扎了一些蚂蚱、篓子、粽子,逗孙子玩。有了这些东西,两个孙子跟前跟后,只要爷爷一有空就叫爷爷做这做那的。

朱昌九媳妇则割了苎麻,做麻绳。山里人家家户户都种这苎麻,因为做草鞋、布鞋都用得上,云时将麻割下,把它搓成细细的麻绳,然后下锅和着草木灰煮,进行漂水,漂好后用木棒捶打,去麻汁,麻绳就变白了,晒干后就可以用来纳鞋底做鞋子。

十八　选择吉日上房梁

入秋后,朱昌九自七月初开始秋伐,到月底已接近尾声,余下的事交由胡万余、胡万成他们去做。按照日期,估摸着建房的木匠也准备得差不多完工了,朱昌九提前扎了一架竹排,八月初一大早,他带上云时双双出发,傍晚来到了屯溪,差不多一天的时间。云时自小就没有出过门,在好奇心的驱使下,一时新鲜不过,一会儿问这一会儿问那的。过了镇海桥,来到阳湖滩,沿小道上得阳湖,先到吴老板家歇下。吴老板一家人很是高兴,热情招待,一时让云时招架不住。吴老板带着他们俩,到了他们建房的地基上,一地都是木料,木匠已经做了两个月了,梁、枋、斗拱、桁条、橡子都已经做好了,就等着立柱和上梁了,按照一井三开间,二层结构来建设,可把他俩吓了一跳,建得这么豪华,一时让他们接受不了。回家的路上,云时问昌九是真的吗,昌九点点头。到了晚上,吴老板专门找了看日子的先生,将两人的八字报上,八月六日是黄道吉日,那就选六日,接下来两人忙乎起来。云时很勤快,是一个闲不住的人,天天找大嫂要活干。吴老板则带着昌九,找人写对联,购买了糖果、鞭炮。昌九还回了趟老家,叫上几个铁兄弟,顺便在当地找了排友来帮忙,前几天则要把所有的事安排妥当,六日的人要多,要早。五日,朱昌九在大哥的关照下,把一排排的立柱全部连接好,所有一切都准备停当,便开始去"偷梁"。吴老板则找一家最会骂的去"偷",白天一班人马选中一棵最直、长势最好的杉树,做好记号,当晚朱昌九带着几个力气大的朋友行动,系好红绳,开斧砍伐,因正梁不能着地,汪永根招呼大家:"根部我来,后面的你们跟上。"众人肩负着直接扛起来,去枝断杪,小心翼翼地扛到屋基地,恭恭敬敬地架在已预备好的一对"座马"上,派人看守,忌人跨越践踏和弄脏了。其实"正梁"并不起负荷作用,只作装饰和"屋神"的象征,次日人家上山发现木材被盗,遂破口大骂。主人想要的就这结果,有个说法叫"吵发",就是越骂越发,所以有意挑家会骂的去"偷",得知是偷梁的,就不再骂了,怕人家大发。

六日一大清早就开始立柱子,一排排地立好,木匠开始做梁。在正梁两端分别写上"文东""武西",寓意着主人发家有日;正中画个太极图,借之"驱邪""镇煞";两端内外侧雕饰月形花纹,称为"开梁"。而后在梁上披大块红布,插两束金花。接着是赞梁,赞梁时要焚香燃烛。朱昌九依着规矩对正梁行过跪拜大礼后,木匠师傅便开始赞梁。"金斧响到东,文武在朝中。""好啊!""金斧响到西,福寿与天齐。""好啊!"词都是祝福主人吉利和颂扬鲁班先师的话,每唱一句,众人都要唱一声"好啊!",这叫"接彩"。

接下来是"祭梁"。开祭时,匠人持酒壶上,先夸主人的酒壶是"千两黄金好打成",又称壶中之酒是杜康所酿,接着筛酒祭天、祭地。但见大师傅手持斧头霍霍向大公鸡脖子抹去,一边洒鸡血,一边朗诵道:"伏羲,伏羲!手拿金鸡似凤凰,生得头高尾又长,头高顶得千担米,尾长挂得万担粮。金鸡不是凡家鸡,王母娘娘孵小鸡,一更二点它不叫,三更四点它不啼,金鸡正好五更啼。文官听到金鸡叫,正是上朝时;武官听到金鸡叫,正是点兵时;王母娘娘听到金鸡叫,正是桃花绣朵时;东家听到金鸡叫,正是架梁时。鸡血点梁东,代代儿孙做贵公;鸡血点梁西,代代儿孙穿朝衣;鸡血点在梁中间,荣华富贵万年长。"而后将鸡往地上一抛,念道:"金鸡落地,大吉大利。"祭罢上梁。木匠师傅将两只装满五谷的红布小袋挂在正梁两头,一边一根绳子系着的正梁在众人的牵引下徐徐上升。这时,鞭炮响起,锣鼓齐鸣。

待正梁架稳,木匠便站在屋架上向东南西北中五个方向撒五谷,边撒边唱赞词,众人也帮腔赞和。两只袋里剩余的谷物,一只存放于梁头,另一只从梁上放下,让昌九用衣兜住,放入谷仓,预兆来年五谷丰登。接着,又在正梁上挂八角锤9对,西柱上挂13对,取"九子十三孙"之意。此时,屋主人站在高处向众人抛撒糖果和小八角锤,大家你争我夺,想多得一点"利市品"。赞梁仪式结束,撤去供品,在鞭炮声中上梁,木匠又有一番礼赞,众人齐声叫好。在众人的赞声中又抛撒糖果,整个上梁算是告成。木匠师傅向主人道喜,主人则赠送"递手"——红纸包,所有供品和"王母娘娘报晓鸡"也全部归木工所有,连拴正梁的两根红绳子也"贡献"给"鲁班先师"绑锯子了。这一日,木匠不仅拿双份工钱,酒筵上还得坐首席,正如俗话所说的,"神灵漆匠做,木听匠人言",木匠在古时是很受尊重的。

梁上好马上开始钉桁条、椽子、盖瓦,这一切都要一气呵成。当天晚上还要在新房内办酒宴。

接下来就是砖匠泥墙、粉刷等等,朱昌九合计着,年底到阳湖过年。

十九　黎阳庙会好热闹

房屋盖好了，一桩心事放下，朱昌九、吴老板都松了口气。正好又赶上黎阳庙会，到了第三天，朱昌九带上云时到处看看。

他们下到渡口，坐船到对岸，上岸过了桥就是黎阳，只听得仗鼓队锣鼓喧天，昌九带着妻子凑上去，一个一个地数着，只听街上的人说这第一个是汪公，接下来是老关帝（关羽）、新关帝（关平）、三大元帅（程元帅、任元帅、赵元帅），还有钱将军、二相公、八大帝、九相公、先锋羊三舍人，共 11 尊菩萨，在巡游黎阳街，好不热闹。云时一直牵着昌九的衣服，怕把自己给弄丢了。

黎阳庙会来由已久，主要是为纪念越国公汪华的历史功绩，在徽州各县一直流传"抬汪公""嬉菩萨"的民间风俗。

古传汪华生于隋开皇四年（584），9 岁随母亲自绩溪到歙县落籍。在隋末战乱时期，汪华举兵屯驻休宁万寿山，保卫了一方六州的平安。唐获天下后，汪华顺应大势，于武德四年（621）上表归顺唐王朝，被封为越国公。贞观二十二年（648），汪华卒于长安，享年 64 岁。汪华的后裔遍布徽州六邑，其中以歙县、休宁繁衍最为旺盛。休、歙两地汪公祠庙不下百处。然而，坐落在黎阳的汪公庙却又与众不同。因为这里每年要举行一次被称为"八月靖阳"的盛大庙会。

八月初一前,庙会的各会就委派人员到黎阳及屯溪各商家、富户和一般百姓家去募捐。一般店家和富户要出两元银洋,而一般百姓家都要出二角至四角不等。更有各菩萨的各种战袍、百叶凉伞,也是动员富户捐助。哪家赞助多,庙会期间,先锋羊三舍人就专门去哪家,为其驱邪赶魔、招财进宝。也正因为这样,大家捐款时有点暗中比拼,以至于兼任财神爷的赵公元帅的行头特别丰富。每一尊菩萨都有一个会首,负责这尊菩萨的行头募捐,并组建一支仗鼓队,由一名吹笛的领队和十至二十名鼓手组成,有的会首本人还兼职领队。

农历八月初一晚,十一支仗鼓队在黎阳周围各大村子走街串巷演奏,既是庙会的预报,又是募捐的过程。此过程一直持续到八月初十,连续十晚。

他们四处打听,八月初九起,分别在汪公庙前的靖阳滩和九相公庙前选班演戏三天三夜。八月十一日清晨,由扛着清道旗、敲着游锣的队伍到上下黎阳各处通知各户打扫街道,准备菩萨出游。下午,每位菩萨由各自的会首领队,由游锣、蜈蚣旗、三角旗、三眼铳、百叶凉伞、仗鼓队组成的队伍进行巡游。巡游路线以上黎阳汪公庙前的靖阳滩为起点,上至高枧,下顺黎阳街而下,过镇海桥,穿过屯溪街到江西会馆返回。沿街的商店有的要放鞭炮迎接,商店都要捐款,已成为一项固定的模式。

农历八月十三日早晨汪公庙开庙门,祭祀开始。仪式的一切活动由汪氏后裔有功名者担任司仪。祭汪公的场面威严肃穆,正殿当中安放覆盖红色桌帏的宝座,换上新战袍的汪华木像端坐其上。两旁站立有二相公、九相公及三位元帅、一位将军。庙中正殿悬挂着各式宫灯,西廊排列锡制銮驾、百叶凉伞、刀斧矛锤等兵器,以及"回避""肃静"虎头牌。而后,司仪宣读祭文。祭祀活动的高潮是八月十三的"跑马"。汪公庙的北面有一大片空地,叫靖阳滩,是祭祀活动中的跑马场地。所谓跑马,就是马夫拉着八匹马驮着三大元帅,还有钱将军、二相公、八大帝、九相公、先锋羊三舍人,绕着坐着巡游汪公、老关帝、新关帝三顶轿子跑圈子。每跑一圈,脱一件袍甲,共跑九圈。由于跑圈似磨豆腐的动作,人们也戏称跑马活动为"磨豆腐"。

  昌九和云时除了看到人多和抬菩萨,什么也弄不清;除了听说第二天在靖阳滩还要演三天三夜的戏外,其他什么也不知道。不过第二天他们真的去了靖阳滩看戏,只看到戏台上花里胡哨的表演,既看不明,也看不懂,只知道很热闹,看了半天,乘渡船到对岸阳湖,次日就回朱家坑老家了。

二十　徭役税赋理还乱

秋天到了收割季节，周其祚到周边一些地方走了走。当年天公作美，可谓风调雨顺，休宁迎来了一个丰年，看着田野金黄的稻子，周其祚打心里高兴，农民的丰年，也是他县令的丰年。他心里暗想，真是天助我也，年丰百姓日子好过，一县的县令当然好当得多。周其祚思忖着，自己来休宁已经半年，时间也是快呀，半年来，他勤勤恳恳，事必躬亲，赢得了一些口碑。

九月份，稻子进入收割季，也是收税的季节了。清代朝廷对地方征收的有三项，即赋、税、役。赋，通常指以人口或土地为基础来征收的赋银，如丁赋、田赋等，赋收的是钱。税，通常指以朝廷向百姓征收的粮食，和今天意义不同。但赋和税有时候是通用的，俗称赋税。而役，是在赋、税之外另外征收的，通常有兵役、丁役、劳役等。因此，人头税虽然被称为"税"，实际上最早是"赋"的一种。当朝人头税被称为"丁赋"，男子达到16岁即为丁，成丁之后就得上税。雍正初年，休宁县的丁赋曾经人均达到了0.15两银子，如果一个五口之家则要上交0.75两的银子，相当于一个整劳力一年不吃不喝挣的钱。有钱的人交钱，没钱的去服役。除丁赋外还有田赋。田赋是依据土地缴纳，按田亩征收。当时田赋每亩田为0.075两银子的田赋。当朝有田者,十户不一,即在所有的农户当中,有田的农户,十户不到一户,土地掌握在极少数人手里;无田户十之九,即没有田地的农户,十户就有九户之多的农户是没有土地的。这样一来,绝大部分没有土地的家庭,每人每年要向朝廷交那么多的银子,或土地少交不起丁役,"富者有田连千顷而不役,贫者有田数亩而因役破家甚至逃亡",因为没有土地,不能生产,所以无力负担,导致流民增加,盗贼四起,直接威胁到社会稳定。到雍正执政后期,朝廷发布了一道命令,将原来的丁赋摊入田亩,就是雍正后期所推的"摊丁入亩",即将分摊到丁口上的丁赋,加到田亩上。休宁原来有丁口为 7 万人,后来调整到每人每年 0.12 两银子,全县单是这一项就达到 8000 多两银子,加入田亩当中,田赋增加到 32000 两银子,较原来增加了四分之一,也侵犯了少数人的利益,一到田赋征收时期,各种矛盾层出不穷。

前任的县令为此事着实伤透了脑筋,最后还是和稀泥,说白了对此事就没有了断。周其祚不查不知道,稍稍一查这些数据,问题一大堆,一些大户的税赋与田亩明显不符,一些秀才名下也多出不少空挂田亩,不用上税,还有不少是死人税,一些穷苦人的税明显高过了富人,等等,正所谓上有政策,下有对策。还有一些当差吏员掺和其中,一边吃着县衙给的补贴,一边拿着下面给的好处。一些保甲长看到换了县令,想着又可以来事了,阴一套阳一套地应对着,各说各的话,总之一切的一切都是从自己出发,想着法子为自己说事。周其祚面对这一大堆的难题,得罪也难,不得罪也难。休宁有头有脸的大户占据了较大比例,其中有一部分人选择了中立,但有一些大户背地里煽动一班人上书县衙,反映不公,他们说按目前的"摊丁入亩"法,大部分农户就没有上缴的任务,同为皇上子民,理应一视同仁地孝敬皇上,等等,看起来这些大户还挺为皇上为天下社稷着想。

面对这种窘境,周其祚身为朝廷命官,他找来了高大成、张浩天、沈龙光、王衍和跟他们一同来县衙的师爷等,一起商议对策。

高大成长期在休宁担任县丞,很清楚这类情况,他说:"在实行田赋、丁赋分开的时候,大户倒是没有出面说过什么,反倒是百姓说得多,也就是对大户有利。现在皇上体察民情,很多土地少甚至什么都没有的人,拿什么缴丁赋,'摊丁入亩',多少有个依据,较之前的分开要好得多,我认为不能听信一方说辞。"

主簿王衍这人很滑头,他则说:"依我看,他们说得也在理,同是皇上子民,都有上贡的责任,'摊丁入亩'这事也扯了有些年头,办起来难呀,关键这个办法利好的是小老百姓,在说法的分量上明显不足。要不我们再做考虑,想得周全点,慢慢地来,长久打算,反正一年把上缴的数字配齐就是了。"

张浩天认为:"此事在休宁沸沸扬扬也吵了好久,至今没完没了的,不能长此争下去。既然皇上早就下颁了'摊丁入亩'的法令,我们作为朝廷命官必须执行,我们不能迁就,我们一方面要面对朝廷,另一方面也要面对百姓,县级必须执行朝廷的法令。"

沈龙光赞同张浩天的意见,两个师爷也说全县田赋和丁赋一起总共有32000多两白银,这么大的数字,左想右想都不是办法,即便有什么,也必须按朝廷说的做。

周其祚最后还是坚定地说:"我乃朝廷命官,必须听命于朝廷。在座的各位同样受朝廷恩惠,我们必须忠于皇上,为皇上分忧,不可听信于他人,无论有多大的困难也要突破。接下来我们必须拿出一定的手段,来做好此事。"

马彪和卢维仁两位师爷本是周其祚带过来的,也是最为可靠的人,有事便同师爷商量着办。周其祚把自己的想法如此如此地跟师爷说了,两位师爷走村串巷,寻找合适的人选,一段时间下来,终于锁定城北一个叫程积前的人。此人长得一脸狠相,说起话来也粗俗,个头不高,十分蛮横,家有良田百亩,家财不说万贯,也颇不少。这家伙喜欢出风头,凡事喜欢冲到前头,与官府不和,与周边也不和,为争田园界线经常闹矛盾。一到天旱,隔壁田里的水说得好好的,今天我用明天他用,他则半夜把水放入自家的田里,吵嘴打架的事经常发生。他还擅长找理由克扣长工的工钱,算计周边佃户一套一套的,小动作不断。他家当年的收成又很好,他利用"摊丁入亩"的机会,把丁赋强加到了佃户头上,把一些佃户折腾得不轻,每次上书他都是始作俑者。于是周其祚派员有意上门催缴田赋,他是交齐了原来的田赋,至于后来分摊的丁赋,他则不说缴,也不说不缴。周其祚得知后,有意派人再次上门催缴,他依旧不温不火。待到第三次的时候,周其祚即派出捕头,将其捉拿到县衙,衙役令其跪下,周其祚问:"来人可是程积前?""是。"他还想说什么,被周其祚一声"大胆"吓倒。"你可知罪?抗缴田赋,也就是对抗朝廷,不敬皇上,来人,给我重打20大板!"衙役下手又重,20大板下来,直打得程积前皮开肉绽,根本站不起来,直喊:"老爷饶命,老爷饶命,老爷饶了我吧,我再也不敢了,再也不敢了。"还强忍着痛向周其祚磕头不止。家人赶紧把欠下的田赋缴上。周其祚则令其再缴罚银10两,并张贴告示以告知民众。程积前因被打得较重,只好叫家人抬着回家,这一路上见的人指指点点,他家的长工、周边的佃户一个个暗地里大笑不止。这一招杀鸡给猴看着实够狠,早前周其祚跟师爷也把程积前家的底摸了个透,即便逼他缴这点钱也不在话下,找这样的人治一治,周边百姓也会赞同。周其祚本不想这样做,但不找人开刀不行,不好行事,只能如此。

但对于一些确实有困难的小户,周其祚再次组织人马重新整理了鱼鳞册,较原来的数据有所完善。"摊丁入亩"法也存在着事实上的不公,田地的肥瘠不同,产出也有很大的差异,个中还有人为等因素,很难做到准确无误,从而也导致新的不公,但对于百姓来说,较前朝已经是个很大的进步。周其祚能够灵活把握,对于个别遭遇天灾人祸的,还是表现出很大的宽容,让他们欠着再说,其实也是一种模糊的谋略。

周其祚将罚银又全额交还给程积前所在的保,用于修缮水利,还美其名曰是程积前捐助的。程积前是哑巴吃黄连——有苦说不出,后来没有人提过此事。

程积前一改从前,再也不敢抛头露面了。

二十一　山里农人无闲事

　　朱昌九建房的事,还得由吴韵老板继续进行。他们回到家中,媳妇则是乐得合不拢嘴,跟儿子达山、达远说,这一次妈妈出山可是见到了大世面了,一会儿讲家里在外面建房子,年底准备到屯溪街去过年,一会儿讲怎么上梁,一会儿讲到黎阳看庙会和大戏,她的公婆也时不时地问上几句,弄得全家都跟吃了蜜似的。村里的人一听朱昌九在外建房,见到昌九都是笑脸相迎,说这昌九遇上了大贵人。一提这事,昌九也只是笑笑,他不善于谈这些事情,但在他的心里,吴老板虽然跟他结拜为兄弟,待他跟亲兄弟一样,接下来是如何报答他呀,他经常想的是这些。

　　其实昌九有所不知,吴老板这些年的事都是交给昌九的,也没少赚,要不是昌九救他,可能这条命都不知道在哪了,吴老板应该感激他才是,昌九为吴老板把下一阶段的事都给想好了。

　　他独自一人上山看了看,第一天砍的树可以做皮了,玉米已经开始熟了,那颗粒很是饱满。村里那班没地的兄弟,今年口粮没事了,让兄弟们再休息几天,就进入下一步——刮皮做树了。

　　接下来的日子,就是做树,朱昌九带着他们一起上山,跟从前一样住山上。到山上休息了会儿，朱昌九便和他们开始干活。他们找到一向阳处，用锄头把地平了一下，砍几根杂木作为横档，昌九又拉下一棵树，去除树干上的疙瘩、断杪，用树杪就近打两个桩，把大树架在木桩上。昌九的这棵树大，于是便叫上万余他们一起帮忙，把树架到木桩上。昌九拿起刮刀，刮过一边，转个方向再刮。不大一会儿，整棵的杉木皮被去得一干二净。昌九再叫几个人把树抬到横档上，竖的一排，再来横的一排，一层层地架好。大家顺着昌九找的地方，一棵一棵地做好，再把树堆砌在树架上，这样晾晒，杉木干得快。一天下来，山脚下到处是一堆一堆白白的杉木。直到中秋大家才下山回到家过中秋节。一山一山地做，一山一山地堆，进入十月他们就开始运输了。朱昌九跟几个老手，一处处地找到路子。他们采用梯级下降的方式，把高处的杉木一级一级地往下运，一直运到河边；一段段地开路，在山岗处找一个陡坡，在这陡坡上砍一条直沟，砍好沟后，他们扛到沟顶部，将杉木从沟顶部放下，经过几次一放，就成了放树沟，休宁当地人称之为"洪"，这样省去了大量的人力。很多山上有现成的放树沟，一般都是前人砍伐树木运输使用过的，这一级到底，而后人再扛一段距离，再又这样往下放，直到河边，自古以来砍伐杉木的都这样干。

有一天，朱昌九去大源山看玉米，玉米开始老了，再过一个月可以收玉米了。看着满山玉米个大粒实，他高兴不已。一天，他走到一处小山顶上，那里堆满了玉米芯，而且是堆得整整齐齐的。他第一感觉是有人来偷过玉米，到底是什么人干的，这荒山野岭人迹罕至，真让他想不通。在一个月明的夜晚，朱昌九带着几个人想抓贼。他们悄悄地躲在暗处。入夜不久，只看到山上走来两团黑影，进山找到一片棵大粒实的玉米，便开始掰起来，一边掰，一边运，一来一往，真是个惯偷，一会儿就运了一大堆。运好了，两团黑影便开吃玉米,他们这时才知道,这是两只大狗熊,只听老辈人说过,不曾见过,这下把他们吓得不轻,跑到远远的地方吼了几声便走了。最后他们想了个办法,每天晚上到山下放几个爆竹,狗熊受到惊吓,就不再来了。

一段时间下来,山上的树木大部分运到山脚,玉米也收回家中。

十月之后进入了冬季,朱昌九带着大家把近百亩地的山场上的杂柴全部砍倒,干些日子,一把火把山烧得干干净净,便于来年好扦插杉木苗。

等到杉木运得差不多,就到了十一月,这时山里人必须做的事就是挖葛根,那是山里人打草鞋的原料。山里人挖葛根大多相伴而行,因为山大,需要相互照应。朱昌九本不打算去,可大家很信任他,都来邀他,不好推托,便同大家一道上山。山上寒气逼人,但走起路来一会儿就热了,高高的山头上甚至有少量的雪,在阳光照射下,就像一顶大白帽。树上光秃秃的,山间的树叶把地上铺了厚厚的一层,踩着树叶行走,很是惬意。大家走着走着便分开来,唯一的联系方式便是呼叫,一个传一个,这个山头到那个山头,保持各人之间的联系。一到太阳偏西,要早早地回,冬天高山上看得太阳还有点高,就要出山,如果看到太阳很低的时候,时间就很晚了,到那时下山就困难了。挖葛根可是力气活,朱昌九带着朱小树,帮他找好地方,跟朱小树说:"这根估计有二三十斤吧,你挖好,这边上不远还有几根,你一天差不多了。"朱昌九顺便还指了指几处方向,让他挖,自己又找他处。他力气大,一天下来差不多能挖两百斤。大家叫上同伴,一齐下山,朱昌九回家一称,185斤,朱小树头一天也挖了有100斤。大家几天下来家里便堆成一大堆。

接下来大家便开始洗葛根。洗葛根有多道工序,首先是去皮,将葛根表面的一层皮,用柴刀背面斜着削去,一定要去干净,第二道工序便是捶打,要用木槌用力地将去皮后的葛根捶打软,一根根地破开成片状,接着再行捶打,直到很软;第三道工序是将捶好的葛根漂水,用一个硕大的木桶,找根竹子,将竹子的节全部打掉,放入木桶中间,周围铺上捶好的葛根,一层层地铺满为止,在竹子中引入山泉水,让水从下部往上部溢出木桶,葛根的汁水由此溢出,直到水清为止。水清以后可以进行下一道工序——清洗,将葛根从木桶内取出进一步地清洗,再用纱布过滤掉葛根水内的杂质。接下来便是沉淀,将去过杂质的葛根水沉淀一天一夜,将水慢慢地倒掉,桶内剩下的就是葛粉,此时的粉分成两层,一层黑,一层白,黑的是很差的那种,作一般性使用,白的则是好葛粉,但仍要进一步过滤,所得到的即是纯净的葛粉。将白色粉晒干,或是烘干,即为上等的葛粉珍品。烘干的葛粉成芽状、纯白,很美观。葛粉是防暑降温的佳品,更是徽州人做圆子的上等食材。

葛根经过清洗过后晒干是打草鞋的好材料,到了雨雪天,家家户户的男人就关起门来打草鞋。朱良才找来一套打草鞋工具,他是村里最会打的一个。最大件的工具是草鞋爬,别看那样子有点古怪,那是打草鞋必需的工具。朱良才早早地铲上一盆火,放在堂前,嘴里唠叨着:"脚踏一盆火,手捧苞芦馃,除了皇帝就是我。"这是徽州山里人的真实写照,也是山里人最为悠闲的日子,一年收获得差不多了,家里有点儿粮,有吃的,有喝的,倒是清闲。朱昌九专门负责用苎麻搓绳子,朱良才把干葛根撕下来,搓成粗粗的条状备用,将绳子扎成疙瘩,而后分成四根,套在草鞋爬上编织。朱良才叫来达山:"你就在边上给我递葛根,我讲孙悟空大闹天宫给你听。"老伴在一边笑着说:"你讲个什么故事呀,也不知道讲多少回了。"达山跳着说:"我要听朝朝讲故事。我要听。""这孙悟空本是花果山一猴子,后来得道,可厉害了,单是他手拿的金箍棒就有一万三千五百斤……"可把朱达山给乐坏了。朱良才边打还边讲,一会一只草鞋就成形了,然后是压紧扎实、捶打等多道工序,最后成鞋。草鞋也有几个样式,干重活的,打得要牢固些,属于加强型。一个冬季,人们要打个几十上百双草鞋,劳力多的家庭会多打一些到街上去卖。三国时期刘备就是卖草鞋出身的,可以见草鞋历史悠久。草鞋之中,葛根草鞋穿起来较其他材料制作得舒适得多。

二十二　一切是那么新鲜

吴老板心细，想得周全，把能想到的都给昌九备妥，什么锅灶、柴米油盐的，全部准备完毕。朱昌九要进入的就是一个完整的家。

几天前朱良才就知道朱昌九要搬迁去屯溪了。昌九也叫过他们一同去，几天来，他经常一个人坐着发呆，烟是一袋接着一袋地吸着。他没有笑，更多的是担心，他想得很多很多，最后跟儿子说，你们先去吧，家里还有那么点家业需要有人看守，我脚又不方便，再说家里还有两个哥哥，无论朱昌九怎么劝父亲，朱良才最终没有答应。朱良才有他的想法，这老家虽然艰苦，但毕竟有点祖业，再怎么苦也能支撑，到了外地举目无亲，如何生活下去不好确定，老人家想得多。所以几天前，云时就忙着整理这整理那。山里人舍不得那点东西，尽管吴老板一再吩咐叫他们什么都别带，但她还是想带上一些，认为或许能用上。十五日那天，云时将有生以来最好的衣服穿上，替两个儿子也穿上她认为是最好的衣服，就这样左一包右一包的，弄了条小船出发了。送他到屯溪的还有朱小树、胡万余五个人，他们单独租了条船，还帮昌九带了点东西。来送他们的还有家里的好多亲戚朋友。朱良才老两口站在河边，满含泪水地向他们告别，看到小船离岸向远方驶去，老伴再也控制不住,掉下眼泪来,昌九媳妇云时也泪眼汪汪的,已经说不出话了。是的,女人不同于男人,毕竟她要离开这土生土长的地方,朱昌九一再说:"阿大,那里有吴大哥照顾着呢,我们没事的。"送行的人们跟着流了泪,朱良才强忍着泪,劝老伴说了不少,其实他心里比任何人都担心,这一去不知道他们以后的日子,老两口实在放心不下,直到看不见他们的背影。

船一路撑着到屯溪阳湖,朱昌九一到屯溪阳湖,几个人先把行李搬入新房,再将房子打扫一番,打开门窗,好让空气流通,引进吉气。自己代表全家点烛焚香拜了四角,意思是礼貌地向新屋的土地神明打个招呼,驱走蛇虫鼠蚁,赶走不洁的东西。

虽然晚上住到新家,可是进新居的形式一样不能少,就跟吴老板商议好,得从他家里出发,吴嫂帮着张罗完毕。第二天的五更一过,朱昌九新房前爆竹连天,一家四口和送他们几个兄弟在吴老板的引领下,昌九手里拿的是一桶装八分满的米,米上放了一个红包,意思有钱有粮,入住丰衣足食;云时拿的是一桶水,水里有碗和筷子;大儿子达山手里拿着一个生着火的火炉,祈求家庭兴旺,红红火火;万余拿着一对畚箕,一把扫把;小树带着一把老屋的泥土,表示不离故土,还带上了旧屋用过的碗筷,每人一套,绑上红纸,保佑家人饮食健康,无病无痛。还要一个生上火的火炉。

昌九大办酒席,宴请亲友。吴老板当仁不让地坐在了首席,万余、小树他们几个也是忙得不亦乐乎,个个脸上都绽出了笑容,他们是为昌九而高兴,为昌九而忙。

进房的第一天,着实让昌九高兴,看这门前有砖雕,是迎财神的图案,这意思很好懂,进屋是一个大天井,上面是大堂,大堂上方有一个冬瓜梁,两端都有雕刻,八仙桌,板凳都全部整齐放好,两边是厢房,过了大堂,后面有一间大厨房,边上是上楼的楼梯、锅灶、石臼、石磨等杂什,样样俱全,再往后则是一大块的空地,已经围成了一个大院子,用来养花种菜。这夫妻俩一会摸摸这,一会儿摸摸那的,感觉特别的新鲜,以前只看过吴老板等人家的房子,自己也有了这样一套房子,妻子情不自禁地笑起来。昌九假作镇定,其实心里比谁都高兴,样样都是新的,可精神了。

吴嫂看着昌九小弟一家,穿着还是山里土里土气的样子,心里老不是滋味,跟吴老板商量好,帮助他们改变一下,进房后的第三天,吴嫂带着自家人,邀上昌九一家过河到对面屯溪街去,下了阳湖滩,达山、达远跟阿大、阿妈说这地方好大,水面好宽好大,靠水的一边是鹅卵石,一片连着一片,一直延伸到阳湖堤岸,河滩东边是冲积而成的芦苇荡,又叫扁担洲,一切都是那么的新奇,过了阳湖滩就是阳湖渡,渡口有两只船,一来一往的,来往的商旅、学童、樵夫、菜贩行人甚多,冬季的阳湖滩比较清冷,江面上上水下水的船只也少了好多,他们一个个上了船,付了几文钱,艄公撑篙一点船离岸而去。江面风平浪静,船上的艄公努力地撑着,一会就到达对岸,云时牵着大儿子朱达山,朱昌九背着小儿子朱达远。上了岸就是屯溪街,兄弟俩打小头一次进城,走在石板上,看着沿路都是店,感到眼花缭乱。叫卖声此起彼伏,他们跟着熙熙攘攘的人群,一路走一路看,吴嫂一边走一边讲解,走到一家布庄前,吴嫂牵着达山、达远问道:"你们看这几种面料哪个好看?""这个!""这个!"达山、达远一会指这块一会指那块,一点都不显得生疏。昌九一再推辞,却怎么也拗不过吴嫂。吴嫂按照她的眼光给他们各人买了一块布料,接着找到一家缝纫店,帮他们量了身材,定做衣服。看到两个小的有点冷,再帮他们各买了一件天蓝色棉马褂。"嫂子,今天让您破费了。"朱昌九不好意思地说。"都是一家人,怎么还说这个。"吴嫂应了声。待达山、达远穿上以后,吴嫂高兴地说道:"你看看,菩萨要金装,人要衣装,这俩小子穿上这身衣服多俊呀。"吴嫂向来快言快语。

二十三　兴水利重教优老

时值隆冬,寒风瑟瑟,早上的地面上白花花的一片白露,河水较往日浅了很多,许多地区河床已经外露。金埧所灌溉的面积达一千亩土地,是全县最大的灌溉埧,基本上每年都要修整。只见工地上人潮涌动,挑土的、抬石头的、砌石磅的、打桩的,一派繁忙景象。几个衣着上好的人在工地上吆三喝四的,一会指这一会指那,人们正在修复金埧的灌溉坝、引水渠,周其祚、高大成、沈龙光、张浩顺、王衍等十几个人一改往日官场上的行头,穿着和百姓差不多的衣服来到工地。几个保长急忙迎上去,周其祚回应了下,随即拿起一个铲子,加入修缮金埧的人群当中,人们见此情景,一个劲地叫着:"县太爷您辛苦!""大家辛苦!""大家辛苦!"周其祚微笑着,很谦和地跟大家打着招呼,说完铲起土来,其他人见状也自觉跟着行动起来。周其祚干得有模有样,时不时地问问这些服役的人,百姓们跟县太爷一下子变得亲近了。

秋收后,周其祚采取了一点狠手段,征收田赋,在全县形成压倒性态势,也让全县的上下都见识到了他的狠。但作为一县令,这是远远不够的。

汉代晁错《论贵粟疏》道:"圣王在上,而民不冻饥者,非能耕而食之,织而衣之,为开其资财之道也。"一个圣明的帝王当政,老百姓不受到饥饿和寒冷,不是因为要你当皇帝的给他们耕地让他们有饭吃,给他们织布让他们有衣穿,而是为他们打开生财之道,让他们过上平安的日子。这一点周其祚时刻提醒过自己,当下他是一县县令,想让全县的百姓都过上衣食无忧的日子,还要做一番努力。

时近年终,他多方面征集意见,休宁土地贫瘠,相当多的地块缺水,一旦出现旱情,将面临粮食的歉收减产。粮食减产的负面效应不可估量,在农耕时代,人们最看重的是一日三餐,如果一日三餐不能保证,势必出现更多的流民,影响社会稳定,更影响到县衙。朝廷从实际出发,规定县令出行不得设立规避牌,方便百姓同县令对话,因此最基层的治理重任全部落在县衙了,当然一个县治理的好坏关键在县令。经过深思熟虑,周其祚把重点放在水利冬修上,于是他把县衙相关人员召集起来,重点是布置冬修水利。他把百姓的丁口材料早早准备妥当,规定了每个丁口修水利服役的天数;山区则放在修路上,对人员也做了分工,周其祚还安排了一定的银两用于水利,对于灌溉面积达 100 亩以上的塘坝,都安排了专项修缮资金。

周其祚把各个大员派到各个保,在全县范围内大量摸排了灌溉面积达 100 亩以上的实际情况,在确认情况属实后下拨银两,修缮这些沟渠、塘、坝。他亲力亲为,一连几天他自己上工地干活。周其祚做事是认真的,这个时候大家才认识到周其祚是个干实事的人。

周其祚的举措起到"四两拨千斤"的作用,各保借此大肆宣传,全县上下掀起了一场兴修水利的高潮。百姓刚刚感觉到了周县令的狠,现在又感觉到了周县令亲的一面,这也让百姓有点捉摸不透。

年终的一天,教谕陈禹鉴找到周其祚商事,请求道:县太爷,今年以来县学的课桌坏了不少,几个建筑也到了该维修的时候,考棚的各处每年都得检修一次。周其祚本是苦读出身,懂得读书人的苦衷,空闲时间周其祚还亲自到县学上课,对县学的海阳书院、商山书院等几个学校实际情况一清二楚。周其祚及时安排银两,但凡读书人用得着的他都专心去做,修缮了部分学校建筑,改善学生的学习环境,每年的县考执行人是教谕陈嵒鉴,周其祚到场亲自过问。陈嵒鉴说:"周老爷,还有一事,我得事先请教一下。""什么事,你说吧!""明年又是会试,生员里家庭情况不均,少数人盘缠不够,县里能不能安排一点补助,还有几个县学的学生,家境不好,无法继续读下去,县衙能否给他们支持一点?"周其祚默默地盘算着,告诉陈嵒鉴:"我们县这一年开支也不小,上缴的银两,县衙人员俸银、布政司、按察司、督粮道、马夫、粮草等等开支已经够多了,你说的贫苦生员,当然要考虑,这样吧你拿个数字,再作商议。"

周其祚在收到陈嵒鉴的名册后,还是在县衙有限的银库里安排了贫困生员补助的银两,提振全县上下尚学的风气。

十二月中旬,休宁境内陆续下起了雪,周其祚望着漫天的大雪,自言道:"寒空飞雪满,天地玉壶中。一色梨花月,千家柳絮飞。""瑞雪兆丰年,明年的好兆头来了。"雪后天晴,周其祚坐着官轿,一大队人马踏着积雪,前呼后拥的,行进20多里,来到霞溪一个小村子,叫上地保。当地保得知县太爷到来,欣喜若狂,在被告知相关事宜后,地保便带着这队人马来到一个名叫陈士年家优老。老人和老伴都在80岁以上,在全县也是少之又少,周其祚选得这样的人家来优老,再恰当不过了。地保叫门通知,听得县太爷上门,老人带上一家老小急忙走出家门,双手作揖迎接县太爷:"县太爷您辛苦,老朽不才,何劳周县令大老远地到老朽家中,此乃老朽之大幸,老朽全家真是感激不尽呀。"周其祚作揖致敬道:"当今皇上圣明,优老乃皇上旨意!吾等皆是皇上的子民,我等奉皇上旨意前来看您老人家,当谢皇上的大恩大德!"老人的全家一齐跪下:"谢皇上,吾皇万岁,万万岁!"周其祚把老人扶起,一同进屋,老人说:"周县令的到来,让我们蓬荜生辉,老朽活了这么大年纪,您是第一次到我们这个地方的县令,周县令如此爱民,乃我县黎民之大幸。""当朝皇上关爱黎民百姓,对您这般高寿的老寿星更是关爱有加,根据皇上旨意给您两老送来贺礼,祝您长寿啰!"周其祚为老人送上了绢两匹,米两石,肉十斤,以示优待,家人上茶水,拿板凳,招呼大家坐下,全家上阵,忙得不亦乐乎。看到老人家是儿孙满堂,好不惬意,周其祚与老人长谈起来。

乾隆元年,国力增加,百姓生活水平有了很大的提升,乾隆为表示对黎民的恩惠,亲自颁发了一条新规:

民七十以上许一丁侍养,免亲差役,八十以上给绢一疋、棉一觔、米一石、肉十斤;九十以上倍之。

老妇年七十以上给布一疋,米五斗;八十以上者给绢一疋,米一石;九十以上视八十者倍之;百岁者,题名建坊。

此举顺应了中国千百年来尊老尽孝的传统,在全国范围推行,实属不易。

二十四　家家户户忙大年

朱昌九一家到阳湖不久,就到了腊月二十三,当地人有家家户户祭灶的规矩,那天得叫灶四老爷,供送"九田东厨司命灶君"上天奏事,俗称"送灶"。那天祈求灶师老爷在玉皇大帝跟前多说好话,保佑一家人平平安安,深夜,家家户户祭灶,供送"九田"。小年这一天,昌九本来要按当地人风俗,要挂祖宗像,可他家没有这类东西,只好作罢,不过他还是设了烛台香案,置贡品,做了个接祖宗回家过年的样子。从这天起,家家户户清洗家具,拆洗被褥,扫除尘埃,昌九家因为是新家不用去洗那些,按徽州人的习俗,家家户户都做米粿、包粽子。且说做粿要做好多,米粉可是不好做,先是要将大米浸泡一天,次日将大米放入石臼中,人工捣粉,那家伙很沉,一般得由男人来干,昌九力气好,一下两下……即便是大冬天,也是汗流浃背。妻子云时则用筛子筛粉,必须是很细的粉。大半天下来,把 30 斤米都打成了米粉,妻子则开始做米粿。一般家庭都要做好多,用米粿印,一个个地做出来,用蒸笼蒸好,待冷却后放在水中,正月里吃起来方便。

包粽子,主要用山上采的箬叶,糯米泡上几个钟头即可以开始包,馅子有肉的,也有红豆沙的,还有白粽子——就是不放任何东西的那种。云时包的速度快，昌九则负责烧火煮粽子，一煮几大锅，冬天的粽子可以放很久，有的甚至可以吃到二月，特别是离家远的农活，带上几个一烤就是一餐。

朱昌九的两个儿子朱达山和朱达远可是乐坏了。他俩从来没有见这么多的好东西，先前的时候，也包粽子、做米粿，无奈数量太少，一样只能吃一点爷爷奶奶便收存了，现在可好，只管吃，可以吃个饱，昌九还跟当地人一样买了许多爆竹，大小都有。

大年三十夜，昌九四个人准备了十三个菜，非常丰盛，寓意九子十三孙，家业兴旺。云时乐呵呵的，忙着做菜。朱昌九贴对联扫地。全家从早上忙到晚上，菜上桌了，朱昌九点亮烛台上的蜡烛，带上两个儿子，一同跪下拜祖宗。拜好祖宗，朱昌九带着达山、达远到门口放爆竹，叫他们俩把耳朵捂好，大爆竹一点，咚咚的，响声震天。周围人家也在放，整个村都被爆竹声所覆盖。朱达山胆子大，捂了一下耳朵，点燃了一挂小的鞭炮，只听得噼里啪啦的。达远一旁看着，高兴得直跳。这顿年夜饭，让这两个儿子吃得最开心的是葛粉圆子，往年只做那么一点点，怎么都吃不过瘾，现在不同了，放开肚子吃。年夜饭吃完后，朱昌九燃起一个火炉要守到天亮，这叫守岁。那一夜，整个徽州一府六县的男人，无论贫富都这样守岁到天亮。

天亮即是大年初一，开门得拜门神，接财神，说一套又一套的吉利话，放爆竹，还要八方祭拜，祈求八方神灵保佑。云时帮达山、达远穿上新衣服，他们自己也穿戴一新。朱昌九今年的第一件事就是带着全家到他大哥家拜年。达山、达远进得吴韵家，给长辈跪下行大礼。达山大点，能说会道，事先阿大也教了些吉利话：大伯、大妈新年好，侄儿给您拜年了！祝大伯、大妈身体健康！长命百岁！财源滚滚！达远小，呆萌地跪在地上，把吴老板两口子乐得嘴都合不上。吴老板快速扶起他们。吴嫂笑着说："昌九小弟呀，瞧瞧你这两个小子,多能耐呀,长得又好,将来可有你发达的日子。""还得托大哥大嫂的福,要不是大哥的提携,我家哪有今天。"吴老板早就给他们两个准备好了红包,一人一个银圆。

吴韵帮朱昌九一家想得很周到,年里还专门去阳湖孙家的私塾问了,他想把达山送去读书。虽然朱昌九是外地的,在这里人生地不熟,但凭吴老板的照应,于此安家没有任何问题,孙家给足吴韵的面子,满口答应下来。

等到茶水上来,吴韵叫昌九坐下,有事跟他说。云时听说他们要谈事,便跟着吴嫂到一边聊天去了。吴老板把想法跟朱昌九一说,朱昌九高兴得几乎要跳起来:"大哥你把我当亲人,我怎么报答你呀!""我们是生死之交呀,该报答的是我呀!这事就这么定了,过了正月十五我带你去走走。"朱昌九叫过达山,叫达山再次朝着吴韵跪下,嘱咐道:"儿子,我们真是幸运,遇上了你大伯这样的好人,今年你可以上学读书了,谢谢大伯吧!"达山一连叩了三个响头。

初一这一天最讲究,不动刀剪,不拿针线,不下锅煎炒,不沾扫帚,不向门外泼水,不打碎杯碗,不打骂儿童,上楼梯切不可说上一个档再上一个档,因为"档"与"当"谐音,要说上一级再上一级。所有认为犯忌的,都为不吉利。

吴韵耳尖,年底去黎阳打听了一下,邵士棣回家过年,很迟才到家。大年初二,他专门带着朱昌九到邵士棣家拜年。吴韵、朱昌九两人一见到邵士棣就要行大礼,被邵士棣给拦住了:"这是家里不是官场,我们是老乡,不必行这般大礼。"一身便装的邵士棣把他们引到上堂。这次吴韵出手大方,一下子拿出50两银子。邵老爷很高兴,回到家本来心情就好,又逢故旧,一边让坐一边上茶。几个人坐定便聊开了:"感谢邵老爷的救命之恩哪,要不是您呀,我这条命都不知道搁哪了。""哪里!哪里!你们去年的生意还好吧?"

"托邵老爷的福,生意还好,还好!""你们今年还继续做吧?""做,做。"吴韵恭恭敬敬地应和着。聊着聊着,谈话的气氛渐渐好了起来。吴韵看着邵士棣笑盈盈的脸,知道可以说事了,便借机转移了话题:"邵老爷,我打算到杭州把生意做大点,我想听听老爷您的意见。""那成呀,你有什么想法说来听听。""我想到杭州开家木行。""哦。""就用咱们徽州的木材。""徽州木材在杭州一带名声不错,普遍反应材质好。""正是这样。"吴韵的心情一下放松,终于大胆说道:"如果能得到您的垂青,这事自然就好办了。""徽州老乡去杭州做生意,哪有不帮的道理。""您是杭州的知府,那是您的地盘,可是由您说了算呀!""是吗?"邵士棣哈哈大笑起来,又想了想,吩咐手下人拿来纸笔,专门为吴韵开了路条。吴韵心满意足地离开了邵家。

二十五　大年乡远去不得

到了十二月,周其祚按照朝廷规定,在全县的乡保开展《圣谕广训》的宣讲,专门请了徽州本地讲得好的先生,约定好的报酬是一个月 4 两银子。周其祚别出心裁,第一站就设在北街,十二月三日上午,北街的保长召集了三四十号人,先生开始讲《圣谕十六条》:

一、敦孝弟以重人伦

二、笃宗族以昭雍睦

三、和乡党以息争讼

四、重农桑以足衣食

五、尚节俭以惜财用

六、隆学校以端士习

七、黜异端以崇正学

八、讲法律以儆愚顽

九、明礼让以厚风俗

十、务本业以定民志

十一、训子弟以禁非为

十二、息诬告以全善良

十三、诫匿逃以免株连

十四、完钱粮以省催科

十五、联保甲以弭盗贼

十六、解雠忿以重身命

这样的宣讲是向百姓传达皇帝的旨意,统一百姓的思想,更是朝廷教导百姓要按朝廷的规矩行事处事。这其中有最普通的做人道理,也有自古传承的道德,当然清朝廷更多的是为了强化统治的基础而为之。不管你是否愿意,上丁人员都得去听。周其祚在北街做第一讲,就是针对程积前的。此时的程积前变得十分乖巧,当讲到第十四条"完钱粮以省催科"时,大家把目光投到了他身上,程积前显得十分尴尬。周其祚的意思就是用他做例子旁敲侧击地让大家清楚,这事不是我说的,是皇上说的,皇上说的你得听,我是朝廷命官,我只能按皇上的意思做,不缴钱粮,不能放过你。

与此同时还讲了些县内具体的事例:

王之怜,冯村人,随父庆阳经历任。父殁,弃官扶榇归,遇风舟几覆,抱柩号泣,风顿息。舍舟由陆路,遇寇盗,疑为空棺,欲开验之,怜叩头流血,尽诚哀告,贼舍之,尽劫行李以去。归无资,斧夜宿古庙,梦神告:以去此二十里,有邹某者,宜往投之。旦访至,即前任庆阳太守,因以实告,赠以三百金,得归之。怜病殁,长子庠生者佐,次子者庐墓绝晕酒终丧。无间县令,余表其门曰:一门三孝。

陈大荣,字公耀,山头人,抚旗厅当路遇遗金,守归失者,又称贷俾人。夫妇完聚,其族有孤贫不能自存者,皆极力周恤。郡伯郭给额曰:讲义行仁。县令张给额曰:盛世耆彦。

教导人们要遵孝道,要行义,必有好的结果。

快过年了,周其祚、县丞高大成、教谕陈嵩鉴、训导沈龙光、典史张浩顺、主簿王衍,天天都在算账、结账,一年下来账也着实不少,什么盐引 67773 两、茶纲 9662 两、田赋 32000 两、落地税 20000 两,支解江南省 30000 两。县令、县丞、典史、汰厦司巡检员以下,每员给养廉银 60 两,县衙支出各地保的银两等等,整个县衙里,只听得噼里啪啦的算盘声,记账、算账、付款,人员进出如流水,弄得天昏地暗的,周其祚被折腾得气都喘不过来。好在他带来的两个师爷都是高手,为他分担了不少事务。十几天下来,总算把账务给结完,年底算下来,得益于此前抓了税官,较以前的落地税有了大幅的增加,才得以年终持平,周其祚终于安下心来。

大年将至,周其祚收到了家信,是儿子写的。是夜,他把信看了又看。儿子说家中一切都好,叫他不要挂念家里的事。周其祚大半年没有见过家人,相隔这么远,很是无奈。过年回不了家,家中还有妻儿老小,想着想着,周其祚禁不住流下了眼泪。这一夜周其祚失眠了,想了很多,身为朝廷命官,古语说忠孝不能两全,不承想如今落到了自己身上。夜深人静,周其祚提起笔,给儿子回信:来信收悉,见信如面。吾儿勿念,父亲一切均好。今年年丰,百姓平安,吾等亦能平安……吾身为朝廷命官,当忠于朝廷,忠孝只可取其一,而不可二者得兼,还望吾儿自立为之,嘱你母亲勿念。周其祚与妻儿的联系仅仅是一封封的家书,这些家书带着他们的思念辗转于崇山峻岭与江河之间。

大年三十,县衙也跟百姓家一样,早早就挂上灯笼,周其祚同县衙的一队人马或东或西,忙前忙后地准备过大年了。县衙谯楼上挂了四个大灯笼,分别是"福、禄、寿、喜",还准备了上好的晚宴。周其祚嘱咐厨子一定要做得好点。晚上,县衙及周边爆竹声声,欢欢喜喜过大年。全县沉浸在一片欢乐中。

除夕夜,县衙后院内灯火通明,各式各样的菜肴满满地上了一大桌,周其祚叫大家坐下,县衙内除了主簿王衍回江西景德镇过年外,其他人都在休宁县衙过年。大家坐定,可没有一个人作声,汰厦司巡检吴宜厚是山西太谷人,在休宁时间最长,好多年没有回家过年了。"每逢佳节倍思亲",此时此刻,大家都在想自己的家。周其祚见此情景,眼泪只好往肚子里咽,身为人夫人父,他一样想自己的妻儿老小,他强忍着痛苦,拿起酒杯,找上身边的高大成:"来,高大成,我敬你,感谢你一年以来的支持。"高大成没有举杯,此时他哪还有心思喝酒,实在是太想家了。周其祚于是刺激他一下:"是对我有意见吗?不管什么事,喝了酒尽管说。"高大成举起酒杯一干而尽:"老爷,我们想家啊!"不等一句话说完,眼泪就下来了。周其祚内心很清楚,但他是想借机叫大家喝酒。"高大成,好样的。我跟大家一样想家,但我们同为朝廷命官,理当忠于朝廷,身不由己。今天不说其他的,就喝酒,喝个一醉方休。"高大成擦了一把眼泪,举起酒杯,叫上大家:"我们得听老爷的,来,敬大家。我先干!"把话题引入喝酒的道上来,几轮酒过,大家都兴奋了,开始猜拳喝酒,吴宜厚唱上了山西小调为之助兴。一曲下来,周其祚也兴奋了,来了段泸州的古蔺花灯的唱曲——《打岔老者》。古蔺花灯主要有一男一女两个角色,即"唐二"与"幺妹",另外还有一诙谐的丑角,在"耍灯"中穿插逗趣。周其祚唱的就是这丑角,把大家逗得前仰后合。换一人不会唱,于是吟起了宋代葛胜仲冬日在休宁所写的《江神子·初至休宁冬夜作》。

昏昏雪意惨云容。猎霜风。岁将穷。流落天涯,憔悴一衰翁。清夜小窗围兽火,倾酒绿,借颜红。

官梅疏艳小壶中,暗香浓。玉玲珑。对景忽惊,身在大江东。上国故人谁念我,晴嶂远,暮云重。

接下来一人一段,谁也不辞让,通宵达旦,喜迎新春。

休宁大街上自正月初一开始唱大戏,一直唱到元宵节结束。在康乾盛世,休宁各地的戏台最多时达到400座,百姓辛苦了一年,每逢大年都要好好地庆贺一番。

二十六　孩童上学先学礼

正月十六,吴韵带着昌九到孙家拜访。阳湖孙家名气很大,来阳湖的时间早,家中经商的人多,读书的人也多,家大业大,沿途的商铺数孙家的最多。孙家的门牌跟吴韵家差不多,够气派,房子要大些,后院多了二进——吴韵家是三进,孙家是五进,最后一进用来办私塾。孙老板50多岁,头发已白了不少,穿着长袍,看起来很富态,气色很好,人很是慈善。他与吴韵是至交,一进门吴韵就作了个大揖:"大哥发财!小弟给您拜大年了。"正坐在上堂的孙老板快速起身迎了出来,只见孙老板步伐矫健,绕过天井直接走到大门前。"发财,好呀,大家发财!免礼,免礼!"孙老板连忙作了个揖,客气地回敬了吴韵,这让一同来的昌九心里平和了许多,昌九原来以为孙老板一定是个不好接近的人,想不到如此亲和友善。"哦,孙老板,我带来了我的小弟,就是上次跟您说的。"朱昌九急忙上前学着吴韵作了个大揖:"孙老板发财!孙老板新年好,小的给您行礼了。""哦,大家发财!久闻,久闻!免礼,免礼!"过年见着人最让人好接受的话就是发财,所以在春节到别人家走动,第一句就是发财。"坐下喝茶,坐下喝茶。"吴韵、朱昌九把随身带的礼品放到上堂。

"你们太客气了,买这么多的东西。"

"您是我们的老哥,一点心意。"

于是三人坐下,孙老板上座,吴韵坐左,朱昌九坐右。不等吴韵开口,孙老板说道:"你们此次来是为你小弟儿子读书的事吧。""是,是!"两人同声应着。"这有什么难的,加个人就是了,你去年就跟我说了,我早答应过的,十八开学了,过来就是。"三人把学费等一一谈妥。达山一年的各项费用总共是二两银子,大家一视同仁。

第二天一大早,吴韵叫了昌九,叫上达山一起,出发前,吴韵还把礼节教给了达山。达山高兴得不行,与他们一同前往孙老板家。一见到孙老板,昌九叫达山快叫大伯伯。达山当即跪下,行了大礼,叫声:"大伯伯新年好,祝您新年发财!"孙老板叫达山起身,顺便仔细看了看达山:"嗯,你这小孩,眉目清秀,两眼水灵灵的,炯炯有神,这么灵光,是个可塑之材,一定是个可塑之材。"据当地人说孙老板会看相,而且很有准头。其实孙老板由于长期做生意,会识人的确是真的,至于说看相,可能是大家越传越玄乎了。达山这一行礼,着实让孙老板高兴,一番夸奖,吴韵、昌九也十分高兴,此事这样定了,一切顺利。刚好先生从老家回来了,孙老板叫他一起来见见。昌九则说:"还是我们跟您一起去见先生吧,您叫先生过来,那就是我们不懂规矩了。"于是他们跟着孙老板一同见先生。

孙老板一路走一路介绍着这位先生:"先生姓林,歙县城里人,一个老秀才。他也是边做先生边考,一直没有考取功名,到现在只能当个先生。先生知识渊博,人品端正,因此才被我选中,当了我们家的先生。先生教书在屯溪这一带是出了名的,已经成为当地一代名师,不过他管起学生来很是严厉,这一点我得先跟你说白了。到了,先生住在第四进的厢房。"一听到东家孙老板过来了,先生急忙迎了出来。林先生是个瘦高个,大清头,辫子很短,已经有些花白了,戴副近视眼镜,还留了小胡子,穿着一身秀才服,虽然已经很旧,但是很干净,也很得体。一看来人,先生便知道是登门拜访的,何况东家亲自来了。"进屋里说话。请吧!"先生恭敬地做了个请的手势。大家进得屋里,厢房有两进,前进是书房、厨房,后面是卧室。前进一张斗式的桌子,桌上的书和两边的椅子摆得整整齐齐,地上干干净净,一看就是一个非常讲究的人。大家一起见过先生,先生准备去沏茶,被孙老板拦下。吴韵先开了口:"久仰先生大名,本侄儿还托您帮收下。"林先生很谦虚地说:"惭愧呀惭愧,完全是徒有虚名哦!"林先生接着说:"东家孙老板去年年底就说了,这还不好说嘛!"昌九叫上达山见过林先生,达山马上向先生跪下行了大礼:"达山给先生行礼了!""免了免了!"先生低头一看,"嗯,好苗子,这个学生我收定了。"先生忙叫达山起来。"好好!"孙老板跟着说。吴韵跟昌九一连说了几个谢谢,顺便把带给先生的礼放在椅子旁。吴韵接着说:"既然先生如此痛快,明晚上我们请先生吃个饭,孙老板赏个脸一起到我小弟家去。"孙老板说:"好呀!这事就这么定了。"

请先生吃饭,这是入学的规矩,小孩上学前得把先生请进门,拜先生,才算办齐了上学的手续。于是,次日夜,林先生着秀才装到了朱昌九家,算是正式收下了朱昌九儿子朱达山。先生进门得坐在最上方,朱达山在下方跪下,连磕三个头,这就才算是拜过先生,正式成为林先生的学生。吴韵、孙老板前来陪同。席间,朱昌九向先生敬酒,朱达山也要向先生敬酒,朱昌九达山还向吴韵老板、孙老板敬了酒,一家人高高兴兴地办好了达山入学的手续。

在蒙养教育阶段,十分注重对蒙童的教养教育,特别强调蒙童养成良好的道德品质和生活习惯。如对蒙童的行为礼节,像着衣、叉手、作揖、行路、视听等,都有严格的具体规定,先生一一教导。

二十七　入学先拜孔圣人

正月十八一大早,云时帮助达山整理了东西,准备了笔墨纸砚,又连夜赶制出了一个书包。朱达山在父亲朱昌九的陪同下,来到私塾。他们是第一个到的,林先生此时的态度可大不相同,一脸的严肃,把云时都吓了一跳。他们进门叫林先生,先生也只是应了下。进门是大天井,一进又一进后堂就是学生上课的地方,私塾不是太大,有十八张桌子和凳子,上方是先生教书的桌子、椅子,挂有孔圣人的画像,再上方为"万世师表"匾额。童子帖就是学生的名单,先生早已把朱达山的名字加上。入学的第一规矩就是拜孔圣人,达山根据先生的引导,来到孔圣人画像前跪下,磕三个响头。先生说,头一定要着地,这是对孔圣人的尊敬。学生们陆续到达,昌九和云时左托右托的,说完就回去了。这个私塾共有三十一个学生,读书年数不等。童子开蒙,一般五六岁开始,到8岁结束。童子入学后,每年一般有寒暑两个假期;每个月一般初一、十五两天可以休息;其余,除了一些重要节日放假外,皆需要读书。这一阶段的学习,主要是识字、习字。识字,直接教孩子读书,背书,多为朗朗上口的短句韵文,如《千字文》《三字经》《百家姓》《神童诗》等。习字,就是照着名家的帖子影写描红,开始时通常专门抽出一两个月的时间,全日练习,每天的影写量,常多达三千字。学生到齐,先生便开始上课。

朱达山是后来的学生,已经8岁,刚刚入学。当天上的课是《神童诗》,先生拉长了声音:"天——子——重——英——豪——"学生们跟着读:"天——子——重——英——豪——""文章教尔曹……万般皆下品……惟有读书高……"先生领读几遍后,叫上一个大点的学生接着领读,读好才下课。第二节课是描红,学过的学生显得轻松点,达山就不一样了,首先是磨墨,这是最为基本的事情。好在先生注意到了达山,径直走到达山位上,教达山拿出砚台,放入少量的水,然后手把手地教达山磨墨,还讲解所用力度,不能过轻,也不能过重。先生看着达山把墨磨好,教他如何试笔,看看墨汁的浓度,浓度必须达到一定的黑度才算磨好。描红对于朱达山这个初来乍到的学生来说,实在是太难了。红字是先生写的,先生叫朱达山在边上看着他写好,再交给朱达山描。先生先是跟达山讲坐姿。坐姿的基本要求是头正、身直、臂开、足安。头正:头要端正,不可歪斜,略呈俯视,眼睛与笔尖保持一尺左右的距离。身直:身体端坐,略向前倾,胸口与桌案保持一寸半的距离。臂开:两手自然分开,右手执笔略偏右,左臂伸开,左手自然按纸,两臂呈均衡之势。足安:两脚自然分开,与肩同宽,脚掌踏地,使下半身可以得力。先生一边讲解一边帮助达山调整好,总算是把坐姿教好了。坐好后再练握笔姿势,大拇指的作用是从里向外用力顶住笔管,其上下位置要由所写字体的大小、悬肘或悬腕,以及坐立姿势来决定。食指压住笔管,指甲左侧和第一关节同时用力向大拇指方向勾压。中指向内压住笔管,配合食指、大拇指在笔管的内外两侧同时用力压紧。无名指是协助大拇指从内下方托住笔管。小指在无名指后面加强了托顶的力量。功力深厚时,单独使用中指和无名指即可钳住笔管。

先生找来了最简单的一、二、三、日、月、水、土,把着达山的笔,一笔一画地教他描。这一节课下来可把达山累坏了,虽然先生很细心,但由于达山刚刚入学,被难倒了。下课的时候,达山看到周边一些学生的字已经写得很好了,羡慕不已。达山回到座位,默默发呆。一天下来,达山还是有收获的,认得了几个字,也会读几个句子了。放学了,大家高高兴兴地跑着回家了。先生叫住达山,此时的先生倒是温和了许多,原本十分严肃的脸一下变得慈祥起来。他跟达山说道:"你是第一天上学,一定觉得很难吧?是呀,读书真的是一件不容易的事!就说今天教你们的这篇文章里所说的'惟有读书高',我们为什么要拼着劲读书?就是为了将来能入仕途,光宗耀祖。'一朝成名天下知',那都是读书人想达到的目标。你是新生,按你的年龄,应该已经读过两年了,所以这样吧,我挤点时间给你补下以前上的课,也是你父母亲的托付。"先生开始教达山《千字文》,差不多一节课的时间,并嘱咐他回家一定要好好地温习,要多写、多练。

　　达山回到家就哭了,说是学不下去,父亲立刻举起了巴掌要打,好在被母亲拦住了。云时把儿子叫到一边,问这问那,达山如实回答。母亲虽然不识字,但望子成龙的心还是有的,所以慢慢开导,叫他不要急:"你才第一天上学,先生又这么亲切,听先生的话,一天学一点,积少成多,总会学得一些字。"母亲始终以一种鼓励的口吻去教导,也让儿子心里好受了许多。

　　到了月底快放假了,达山上了十三天的学了,与之前已大不相同,各方面都有了很大的长进,与同学也都认识了,写字也顺手多了,读书背书学得还算快。

二十八　借力杭州开木行

正月十八日上午,吴韵叫来朱昌九,嘱咐了一些事情,告诉朱昌九自己过了今天就下杭州,准备在杭州找个地方开家木行。朱昌九虽然知道这是大事,但他没有这个能力和思想,只能是应和着吴韵说的事。吴韵临走前要把这边的事安排好。吴韵心里清楚,昌九是个会做事的人,讲义气,今后这些大事他根本插不上手,只需他把徽州的木材运到杭州交给自己就是了。吴韵走前还给了昌九 100 两银子备用。

正月十九日,吴韵充满信心地前往杭州。一大早,吴韵一改往日放排时的行头,穿一身长褂,套上一双崭新的布鞋。鞋子是昌九妻子专门为他们家做的,每人做了一双。他一派生意人的打扮,看了又看邵士棣写给他的条子,生怕弄坏了,小心翼翼地放在身上,在他看来,这能让他做成人家想都不敢想的大事。吴韵告别了亲人,带上两个伙计、一个挑夫,沿着阳湖这条再熟悉不过的小道,缓缓走下坡,走过阳湖滩,登上了去杭州的船。吴韵站在船头,神情凝重地看着屯溪这个刚刚醒来的山城,晨雾在周边的山间或停或动,或隐或现,宛如仙境,山头上的积雪还未完全消融,宛若戴上了一顶白白的帽子。初春的山上,野花还没有开放,山还是墨色的样子。远处的镇海桥由赭色的石头垒砌而成。在屯溪人的心中,这不单单是一座人们通商行路的大桥,还是屯溪人引以为骄傲的建筑物。顷刻间,人家的房顶上已是炊烟袅袅,人们陆续走上大街。新安江上动起来了,大小船只上行下行,开始了一天的劳作。江面上晨风萧萧,还是冬天般的光景。船出发了,顺着江流缓缓而动。青山无墨千古画,流水无弦万古琴,这是徽州山水的真实写照。屯溪街在慢慢地远离,他的家也在慢慢地远离,渐渐消失在他的视野中。

第三天下午,一行四人到达了钱塘江码头,找了一家旅店住下。第二天,吴韵便拿着邵士棣写的条子,去住地的县衙。人家一看来人的派头,而且找的是县太爷,一路放行。这县太爷姓董,肥头大耳,两撇八字胡。吴韵说明了来意,递上了邵士棣写的条子,县太爷一看,笑眯眯说了声"请坐"。县太爷看完条子,顿时心花怒放,他做梦也没想到堂堂的知府还给了他字条,又是问候,又是上茶,忙得不亦乐乎。县令心想,面前的这个商人是知府的家乡人,既然知府都写路条了,关系不用想也是很硬的,他今后无论如何要利用好眼前的这个人,只要善待好吴韵,通过吴韵的关系,就一定能攀上知府大人。于是他叫来手下的县丞、主簿等一队人马,如此如此吩咐了一番,其他人马上行动,帮助找地方。县太爷跟吴韵说:"吴老板,你的事就是我的事,你只管放心好了,这事就包在我身上。"当日中午,县令大摆宴席,招待这位贵客,席上大献殷勤,宛如故交。吴韵很清楚,这是给邵士棣面子,这可是千载难逢的好机会,我何不利用一下,做好自己的生意?他心里明白,生意人只能仰仗于官府,生意才好做,吴韵大大方方地向县太爷敬酒,一遍又一遍。县太爷高兴得有点儿飘了:"在我的地盘上,就是我说了算,还有谁不让着我?你好好做生意,发财了也别忘记了我。""那是,那是!"两三天下来,县太爷果然派人来了,叫吴韵去看了地方。他们三人来到一个叫作钱江滩的地方，这里是一个回水处，有宽阔的江面，自新安江下来的船排到此处停留最为便利。此处刚好在江边，面积估计有百亩，地势不高也不低，吴韵想，实在太难得，确定要下来。总计需白银200两，吴韵连价都没砍，直接把银票交给了县太爷手下管事的。

接下来吴韵马上动手。县太爷还派了大量的民工，每天都有数十人上工地，十五天干下来，木行基本成形。这木行虽还是个雏形，但已经可以凑合着用了。吴韵一看到天下雨，马上想到桃花水来了，顺利的话昌九他们三天就可以到达，于是亲自到老地方蹲守。第四天下午，昌九他们来了，昌九远远地看到了吴韵。吴韵迎了上去，一路把排放到了钱江滩的木行。就这样，木行有了第一批木材，吴韵开始了他下一步的行动，把开业典礼办得红红火火的。

吴韵跟昌九专门找了看日子的先生，一番子丑寅卯算下来，最好的日子是二月十六日，还有三天时间。吴韵将其他的事交给了伙计和昌九，自己赶快到杭州府找到邵士棣，并邀请邵知府在开业的时候赏个脸。邵士棣答应了。而后吴韵便急匆匆地报告了县太爷，县太爷一听有这等好事，马上组织人马，协助安排了相关事情。由县太爷出面，邀请了当地各个木业经销老板。吴韵很会安排，开业当天，邵知府官轿前面有人鸣锣开道，后面跟着董县令的官轿。邵知府的官轿一到，鞭炮齐鸣，邵士棣下轿看了看，大为称赞，便到县衙去了。当地的一些老板一看这场面，心领神会。

当日晚上的开业宴更是人声如潮，钱塘江周边有头有脸的人物无一缺席，这也为徽州木行的后续生意打好了基础。

隔天，吴韵去了趟县衙，送上20两纹银，算是感谢近段时间的帮忙。县太爷说什么也不肯收，在吴韵的一再坚持下才肯收下。吴韵走后，董县令太高兴了,他想:眼前的这个吴老板,不但有靠山,而且很会做人,也许邵知府还有可能……以后呀,有我……

吴韵在木行的显著位置挂了个"徽州木行"的大幡,人们远远地就能看到这几个醒目的大字。

二十九　一朝成名天下知

有道是"十年寒窗无人问,一朝成名天下知"。

乾隆七年(1742)二月初,京城已经开始回暖,春天已经来临,晴日的阳光分外暖和。桃花已经开过,散落的花瓣随着流水漂去。河边柳叶青青,正是:"碧玉妆成一树高,万条垂下绿丝绦。不知细叶谁裁出,二月春风似剪刀。"踏青的人成群结队,一路赏景,人们冲着"最是一年春好处,绝胜烟柳满皇都",走到河边,走向郊外。

此时城长巷一带,也就是后来由汪由敦牵头所修的休宁会馆的前身,聚集了部分休宁县的考生。

全国各地的学子陆续到达京城,参加由礼部主持的会试。其中还夹杂着一些老年考生,头发已经花白,却依然不离不弃地在考。参加会试的学子数千人,让京城更加热闹起来。徽州进京赶考的举人也不在少数,各地考生一个个背负行囊,风尘仆仆,四处找地方求住,好不辛苦。当朝大臣汪由敦早就知道弟弟来京考试,格外高兴,差人把弟弟汪鼎金带到慧照寺边上的汪家胡同。汪由敦问:"家里情况怎么样?""还好!"汪鼎金答道。兄弟俩聊了一会儿便转移到考试上来。"小弟,你这次考试准备得如何?""状元不敢说,进士我准能行。"汪鼎金拍着胸脯答道。"你就这般自信？这考场如战场,你可别大意哟,一定要谨慎对待,早日考取功名。"

二月九日,京城举行会试,又称春闱,每三年举行一次。会试地点在北京贡院。能参加会试的考生都是举人,考生依次进入考场,一个个验明身份,一个个搜身,以防考生夹带书籍之类的物品。考生吃喝拉撒都在考棚内,整个考场环境令人作呕,考生们很不好受,但为了有朝一日飞黄腾达,考生们只能忍着。会试共考三场,每场三日,先一日领卷入场,后一日交卷出场。三场考试内容:第一场四书义三道,经义四道;第二场试论一,制五,诏、诰、章、表内科各一;第三场试四书文、五言八韵诗、五经文、策略问。会试发榜之日一般在三月中旬,此时杏花盛开,所以称杏榜。会试考中者叫"贡士",第一名称"会元"。会试录取名额无定数,每科多则三四百名,少也有近百名。据文献记载粗略统计,每科录取名额一般占来京应试举人的二十分之一。

考完后,考生纷纷走上街头,有去看戏的,有去喝酒的,先潇洒一番再说。京城的休宁人也经常去城长巷四条十号走动,聊聊天,谈论一些天下大事。一个月的时间是漫长的,大家都在等消息,盼望着早点看到进殿试的名单。

三月十日会试发榜了,休宁的潘伟、汪鼎金、朱履端、金廉、邵齐焘、朱炎六人在内,这着实让大家高兴了一阵。他们六人接下来则是参加殿试,休宁籍的京城官员还专门到住地给他们培训了一番。

三月十五日殿试,潘伟、汪鼎金、朱履端、金廉、邵齐焘、朱炎六人走到清安门外的考场。殿试由皇帝亲自主考,在宫中殿廷亲发策问,故又叫"廷试"。会试录取的贡士参试,一般殿试不黜落贡士,最少也会给个贡上的名分,只是重新分定出等第名次。殿试后,由皇帝主持宣布登第进士名次的唱名典礼。上传语告下叫"胪",即胪唱传名的意思,故二甲第一名也叫"传胪"。

殿试只考一场,只考策题一种,名"殿试策"。策问大多是考问当时政治、经济和治国安邦、巩固政权之策。考生要写文章回答策问,故谓"对策"。殿试策题,以制策四条,由皇帝亲自命题。由读卷官在殿试前一日集于文华殿密拟策题若干道,也就是题库,进呈皇帝钦定。皇上看过后,用朱笔圈定考题。又因殿试由皇帝亲策,即亲自主持考试,故殿试只设读卷官。主考官由大学士二人、院部大臣六人充任,并派王公大臣监试。

"金榜题名"一词因殿试发榜用黄纸得名。黄纸有表里二层,分大小金榜。小金榜进呈皇帝御览后存档大内;大金榜用皇帝之宝,传胪后由礼部尚书奉皇榜送出太和中门,至东长安门外张挂在宫墙壁,故考中进士者称金榜题名。四月初,金榜正式发榜:

乾隆七年壬戌科殿试金榜

第一甲赐进士及第,共三名

金　甡　杨述曾　汤大绅

第二甲赐进士出身……

二甲、三甲共九十名,休宁的潘伟、汪鼎金、朱履端、金廉、邵齐焘、朱炎六人在其中。

一甲三人插花披红,状元用金质银簪花,由鼓乐仪仗簇拥出正阳门,跨马游街;潘伟、汪鼎金、朱履端、金廉、邵齐焘、朱炎等九十名二甲及三甲进士则用彩花,由东华门、西华门出宫,一样跨马游街。所到之处,人潮如海,大家都想一睹今年金榜人员。"金榜题名"在当时被视为读书人功成名就之时,称为"登科"。在这些人群中,一些达官贵人是带着目的而来,他们想在此时找个乘龙快婿,每一次的金榜题名都是他们的好机会。这些达官贵人也清楚,这类金榜人员马上就会被朝廷重用,找个这样的女婿,放心。对于一些寒门子弟来说,也找到了一条捷径。如果皇上有女儿,状元有可能被特招为"驸马",历朝历代这类例子层出不穷,所以就有了"洞房花烛夜""金榜题名时"之说。古往今来,都是学而优则仕。授官也按金榜甲第而论:一甲状元授官翰林院修撰,级别从六品,榜眼、探花授官翰林院编修,级别正七品;二甲进士授从七品;三甲进士授正八品。榜上之人都再经朝考,按成绩,结合殿试名次,分别授翰林院庶吉士、主事、中书、知县等职。传胪后第二天,天子赐"恩荣宴"于礼部,又叫"琼林宴"。此宴为皇上恩赐,钦命内大臣一人为主席(皇帝代表),状元一席,榜眼、探花一席,其余进士四人一席,诸读卷官也赴宴。进士每人颁发给牌坊银三十两。二十八日于午门前赐状元六品朝冠、朝衣、补服、带、靴等物,赐进士每人银五两,表里衣料各一端。二十九日,状元率诸进士上表谢恩。五月初一日,状元率诸进士到孔庙行释褐礼,易顶服,礼部题请工部给建碑银一百两,交国子监立石题名。

　　金榜题名后,礼部的另一班人马快马加鞭地将金榜题名的喜报送达全国各地。

三十　休宁会试大丰年

休宁县衙在接到休宁中进士的名单后,县令周其祚说道:"好,好,好!我休宁这块小小的土地上一下考取了六个进士,真是个大丰收呀!我有如此子民,真是荣幸之至!"这在休宁的历史上也属罕见,周其祚除了褒奖还是褒奖。乾隆七年的这次会试,无疑为休宁的教育事业注入了一剂强心针,从那以后,休宁的教育事业更上一层楼。周其祚令差人快速将喜报送到各家,并一再嘱咐要亲自到邵齐焘家去拜访邵老爷。

邵家一家老小都在忙着应酬接待,送钱的送礼的人不计其数,很多亲戚朋友都想借此机会加深一下印象,拉近点距离。四月二十八日一大早就接到了县太爷登门拜访的通知,邵士棣做了安排,一些小事情由其他人去办了,他则在家等候县令周其祚。周其祚把轿停在了距离邵家很远的地方,这是对上级的一种尊重。邵士棣是杭州知府,比周其祚大一级。周其祚规规矩矩的,见到邵士棣,即先行大礼:"恭喜邵大人!贺喜邵大人!下官乃休宁县令周其祚!""同喜,同喜!""一点小意思,不成敬意,请邵大人笑纳。"派人送上十两纹银。邵士棣客气道:"周县令太客气了,那恭敬不如从命!"于是一边命人收下,一边迅速把周其祚引上高堂。周其祚道:"今天登门拜访,有两层意思:一来是祝贺一下贵公子榜上有名,考取了进士;二来是要讨教一些休宁县城治理的事情。本人到休宁不久,还请您赐教。""您可是我的父母官哟!""岂敢,岂敢!"周其祚不敢有半点疏忽,邵士棣叫周其祚上座,一番承让,周其祚还是坐到边上,邵家上了茶,周其祚则是谢了又谢,毕恭毕敬地观察着邵士棣的一举一动。通过一系列的观察,周其祚慢慢知道邵士棣为人耿直,不摆架子,一颗悬着的心也就放下来了。周其祚夸邵知府教育有方,将门出虎子。他们从教子谈到了休宁的教育,休宁的文风也让周其祚折服,历朝历代休宁文人荟萃,人才辈出,休宁的几个学院功不可没。时间过了许久,黎阳乡的小吏等一班人也赶了过来,还有曹家、石家、汪家的族长都齐聚到了邵家。邵士棣邀请周其祚一同去街上走走,一行人马跟着邵士棣、周其祚走上黎阳街。街上是清一色的石板路,路上有吆喝的,有打着快板叫卖的,好不热闹。正街上一排商店鳞次栉比,店面清一色的粉墙黛瓦,尽显徽州风范,但店面都不大,人流也不多,显得有些清冷,看来店家的生意不温不火。酒坊的牌子挂得很高,五颜六色的,十分显眼。小巷小道一直通到各家各户。黎阳街上以卖吃的为多,多是徽州小吃,什么馄饨、烧饼、芝麻糖等,当然也有一些杂货物品。周其祚走到一处馄饨挑子前,看着他们的担摊,十分好奇,就一个担子,一头一个,顺带几个小板凳,就成了一门生意了,到哪都好放下做生意。看完老板的操作,周其祚说:"徽州人真有才,就这样一个担子,可以走遍天下。"众人一行边走边聊,一会就到黎阳土桥了。邵士棣故意卖了个关子:"我们一下就到土桥了。"周其祚百思不得其解,又不便问。邵士棣看出了他的疑惑,告诉他,土桥其实不是土的,实际上是一座小石桥。此处河面宽约三丈,很久以前人们过河都很困难,好在一个大户人家捐资建成这座石桥。周其祚听后恍然大悟。看着河边棵棵杨柳,邵士棣感叹道:"我们都是远行客,你周县令从大老远的四川到这里为官,真是难为你了。""邵老爷何尝不是呀!您已经在杭州为官多年,回一次家也不易,一样是远在他乡为异客呀!"正是:

> 江南柳,江南柳,春风袅袅黄金丝。
> 江南柳,年年好,江南行客归何时?
> 沧海茫茫波万丈,乡关远在天之涯。
> 天涯之人日夜望归舟,坐对落花空长叹。
> 但识相思苦,那识行人行路难。
> 人生莫作远游客,少年两鬓如霜白。

明代郑梦周的《江南柳》写出了他们各自在外的心境。他们两人都在外地为官,长期奔波在外,此时此刻,两人不由得唏嘘感叹。

三十一　新安江畔商贸忙

过了桥便是屯溪街,属于黎阳东乡管辖。桥上是邵士棣、周其祚的大队人马,桥下大小船只上下奔波,船头挨着船尾,场面很是壮观,自上游下来的竹排、杉木排连绵不断,一眼望不到边际。徽州境内水路有三条:一条是经新安江,到富春江,然后进入钱塘江,通过运河直达长江;一条是从发源于婺源境内的星江出发,进入乐安江,到达鄱阳湖,最后与长江水路连为一体;一条是顺着青弋江,经太平,到芜湖后再进入长江。新安江水道在休宁境内的主要码头就是万安、屯溪,镇海桥下就是屯溪码头,是屯浦归帆的地点。上水的船只来自钱塘江,将货物一船一船地运往屯溪各地,在各个渡口卸下。从各个渡口发往各地,最多的为粮食谷物。康熙年间《休宁县志》载,休宁"地狭人稠,耕获三不瞻一,即丰年亦仰食江楚,十居六七,勿论岁饥也"。休宁人多地少,产不出什么粮食谷物,粮食等主要依靠江西、浙江两地供应,"一日米船不至,民有饥色;三日不至有饿殍,五日不至有昼夺"。其实整个徽州大部分的粮食都来自于这条水道,正是基于此,才有了屯浦归帆的景观。下水的船和木排、竹排,借助水流的力量,较为省力,如果顺风,就更快,徽州人的出产大部分靠这条水道外运,将当地的茶叶、烟丝、竹木、酱菜、文房四宝等,运往杭州码头,由杭州运往全国各地进行销售,然后购回粮食、布匹等商品。可是上水船就大不相同,宋代赵彦卫《云麓漫钞》中如此描述:"水势喷激怒如瀑,而舟人所用器,特与他舟异,篙用竹,加铁钻,又有肩篙拐篙,皆用木加拐,如到书某字于其上。每遇滩碛,即舟师足踏樯竿,手执篙,仰卧空中撑舟,忽翻身落舟上,覆面向水急撑,谓之身擷篙。舟师每呼'肩篙''头篙''转身篙''抢篙',诸人即齐声和曰'嗷嗷',诸人皆齐力急撑。"也就是说上水行船,遇上激流,水就像瀑布一样地下泻。船夫则用竹子做成长篙,并在底部加装上铁尖头,在急流上人几乎仰着面逆水,全身用劲急撑篙,船夫一齐高喊"肩篙""头篙""转身篙""抢篙",用人的力量驱使船体向上行。更有水流湍急处,则需要纤夫拖着走,在新安江至钱塘江段,只有部分河流如此,但上水的速度很慢,以人力作为动力,每一步都需要船夫付出力气,自钱塘江至徽州屯溪约300里的水路,估计也要十天左右,顺风则快点,逆水则缓慢。明清时期徽商大多从新安江起航,走向全国各地,更有甚者将生意做到了外国。徽州人把新安江叫作母亲河。到了屯溪段,水流较为平缓,所以就把码头设在这里,成为物资、人员中转站。另一处设在万安,水势与屯溪差不多。所以新安江上的三处码头,休宁占有两处。清查钨恒《屯浦归帆》一诗云:"碧水蒙恒最上游,垂杨夹库泊归舟。渔歌远近从风递,帆影高低带月收。飞佳剧怜投树鸟,长闲终美傍滩鸟。村烟起处楼台好,一片波澄万顷秋。"邵士棣再熟悉不过,周其祚则不一样,看着这般场景,发出了由衷的感叹。

在屯浦归帆处,休宁县专设了官方驿站,用来征缴各类税费,用于上缴或县衙各部门的开支,由县户房派出的官差负责此项业务。

过了桥便是屯溪街,三国时吴国大将毛甘、黄盖"屯兵溪上",所以得名屯溪。屯溪是指率水与横江汇合后,傍新安江而下的一片街巷。元末明初,

一位名叫程维宗的徽商在屯溪华山脚下新安江畔兴造了8间客栈,47间房,史称"八家栈"。明朝嘉靖二十七年(1548)时,屯溪已是中国著名茶市之一。老翼农药号于明崇祯十三年(1640)设号创办。清朝初期,老街发展到"镇长四里";街西门口有一块"屯浦归帆"的石碑。镇海桥、八家栈、渔埠头一带,是屯溪的古水口,旧时称"屯浦",是徽州土特产的集散地和徽商走南闯北的起始点。每当夕阳西下,十里江面帆樯林立,一派"喧闹晚市明灯火,渡头沽泊聚黄昏"的景象。这些江面上经常是"溪流一线,小舟如叶,鱼贯尾衔,昼夜不息",于是一系列的"背水面街"的商业街应运而生,休宁的万安和屯溪、歙县的渔梁、婺源的汪口就是随码头应运而生的。屯溪街水路交通极为方便,山货土特产品又极为丰富,充分反映了依托江河发展的商业性聚落的历史风貌痕迹。横江在万安弯了一个好看的弧,万安街沿江而生,因江而繁荣,这里曾是休宁到杭州的繁忙水运码头,南北货物在老街聚散。在徽商最兴盛的时候,这里曾经是商人、水手、脚夫云集之处,也是各类货物的中转之地,码头上时常停有300余艘大小船。宽阔的新安江上千帆竞渡,挑夫与商人穿梭在码头与商行之间,这一繁华延续了数百年之久。

屯溪街一面临江,一面依山,具有特殊的街巷肌理,由一纵三横十八巷组成。这十八条巷子是当时为了方便运输货物而打通的,直接通往正街店铺。整个老街上有一排排整齐的老徽派建筑的马头墙。马头墙也叫作封火墙,其实是古代的一个防火的产物。屯溪乃至整个徽州大多房屋的建筑模式,是村落聚集在一起,房屋密度较大,所以当火灾发生时,火势容易因建筑物密集扩大蔓延到其他建筑物。马头墙可以防止火灾无限延伸,将房屋外部的火封在外面,从而减少财产损失。在马头墙建设的过程中,人们不断加入美的元素,形式也逐渐美观。普通人家的马头墙一般是三四叠,而有的大户人家最多的可以做到五叠,被称为"五岳朝天",这也是身份、地位的一种象征。徽派建筑门楼上精心雕琢的木雕、砖雕及石雕,图案有很多的种类,花草、人物、山水等栩栩如生,在古代徽州有句老话,叫作"千两银子八百门",如果用一千两银子造房子,花在门面上就要八百两,无论是贫穷人家还是富贵人家,门面都要有精美的砖雕,可见徽州人对门面的重视程度。街上的石板路,是用一种叫作麻石的石料铺的,它的颜色会因为雨水的冲刷,随着时间的推移呈赭红色。整个街上的经营模式,从明代开始,将原来的小街建成了商业步行街,大多为前店后坊。随着茶商的崛起,"屯溪绿茶"外销兴盛,什么吴字号、王字号、汪字号的茶号林立,茶工云集,各类商号相继开放,街道从八家栈逐年向东延伸,形成屯溪街。到了清初,钱庄、典当、银楼、药材、绸布、京广百货、南北货、盐、糖、日杂、瓷器、黄烟、锡箔、纸张、酒楼、饭店等行业比较齐全,商贸上在徽州一府六县中脱颖而出。

邵士棣一队人马踏着古石板走在大街上,街道两边茶香四溢,热闹非凡。周其祚被屯溪街门楼上精心雕琢的木雕和砖雕折服,大赞徽州人的智慧,当然也是在吹捧邵士棣。周其祚随邵士棣来到一家熟悉的老店,让人上了毛尖,边喝边聊。

徽州黄山毛尖名气很大。雍正时期,雍正皇帝微服私访到了河南,返京途经山西晋城时,来到了一家茶叶店稍作休息。店老板看客人上门,赶忙热情招待,命人上茶。口渴的雍正拿起茶杯连喝了好几口,喝完后,咂了又咂。作为一个品茗高手,雍正一喝就知道这是什么茶,于是问:"请问掌柜,这茶是不是安徽黄山的毛尖?"

茶老板一看这是位行家,立马说:"客人真是识茶之人,这就是上等的黄山毛尖,我大儿子前天刚从徽州带回来,只带了百斤不到。"

雍正听完茶老板的回答后,很高兴,毕竟自己喝出来了,这跟皇宫中喝的一样,味道没变,于是又问道:"这茶叶多少钱一斤?"茶老板看雍正一行人不像本地人,于是说:"只收您500文一斤!"谁知茶老板话音一落,雍正脸色异常难看,陪同的张廷玉见此,急忙叫他称上两斤茶。付了钱后,雍正一行人走出了茶店,一声不吭。为啥呢?只因刚才茶叶店掌柜的话触动了他的内心。

雍正记得很清楚,出宫前,他在与内务府总管盛安闲聊时,聊到茶叶的价格。担任户部侍郎,又是内务府总管的盛安竟然告诉雍正,这黄山毛尖要一斤30两。30两和500文,相差60倍!

回到京城,雍正立马命人彻查此事,果然发现了其中暗藏玄机,猫腻很大。原来盛安与商人秦永安等互相勾结,故意虚报价格,从中获取巨大的利益。徽州黄山毛尖因此更加出名,徽州茶叶成了徽州人的一个主要收入来源。

邵士棣还带周其祚去看了汪启茂制墨。这是一处典型的前店后坊的房子,门面装潢得很是考究,一大块上档次的砖雕悬在门顶,进得门是大天井,四周整齐地摆放着各式各样的成品。汪老板一看到有客人到来,很是热情,一面介绍,一面带着邵士棣一行走向生产车间,领着客人察看了点烟、制墨、晾墨、打磨、描金等十几个工序,还介绍了汪氏所制的墨有去疮疠等作用。

日近中午,一班人马回到邵家用餐。用完餐后,周其祚便打道回府,邵士棣次日也回杭州去了。

三十二　赚得个盆满钵满

江南好,风景旧曾谙。日出江花红胜火,春来江水绿如蓝。

乾隆七年(1742)的春天,吴韵徘徊在钱塘江一带。这个春天似乎更美,江面更宽阔,江花开放得早,花儿更红,他经常看江景,时而又回忆起新安江畔的家,而他此时信心更足,心情更好。徽州人有句古话:"宁可出山一丈,也不可进山一尺。"他就在这品味个中的道理。他把所有的家当都押在了钱塘江一带,他要放开手脚大干一场,让人家看看徽州人的本领。

休宁山中宜杉,当地人稀种田,多以种杉为业。杉又为易生之物,故取之难穷,出山时价极贱,抵郡城已抽解不赀。

中国人创业成功以后,普遍想留下一份产业或实业给下一代,最好的、最为大众化的项目是购地建房、建设街道。清代的建筑,木材占据了大量的份额。在盛世时期,开木行从事木材买卖,无疑是一个很好的选择。

朱昌九回到家后一直乐呵呵的,到阳湖径直把吴韵托带来的东西送到吴嫂手上,一个劲地说着吴韵的好,只喝了口水就回到自己家中。一到家他就跟媳妇吹上了:"吴大哥开的那个木行,差不多有阳湖这么大,一眼望不到头,我们这次放出去的杉木500多两,堆到那场地上,只那么一点点的东西。这不是吹的,我大哥那木行在杭州他不说第一,没人敢说第二,那开业的气场,把全杭州人都给镇住了。接下来我只管到山上去判山、运木材就是了,至于出卖,都是大哥的事,你就等着享福吧。"昌九媳妇也没见过大世面,听他这么一吹,打心眼里佩服昌九的这位大哥。

朱昌九第二天就赶到了溪口,回到老家,跟他的父母亲是一通神吹。老人似乎没有太大的兴趣,只说"你交了个好朋友,但自己的事要做好"。昌九比父亲更认真,办事很是出力。

吴韵在钱塘江算是开起了木行。毕竟身在他乡,他行事很是谨慎,自开业起,他时常暗中观察,见机行事,入乡随俗,设法融入这个地方。一段时期下来,他结识了当地的钱老板、郑老板、江老板等一大批名流,他逐一登门拜访,请客送礼成他这段时间的主要任务。同时,他借助了知府邵士棣的力量,大行其事,但他丝毫不去炫耀,而是保持低调,同时为手下人立了规矩,严格要求手下把分内事做好。木行在吴韵的操持下,各项事情都安排得井井有条。

一天,城内一位姓申的老板叫上吴韵木行的方伙计,一同仔细看了看堆场上的木材。一堆堆的木材都已经明码标价,最后他把目光移到了一堆溪口过来的老杉木上。申老板不愧为生意场上的高手,一看这杉木连树心都红了,年数在三十年向上,又看了看标价,6两银子一两杉木。"瞧你这价也太高了吧!""做生意开价天杀价地,再说我们这么好的杉木,你到哪去找?""我们能否谈下?""中!"方伙计也不绕弯子,"既然你申老板识货,那我跟你讲明,价是高了点,可这种上好的杉木在钱塘江口这一带少之又少,你信吗?"一来二往,说了又说,谈了又谈,最后定下来是4.8两一两杉木的价,货款送到结清。"申老板要不要订个什么约定?""不用了,第一批成交就送过去吧,送到货款两清,以后一样送达,货款两清,不赊账。""可以,成交!"方伙计找几辆车,装了5两杉木,跟着老板一起拉到了10里外的小镇上去了。

就在方伙计刚刚出门之际,又来了一位购买木材的钱老板,他左看右看,正好也看中了这堆杉木。由于方伙计走得急,只说有位申老板要了此批杉木,没有来得及告诉家里人详细情况,所以钱老板执意要购此批杉木。在场的伙计也是无奈,适逢方伙计回到木行,钱老板急忙上前问缘由:"请问你是方伙计吧?""哦,这是刚到我们这的钱老板。"林伙计上前介绍道。"噢,有什么事吗?""我来了好久了,我看上了这堆杉木,能否谈下价格?""这堆真的不行,人家已经要过了,你再选下其他的货吧,我陪你再走走。"方伙计非常热情地介绍道。于是方伙计、林伙计陪着钱老板又走了一圈,左看右看,钱老板还是想买那堆老杉木,于是又问了方伙计具体情况。得知情况后,钱老板道:"这申老板没付定金,万一他不要了,你这不是白搭吗?你这单生意存在很大的不确定性。这样,我在他价格的基础上再加2钱,你们也划算!""这事太让我们为难了,真的不好办。"看到木行的伙计们拿不定主意,钱老板又说:"在我们生意场上,你这叫口头协议,也没留个字据的,可以不作数的。再说如果他再要,可以叫他去看其他的货。我说的你也可以去打听,在不在理。"听钱老板这么一说,方、林两位也觉得钱老板说得在理,单是这一堆木材要多出四五两银子,两人一商量,卖给钱老板划算得多,于是方伙计叫上钱老板:"我们先卖一半给你,五天之内,如果申老板还不来,这里的杉木你可以全部拿走。""那行,我就开始运吧。"当天钱老板运走了一半的杉木,账款两清。

康乾盛世时期,杭州府作为轻纺业领头羊,在全国有举足轻重的地位,由此带动经济增长,包括对外贸易、对内销售,每年都在大幅度地增长,老百姓的腰包也鼓了起来。正如吴韵所料,民间的建设一下子火起来,特别是建筑一块,到处都在大建房,大大小小都有,建筑材料跟风涨价,木材行情持续看好。

第三天,钱老板早早地就赶到了木行,直接跟方伙计要拉木材:"我要把剩下的那堆杉木全部拉走,行不?"时遇木材涨价,方伙计冷冷地说了声:"最近杉木涨得厉害,你知道吧?""我知道,我们是早前说好的事,应该不能变卦,你看看怎么处理?"此时申老板急匆匆赶到木行,找到了方伙计,一看眼前,就知道了个大概,便问道:"方伙计,你是不是把我看中的那堆杉木给卖了?"方伙计把申老板叫到一边:"那个人只要了一点点,不过现在价格大涨,你看……""这话可不能这样说,我早前就要定了的杉木,我们之间说的话总得算数吧。"此话也让钱老板听得个清楚,找到伙计,跟伙计商谈接下来的问题。三人又是争又是吵的,谁也不肯让步。另一个伙计见此情景,只好去找吴韵老板。一会儿工夫,吴韵老板来了,听了三个人的情况,便把他们一起叫到屋内坐下,并上了茶。见两个老板气鼓鼓的,吴韵说:"二位老板来我处购买木材,也是看得起我们徽州人,更是一种缘分。大家和气生财。大家都知道目前杉木涨价的事吧,其实我也清楚,这样,我叫林伙计把周边涨价情况跟你们说下。"林伙计告诉大家:"我昨天去周边的木行走了个遍,越是上好的木材涨幅越大,我把抄过来的各个木行价格清单给你们看下。"申老板、钱老板看过清单,一个个脸色骤变,不再吱声,心里都在后悔当时何不把这点杉木拉走。吴韵的算盘响起,如果按现在的价格,他们得多掏10两银子。"那是。""那是。"两个老板一边应着,一边起劲地喝茶。沉静了一阵子,吴韵笑了笑,开口了:"我们徽州杉木一向以溪口、流口的出名,高山土壤适合杉木生长,而且材质无与伦比,口碑是越来越好。我们徽州人做生意,向来以诚信为本,今天两位老板所要的杉木,本木行一律按你们上次约定的价格给你们,数量欠缺部分,近日有一批木材就到,从中填补,你们还有什么话要说吗?""此话当真?""当真!"吴韵点了点头,进一步确信了这件事情。申老板、钱老板半信半疑地办好了这笔杉木,打心底佩服这位吴老板的诚信。自那以后,这两位老板当起了义务宣传员,徽州木行的口碑,一传十,十传百,在当地传开来。他们三人成了好朋友,吴韵的生意也如日中天。

  吴韵在杭州钱塘江边开的徽州木行,一方面有朱昌九帮他把流口、溪口的木材源源不断地运抵钱塘江,另一方面朱昌九一路上没少招揽生意,他长时间在休宁到钱塘江放排,也结识了不少朋友,大家都是放排人,谈得上,朱昌九为人又好,一路上打招呼说大哥在钱塘江开了木行,大家只管去就是了。和睦乡汉口的程家仁、临溪的吴勤中,还有佩琅凹上的毕廷山等一大群人,把自家产的杉木、竹子一齐卖到了徽州木行。通过几次交往,他们成了好朋友,后来每年到七月七,他们结伴到仰山寺拜佛,毕廷山家成了他们落脚的地方。

  这一年下来,吴韵赚得个盆满钵满。

三十三　买条黄牛学种田

乾隆七年(1742),朱昌九跟着吴韵老板赚得不少银子,于是他想到了父亲说的话,那就是多购买点田和地。在他父亲的眼里,农民只有依靠土地才有饭吃,有了土地才可以存活下来,那是农民的命根子,至于做生意什么的,普通的农民是不会去想的。朱昌九托人联系了卖家,一口气买了20亩耕田、50亩坡地,其中有四五亩桑园。他在房子后院又建了一幢房子。他回到溪口老家,把买田地的事跟父亲一说,父亲高兴了:"儿子呀,你这回是真正有根可落了,家里有了地,就不怕没饭吃,这才是正道。"朱昌九把家中的一切都交给了两个哥哥,一家人皆大欢喜。父母亲跟着朱昌九坐上船,来到了屯溪阳湖村。

因为朱昌九还得跟着吴韵一起去贩杉木,所以家中请了两个长工,一个姓李,一个姓徐。朱昌九想做得长远一点,便到周边的村子里买了头牛犊子,这牛长得膘肥体壮,将来一定是把耕田的好手,只是尚未教导,还不能耕田。朱昌九心想,就是要这样的牛犊子,这种牛的好处在于,购买人带回家教出来更为方便。回家养了几天,便到了二月二日龙抬头的时候,是窨牛的最好日子。农村教牛学耕田,又叫窨牛,前人慢慢地摸索了一条经验。小牛长大了,有力气背犁了,这才决定"窨"不"窨"它。小牛开窨,经过几天训练后,才被当成"牛力"正常地出工,每天犁田犁地。

一开始在牛角上绑一根木棒,安排两个帮工,两边各持木棒,方便控制这头小牛。在开窨的小牛前面,一个长工专门牵牛绳,一切准备停当,便开始向前走。听后面长工发出的口令,随时做出停、左转、右转等动作。小牛便被动地听从口令,两边人挥动木棒,助教。几个人相互配合,根据前人总结的口令是:向前"驾",停"挖",左转"撇啦",右转"牵啦"。当然,这几句口令是固定的,地区间的口令是相同的,以方便将来牛的买卖。

朱昌九第一天一直在旁边看,时不时地上去扶几把犁,学着吼几声口令。达远听阿大说窨牛,第二天一大早也跟着来到了田头。朱昌九去扶了犁,接着发号施令,小牛经过一天的训练加人工辅助,犁起地来了。达远站在田边,一到了他边上便叫:"阿大,转弯了。"几天下来,几个辅助的人感觉这牛学得差不多了,朱昌九也学会了耕地。

朱昌九把牛交给了两个长工,便放排去了。这两位长工帮人家做了多年的农活,勤快、老实、忠诚,话又不多。朱昌九的父亲朱良才是个做实事的人,待人如待客,他们一起干活,配合得默契。两个长工便把牛牵到田里开始正式耕田,牛很有力,耕起田来很顺手,这让两个长工乐开了花。走着走着,向左转弯还好使,可一到右转弯,一次口令二次口令三次口令,再怎么叫喊也不听使唤,两人歇下来,仔细想,这是咋回事呢,前几天都好好的,为何这下不会了,于是重新尝试着叫一个人在前面牵着,再下口令,还是不走,李长工、徐长工,也是没了主意,李长工半开玩笑地说:"我好像听过,东家的儿子,叫过'阿大,转弯了'的话,还说过好几次,你何不来试试?"徐长工一脸的茫然,硬着头皮再次试犁,学着达远叫了声:"阿大,转弯了。"牛一听这口令,马上听懂向右转弯。"完了完了,这牛要做人家的阿大了。"几次尝试都是如此,弄得两个长工哭笑不得,好在这头牛干活十分卖力,两人只好忍了,按此口令来耕田。长工不好跟东家说此事。

朱良才曾经帮人做过长工种过田,可他是个老古董,谷雨后开始做秧田,这可是认真的活,朱良才一直在边上看着,两个长工把田整好,下种前几天,朱良才还要查看一下老皇历,看看哪天是下种的好日子。朱昌九一回到家,父亲便亲自带儿子下田,学习种田的活,经常拿出一本老皇历,教导朱昌九,今天是什么日子,明天是什么日子,朱昌九开始不觉得有什么,可他周边的人都很信这些,因此也慢慢跟着信上了。下种的时候,朱良才带着朱昌九,一遍一遍地进行示范。下种学会了,下一步则是插秧,到了插秧的日子,朱良才叫上朱昌九,怎么站,手如何拿秧,一步步地教着他做,还经常唠叨这才是真正的饭碗。朱昌九半天下来直嚷嚷:"腰都直不起来了,吃不消。"可父亲说:"连着干几天就好了。"干了两天,时逢下雨,朱昌九又去放他的排了,剩下的事由长工负责完成。到了夏天,朱良才看到几丘田地势稍高,于是置办了小水车,以备天旱时用。朱良才三人收工回家,老伴忙递上扇子,送上一盆井水,要老头子冲下凉。老伴说:"这屯溪热得要命,还是我们老家好呀,凉快多了!""是哟,这屯溪呀实在太热了!"朱昌九夏天在家中,有时候他们也到屯溪街上去看看。七月的一天,他来到一个茶馆,找一个地方坐下,要了碗茶,付了几个铜板,听先生说书。说书先生抬高了嗓门:"今天讲的是《岳飞大战金兀术》。宋朝元帅岳飞带着牛皋、汤怀、王贵、赵义、周青、吉青等人直赴疆场……"朱昌九一下子听入了迷,好像没多久就结束了。由于天热,朱昌九放下手中的活,独自听起了说书,天天准时到场,后来就听到喝茶听书的人说:"今年我们这还跟往年差不多,可京城不得了,热死了不少人了。"大家都在暗自庆幸屯溪这一带还算好。

根据史料记载,自乾隆八年(1743)七月十三日以后,京城以及周边地区出现了罕见的高温天气,从而导致河道干涸、大旱千里,农粮绝收、流民遍野。乾隆在听说了民间遭受的灾难之后,一边命群臣商议施赈救灾的办法并尽快落到实处,一边亲赴民间安抚臣民的情绪,亲自冒着高温天气赴祈雨台祈雨。百姓们听说皇帝顶着烈日为民祈雨,感动得五体投地,纷纷加入祈雨的队伍中来。自七月二十六日以后,居高不下的酷暑突然回落,随即普降甘霖,结束了这场影响深远的灾难。

屯溪夏热开始后,各地用水也有所短缺。朱良才带着两个长工,天天都在用水车打水保苗,好在时间不长,天公还算作美,下了雨,禾苗长得很茂盛。

云时本来就是个闲不住的人,看到家里还有这么多的桑园,心里想着要学养蚕,不管赚不赚钱,找点事情做才好。

快到夏天的时候,云时跟婆婆商量好了,养点蚕试试。朱良才也十分的赞同,就这样,等到了时间,云时去买了蚕子养起了蚕。她边学边干,一年下来便掌握了养蚕技术。到了秋天,20多亩田,收成不错。稻一收完,朱昌九便早早交了"皇粮",与当地的地保慢慢攀上了关系。

朱昌九家的坡地上除了桑树,还有一些杉木、杂木、竹子。朱昌九一回到家便下田、上山帮忙,丝毫停不下来。一家人和和睦睦的,一年下来,不包括朱昌九在外面赚的钱,家中也还有点小结余。朱良才经常在朱昌九面前唠唠叨叨,叫他不要去冒风险,在家里种点地踏实,朱昌九听归听,还是把父亲的话放到了一边。

入秋以后,朱昌九就忙着去山里判山场,干了这么多年,道也熟了,周边的影响力也有了,谈了几块山场,在他大哥的支持下,买下几块杉木林。吴韵帮他测算了下,按正常年景,还是有点小赚头。朱昌九花了100两银子在阳湖这边又买了50多亩田地。溪口大山里,砍伐杉木又开始了,这个时候朱昌九不再天天跟着他们一起上山砍伐杉木,而是做更大的事情,这些事就交给了万余、万成他们去做。随着赚的钱多了,朱昌九的家业随之壮大了起来。

朱达山这年等于是插班生,方先生也没少花力气,开始的那几个月,天天都帮朱达山补课。朱达山不负众望,非常用功努力,一年下来便追上了先上学的那些学生。年底请先生吃饭的时候,先生表面上很严肃,私下里在朱昌九面前直夸达山这小子是块读书的料,着实把朱昌九乐开了花。

三十四　当铺老板智退款

"青山隐隐水迢迢,秋尽江南草未凋。"新安江亦是如此,山上草木开始凋零。江上往来的船只川流不息,屯浦归航处,上水船、下水船更是拥挤不堪,人们挑的挑、扛的扛,有把货物送上船的,有把货物运上岸的,一派繁忙。

乾隆八年(1743)中秋过后,屯溪依然像往常一样热闹。中秋节后的第三天,也就是乾隆八年八月十八日,屯溪中街上鞭炮齐鸣,又一家胡字号当铺正式开业。

胡记当铺牌子刚刚挂出,一个穿得破破烂烂的叫花子径直走上前。大家看这架势,纷纷让出道来,叫花子趁机第一个挤进了店:"屯溪街,长又长,家家户户住好房。胡老板,开业忙,东边财来西边旺,当铺一开黄金来,好运鸿运全都过来,发大财呀发大财。"这一顿快板下来,胡老板双手作揖:"大家发财,大家发财。"只见叫花子不慌不忙地拿出了一件破衣、一个破碗、带有一根磨得发亮的打狗棍,胡老板开始一愣,还是笑脸迎了上去。当铺行业中有一条不成文的规矩,凡新当铺开业,第一个进店的,就是赔钱也要做这桩生意。老板心想,这些东西根本就当不成,可叫花子一个劲地祝老板发财,直喊得他晕头转向:"好好好,大家发财,你也发财!"叫花子于是进入正题:

"我这些古董要当五两银子,老板您帮忙看下。"周边的伙计都看傻了眼,老板心里在惦记着如何去应对,这些东西真是送人都不要呀,叫花子是要借机敲竹杠。胡老板定了定神:"这样吧,你拿一两银子,但你得听我的盼咐。""成也!"叫花子哈哈大笑起来,"胡老板肚大量大,有什么你尽管盼咐,小的一定照办。"胡老板同叫花子办理了完整的手续,并如此如此交代了叫花子一番。

众伙计也是面面相觑,叫花子拿了当票,一天、两天、三天即在大街上转悠起来。一个月后,他探得一外地老板到屯溪做生意,于是一路尾随,待弄清他出行的路线,叫花子偷偷地把当票放在这位外地老板出行的路上。几个人抬着轿子,走着走着,先是抬轿人看到地上一张什么票子,也认不得,便交给老板看,老板一看,马上放入口袋。过了几日老板一个人找到了胡记当铺,说是有张当票要来赎回,伙计一看这张当票,有特殊的标记,便叫来胡老板。胡老板一看,便笑着对来人说:"哟老板,大老板,大老板!上茶!上好茶,坐,坐!请上坐!先坐下喝茶,有事慢慢说!""我一个月前的当物,这就准备取了回去。"于是递上当票。"好,可以。"胡老板看了看,叫上伙计,对当票进行了反复查验。"当票跟当物上填写得完全符合。""那你们帮算下银两。""原来当的是五两银子,加上利息一两五钱,总共是六两五钱。"来人交上银子办好签字画押手续后,胡老板叫伙计拿出物件:济公钵一只、旧蟒袍一件、济公龙头杖一根,交给取物人,只见来人脸色骤变,想说又说不出,只好愤愤地走了。

这一切全部掌控在胡老板的手中。当铺第一天开门的第一桩生意,亏本也要做,否则不吉利,当看到叫花子的这三样东西,真是让胡老板哭笑不得。但他想了想,开门做生意,和气生财,只好想了这个办法,在当票上把三个物件估价写得高高的,这位老板一看,便怦然心动,还支开了其他人,准备吃个独食,不想偷鸡不成还倒蚀了把米。所以人们常说:天上不会掉馅饼。胡记当铺这第一桩生意不但没有赔钱,还净赚了几两银子,店里的伙计对老板佩服得五体投地。

三十五　县令明断盗伐案

乾隆八年十月的一天，休宁县衙门前，只听得咚咚咚的鼓声，有人击鼓。周其祚县令一整衣装，穿上官服走向正堂。大堂正中高悬着"明镜高悬"四个金色大字，下方是红太阳的背景，下面是县太爷的太师椅，接着是台案，案上有惊堂木，案桌下有两个"回避"立牌，案桌边上是"肃静"的牌子。周其祚带上师爷、县丞等一班人马，开始升堂，四个衙役两边列队，手拿升堂棍，开始吼道："升——堂——"告状人上前跪下："小的是西乡十二都三图渠口村方至铨，小的要告本村汪甫强占本人大源山场杉木。"于是递交了状子，县衙把状子替给县太爷周其祚，状述如下：

状告本村汪甫，二十年前，汪甫因盗伐本户大源山场十亩，当时经过协商，达成了协议，即将其所砍树木作价给本户。同时由汪甫帮助山场扦插补苗后归还本户。现山场已经到了砍伐期，小民意欲上山砍伐木材，汪甫带领一班人马，上山阻止，几经保甲调处未果，小民上山伐木，汪甫打伤小民，请求县太爷为小民主持公道，责成汪甫赔偿小民医疗费用，并判定山场杉木归小民所有。

乾隆八年十月六日　方至铨画押

周其祚看过状子,再看了看来人,只见他低着头,身材瘦小,衣着非常的陈旧。见县令看着他,方至铨便抬了下头,显得十分委屈。周其祚第一印象是这人不像撒谎,但转过一想,在大堂上即便再滑头也不敢滑,左思右想,一时也拿不定主意,单方面的告状,事实不明了,遂告诉方至铨:"待本官查明情况后,择日开堂审理。"事后,他便派出自己的得力干将县丞高大成、师爷马彪等到西乡十二都三图渠口调查。

渠口村自本村源头起至水口周围,有四里多路,共有三百多户。保长汪君宣,为汪姓大族人,长期以来渠口保均由汪姓大族人担任保长一职。保长主要负责本地域的治安、民事纠纷调解、防匪盗、征收钱粮、派徭役等。清代在基层一级实行的是保甲制,即十户为一甲,设甲长一名,十甲为一保,设保长一名,也配土铳、铜锣,年终实行团练,用于抵御盗匪,一般小事先由保长处理,而后由保长定夺上诉与否。在实行的过程中,由于宗族观念的制约,给保甲制度蒙上了一层宗族的阴影,在一些复杂的地区,宗族与宗族、大族与小族,纷争不断,长期以来,有大族凌驾于小族之上的这样一种事实存在。

高大成、马彪他们先找到当地的保长汪君宣,汪君宣说道:"二十年前汪甫误伐了方至铨大源山的杉木,我们做了协调,双方签字画了押。当时杉木确实是汪甫扦插的,现在已经成林。至于说目前山上的杉木,方至铨说全部归他所有,不符合常理。山场是方至铨的没错,按理说当时双方没有提杉木成林后的事,那么现在应两人坐下商量着办事,都是村里人,低头不见抬头见,接下来可以商量着办,我们也出过面,无奈方至铨这人吧太死板,汪甫还是好说话的,同意商量办事。"接着找到汪亨、汪成、汪忠等人,几乎是一样的话。

他们又找到了倪浩然,倪浩然重重叹了口气道:"我们村 300 多户,有汪、倪、朱、方、胡五个姓。汪家是大姓,多少年以来,保长都由汪姓人担任,汪家欺凌小姓,已经是公开的事。就说这件事,当初汪甫就是盗伐了方至铨的杉木,后被发现,按说是要重罚和赔偿的,可方至铨屈服于大族的压力,没办法,才坐下协商写了这么个契约,方至铨是被盗方,还花了钱,那真的叫花冤枉钱,写约的人也是汪家人,还是笔刀子,估计是商量好的,明摆着是大族欺负小族,这世道哪还有理去讲呀。"

接着找到朱盛、胡南光、胡庆等人,与倪浩然的说法大致相同。马彪等人还专门上山到实地察看,情况基本清楚。

雍正元年(1723)秋,渠口人汪甫盗伐方至铨户大源山场的杉木 10 亩,后被方至铨发现,并向保长汪君宣提出要求处理汪甫。汪君宣带领甲长等人上山,实地了解到了汪甫盗伐方至铨 10 亩杉木一事,接下来,汪甫动用了他大族人的势力,放出口风,对方至铨进行威胁,意思是逼方在保内解决为好,否则方家的祖坟地和所居的屋基地将重新考虑,因为方家的祖坟地属于汪家所有,方家所居的屋基地也属于汪家,当时给了点钱,汪家一再说没事,不用那个什么立契,由此种种,来逼方至铨服软。方家属于小姓,人丁不多,当初又曾受到过汪家的恩惠,汪家软硬兼施,还发动了方家一些人出面说情,只好答应双方协商解决。经协商,汪甫原地退还所砍伐的 50 两杉木,砍伐全部费用 4000 文,由方至铨出,汪甫将其山场扦好苗木还给方至铨。双方派员坐到一起写了一个契约,内容如下:

> 汪甫因误伐本村方至铨大源山场杉木 50 两,经双方当事人商定,汪甫将所砍伐杉木就地点数交给方至铨,双方讨价还价,最后汪甫的砍伐

费用共计 4000 文,由方至铨即支付,汪甫将山场清理后,种好杉木,将山场交给方至铨。

　　立契人:方至铨

　　立契人:汪甫

　　作保人:汪廷玉、汪行、方如金、方如贵

　　保长:汪君宣

　　监生:汪铨纪

雍正元年十月十五日

方至铨也非常清楚,砍伐的费用远远没有这么多,即便将杉木种植好,也不过这点费用,但迫于大姓的压力,不得已只好答应此事。汪甫虽然属于盗伐他人杉木,按当时的规定理应受到处罚,汪甫自恃是当地大姓,把盗伐改成误伐,就这样不了了之。

时隔二十一年,汪甫阻止方至铨上山砍伐木材,其理由是在雍正元年十月十五日所立的契约中,只提到移交山场,未提及由汪甫所种植的杉木,山场交给你方至铨,但并不等于杉木是你的,杉木本来是我种植的,那么杉木就应归我所有。双方就此争论开来,方向本保提出异议,保长认为汪甫所说的并不是没有道理,于是又叫他们一起协商。汪甫问:"山场上的杉木是否是本人所栽?"方回:"是。""那好,既然是我栽的树,那么杉木就是我的,山场跟树是两码子的事。"所有汪姓人基本上如出一辙,保长出面调解,叫汪甫开个价,解决下算了。可是汪甫竟然狮子大开口,一口咬定要 25 块大洋,即 25000 文钱。双方各执一词,方至铨心里有苦说不出,一来他们方家在本村属于小姓,另外汪甫代笔人在写契的时候,契约上确实留有一个破绽,现在想来汪甫的代写人是有意留下的,事到如今只能大事化小小事化了。如果是几块大洋也就算了,关键是太多,汪家也是欺人太甚,方至铨气不打一处来,他再一次带人上山准备砍伐树木。

九月底,正值秋高气爽的季节,平常的秋伐正当时,方至铨雇了四五个人,上山动手砍伐杉木,不大一会儿,汪甫等族人一共有十人上了山,听到砍伐树木的声音,上前质问道:"哎哎,方至铨你好大的胆子,怎么砍上我们家的杉树来了?"方至铨火了:"谁说杉木是你家的,给老子滚一边去。"两人说话间,已经冒出了火药味,方至铨没有停下砍树,汪甫便上前去拉扯了方的手,一来一去的,方至铨一个后仰,倒在地上,起来直接冲着汪甫就是一拳,击到了汪甫肩上,其实拳也是点到为止。汪家其他人上来拉架,一个抱腰,两个拖手,径直把方至铨给架住,还一边说着好话:"不能打架,不能打架。"这汪甫嘴上边喊边打:"我叫你打人,我叫你打人。"挥出重拳,直击方至铨胸前,方至铨被击倒在地。方至铨清楚这些汪家人纯属拉偏架,而且仗着人多势众。俗话说:好汉不吃眼前亏。方至铨只好叫几个雇工停止砍伐,下山。由此引发了方至铨告状的事。

周其祚在了解到事实真相后,于乾隆八年十月二十六日传了双方当事人,当年的证人,于是升堂审理。双方进入大堂,一行人全部跪下。周其祚道:"方至铨你要告汪甫,本官许你将事实道来。"方如金代方至铨如实将事实陈述完毕。周其祚问被告:"情况是否属实?"被告汪甫上前作答:"县太爷在上,方如金纯属诬告。其一,当年本属于误伐,有字据为证,不构成盗伐,在大堂上方如金却将原来事实颠倒,我方不可接受;其二,当年在谈及扦插杉木苗时,没有任何人提及树苗长大的事,有契约为证,退一万步讲,我没有种树哪来今大的树木,我认为该地杉木应归本人所有,至于讲到山场,我认为适当给点租金就行;其三,在之后的二十年内,该山杉木全部由本人管护,前来的汪家人都可以证明。"双方各执一词,互不相让,鉴于此,周其祚敲响惊堂木,叫了声停,遂到后堂商议。师爷等人你一言我一语,费尽口舌,意见不好统一。周其祚已经明白了这一事实,汪甫是有意而为,如果不判方至铨赢,或者折中去判,都有失公平。周其祚思考着,与县丞高大成、训导沈龙光、典史张浩顺,还有跟他一起来休宁的马、卢等人商谈许久。高大成了解得非常清楚:"说白了,当年汪甫就是偷砍了方至铨家的杉树,如果当时告官,汪甫是要吃官司要赔款的,屈于汪家是大姓的压力,汪家人出面表面上和事,但内部做了点手脚,看似汪甫有理,其实站不住脚,树是汪甫种的不错,而事实上属于一种惩罚的种植,这还不算,方至铨还付给了那么多钱,即便连种树在内也足够了。至于他讲到了管理,据我了解,杉木的地块经过了火烧过后,肥渗到土里去了,三年内不怎么长草,三年后杉木已经长大再也不需要管理,直到砍伐,汪甫讲的二十年的管理纯属空话。"最后由周其祚定夺,走上大堂,再次升堂。周其祚厉声问道:"汪甫你家里可曾养过猪?""养过。"那我来问你:"你家的猪毛长在哪?""皮上。""好,知道猪毛长在猪皮上就好。""那么你可知道'皮之不存,毛将焉附'其中的道理。""这——"周其祚的一番说辞把汪甫引入圈套,汪甫答不上来,一下把汪甫逼入绝境,只见汪甫的脸涨得通红,小眼睛一转一转地还想狡辩,刚想张口,汪家监生上来答道:"县太爷,这完全是两码事。""住口!"周其祚把惊堂木一拍,将原来的事实重复了一遍,"你汪甫当初偷盗人家杉木,理当吃官司赔偿,人家退让了你,你当人家好说话,于是留下破绽。退一万步说,读书人应该懂得皮之不存,毛将焉附的道理吧,山场交还了,山上的杉木没交还?亏你们说得出来……"汪甫等被周其祚驳得无地自容,最后县令宣判:大源山场杉木全部归方至铨所有,并判汪甫赔偿方至铨治疗费50文,并告知若再有作奸犯科者,可指名道姓上诉,本官定当不饶。至此,该案告一段落,周边村民无不为该案拍手叫好,都说周县令秉公办案。

在此后的日子里,渠口村随着倪、方、朱、胡四姓人数的增加,四姓与汪姓人员间的矛盾也越来越严重。四姓人员经多次商议,拟摆脱汪姓大族控制,于乾隆三十二年(1767)共同提出了分保的诉讼请求,官司一直打到了徽州府。

三十六　遭遇洪水吃大亏

乾隆九年(1744),吴韵生意越做越大,一方面他仰仗于官府,上至杭州知府,下至各个知县,甚至连同各个小保甲的关系都是拉得亲密无间,他以钱财铺路,以路生财;另一方面占尽时机,灵活经营,生意如鱼得水。经过两年的奋斗,他完成了资金积累这一艰难的过程,彻底地融入了钱塘江、杭州这一带,徽州木行这一品牌在当地成了一块响当当的牌子,手下的人员越来越多。吴韵把家中的两个儿子也带到了钱塘江的徽州木行,一家人全身心地投入贩卖杉木这件事上。如今吴韵不再是当年的吴韵了,已经是富甲一方的大老板,此时的吴韵把眼光放到了更远的地方——苏州。乾隆九年刚过,他便带了伙计前往苏州考察开办木行等事宜。

乾隆九年,朱昌九又把达远送入私塾,朱达山带着达远双双入了学。

朱昌九根据他多年在吴老板那学的,也当起了贩木材的老板,到溪口等地判了一些山,再加上他大哥的一些山,自流口一带下来都是他的杉木,自正月底就在开始忙碌,把一批又一批杉木运到钱塘江渡口的徽州木行。看着这么多的木材运抵钱塘江,朱昌九打心眼里高兴,他一边私下盘算着,今年又能如何如何发一笔小财,一边把杉木排放到钱塘江,一边在流口、溪口的山上雇人一片片地把杉木清理好下山,运到了河边。流口河边、溪口的河边到处都是朱昌九的杉木,大老远看去白花花的一片。

四月末的一天,朱昌九回到家中,老父亲问:"你今年到底贩了多少杉木?""估计有2000多两吧。""现在运了多少?""也不过是一半。""那就是说山上河边还有不少吧,杉木放在河边不一定安全,一定放高一点,大水可不跟你商量,我们老家曾经发过山洪。"朱良才嘱咐了又嘱咐,朱昌九听父亲一说觉得很有道理,于是马上回到溪口老家,一路沿河看了去,看到一些地势低的便叫人往高处移,以做到万无一失,经过一段时间的清理搬运,朱昌九总算安下心来。山上的杉木还得叫人赶速度,因为一旦过了梅雨季节,那就要到来年了,所以朱昌九马不停蹄地赶路。树一运到河边,马上找人打好排甲等待涨水就放走,即便这样,也没来得及运完,沿河到处都是杉木。

乾隆九年五月中入梅,入梅后的第九天早晨,休宁县突降暴雨,大雨倾盆而下,河水陡涨,此时的朱昌九正在溪口大河边上,他穿着蓑衣,带着一班人上下走着,眼见着河水不断地上涨,倾盆大雨仍然没有停止的意思,不到半天的时间,河面上陆陆续续地就有杉木、杂木、杂柴冲了下来,此时的朱昌九心如刀绞,自己有不少杉木就在这河边,有打好排甲的,有好多没有打排甲的,他心里真的没有底了,看着老天只能是仰天长叹,他叫人抬上供桌,摆上供品,叫人周边围成一圈,冒雨上香对天跪拜,朱昌九发出了歇斯底里的祈祷:"苍天呀,救救我们吧,我们全家求您了,我们从来没有得罪过苍天呀,求苍天把雨停下来吧,苍天呀苍天,求您把雨停下。"朱昌九全身湿透,披头散发,眼泪连着雨水一起流下,甚是凄凉,大家一起跪下,共同为朱昌九祈祷,可老天哪里有停雨的意思,大雨丝毫未减,眼见水越来越大,朱昌九看着河里越来越多的杉木在沿着洪水向前冲去,当看到一大堆杉木缠住他前面的排甲,由于势头太大,一堆又一堆地涌上来,杉木越来越高,只听得啪啪啪的几声巨响,河边的所有缆绳在强大水流冲击下崩断,一河排甲全部被冲走,他急了,朱昌九一边喊着:"苍天呀你是不让我活啦,我不活了,我不活了。"一边冲向大河,胡万成、胡万余、朱小树,一路狂奔,小树跟得快一把抱住了朱昌九:"叔你冷静点、冷静点。"胡万余、胡万成一起把朱昌九拖回家中,一再地劝朱昌九,只要我们人在,什么都可以挣回来的,树没了就没了,水退了我们还一起干吧,就当这几年白干好了,嫂子、你儿子都等着你回家。

这边的县城里,满城都是洪水,一些稍低的民房,一间又一间地被洪水冲倒,县城许多人被水逼得爬到了屋顶,哀鸿遍野,整县城成了一座人间炼狱,县衙内周其祚一班人马也是心急如焚,看在眼里急在心上,拿不出丝毫的办法,只能干着急,雨一停,周其祚马上组织人员排水、救人,尽最大力量减少损失,这场大雨整整下了一天一夜,也是休宁历史上罕见的大雨。这场大水造成休宁县房屋被冲毁数百幢,损毁粮田千亩,道路、桥梁冲毁无数,人员伤亡无数。

天刚晴,周其祚亲自出发前往农田规模较为集中的地区察看,但见良田中,淤泥无数,秧苗尽毁,看到此情此景,周其祚也是两眼流泪,一时无语。他回城即刻写好文书,向徽州府报告,徽州府知府一班人马次日赶赴休宁,查明情况。

与此同时,新安江上的过往船只,亦受到不少损失,一些船只被大洪水冲走,船毁人亡者不计其数,运粮船一时无法抵达屯溪、休宁等地,一些不法商家坐地起价,粮价陡涨。居民一听粮食涨价,马上抢购,导致穷苦人购不到粮食,引起当地居民的恐慌。周其祚冒着极大的风险,下令开仓放粮,休宁的所有粮仓全部放空,从而制止了这场潜在的危机。

周其祚开仓放粮是很危险的,按规定得经朝廷同意才可以办理,他是冒着砍头的风险救人。因为他很理解种田人的苦,周其祚一边开仓放粮,一边还得如实向朝廷禀报,向朝廷请求救助。他的行动得到了朝廷的认可,当年朝廷下拨了银两以示救济,同年酌减了休宁的税赋。

周其祚根据朝廷的意思,同样核减了当地受灾居民的税赋,当地居民无不感激皇上恩惠,城南的程积前当年也受到了很大的灾难,周其祚听闻,直接去了他家,以示慰问。此时的程积前老泪纵横,直接喊出了:"青天大老爷,您就是青天大老爷!"直接跪下致谢,被周其祚扶起。周其祚还亲自前往他受损的粮田,为其减了税赋,安抚民心。

朱昌九在雨停后,带上了他一起出道的好兄弟,马上沿河进行了清点。他们一边走一边流着泪,几年的辛苦,换回的是一场空,原先所有的美梦都化为了泡影,几个人盘算了下,沿河堆放的杉木估计有500两,折银达1000两。朱昌九整个人只知道哭,他几个兄弟较朱昌九清醒得多,直接告诉朱昌九,现在不是哭的时候,得赶紧把一些树木集中起来,打好排甲,趁水放出去,越快越好,朱昌九听着,恍恍惚惚地点了点头,于是一队人马,又开始忙碌起来。

三十七　屋漏偏逢阴雨天

朱昌九在清点好杉木后，发现损失惨重，悲痛不已。他的几个兄弟全心全意为其做些后续的事情，胡万余、胡万成、朱小树几个人直接出面，把河边的剩余杉木打成排甲，又叫人一同放到钱塘江。一到钱塘江码头，吴韵看到一脸不悦的朱昌九，心里已经知道出事了，于是把朱昌九叫到柜台里："你一定是出了什么事吧，我看得出来。"只听得朱昌九"哇"的一声大哭起来。"唉，什么大不了的事，别哭了，一个大男人什么事都要挺得住。"朱昌九慢慢地止了哭声，万余、万成、小树几个一起来到了吴韵的柜台前，吴韵对他们很热情，叫他们全部坐下，一人上了一碗茶，叫他们别急，慢慢说。朱昌九由于过度悲痛，还是万余、万成、小树几个把事情从头到尾仔细说了一遍，吴韵安慰朱昌九："天有不测风云，人有旦夕祸福，亏了再赚吧，别去想那么多了，今年这天气太反常了，我们休宁历史上多少年没有见到这样的洪水了，至少是我出生以来没有过的。"朱昌九的几个兄弟都在劝着朱昌九想开点，朱昌九含着眼泪点了点头。接下来，吴韵问了下还有多少杉木没有放出来，朱昌九他们估计了一下，亏损有三四百两银子。吴韵按他们说的做了计算，连同没有运出来的杉木全部算进去，估计亏损500多两银子。吴韵把损失的银两如数交给了朱昌九他们,还做了个交代:"这样,你们回去把账再算一下,如果有什么欠缺由我来全部支付。"吴韵好饭好菜地招待了他们一班人,看着朱昌九吃不下,吴韵再拿出10两银子交给他。"大哥我不能再要你的银子,不能。""什么也别说了,别说了,别老往心里想啰,过去的就让他过去吧。"回程前夕,吴韵找到了万成、万余、小树几个,一再嘱咐道:"朱昌九是我出生入死的兄弟,出了这么大的事,他心里不好受,我怕他扛不住,你们一定要把他保护好。生意上的事,目前万余、万成多担当点,千万别让他有个三长两短。"他们一班人马即刻回到休宁,找了些人马,把沿河边上的杉木一点点地集中起来,把排甲打好,等待时机外运。排甲打好,杉木的数量清清楚楚,跟吴韵报的账还是少了数十两杉树,折银近百两,朱昌九心里实在过意不去,于是跟他们几个兄弟说了:"这事只能我来扛,谁都不准说出去,由我来扛算了。"他们几个好兄弟还想说什么,却被朱昌九硬是按了下来,几个人没再提起。他回到阳湖的家中,心里沉甸甸的,回到家跟妻子云时一五一十地说了,云时是个贤惠的媳妇,好一番安慰:"你别难过,我们从前那么苦的日子都过来了,就当我们从前一样,无非是日子过得艰苦点。再说伤心也没用,这次大洪水,你看看死了多少人,跟那些人比,你就算幸运了。"听妻子这么一说,朱昌九心里好受得多,于是他跟妻子商量:"我想把去年的那块地拿去卖了,因为大哥已为我掏了不少的钱,我不能再找他要,做人不能没有良心。""你怎么想都行,就拿去卖了吧,即便没有这块地,我们家日子也还照过。"

朱昌九接下来到处托人卖地,可是洪灾过后,大伙想要地的少之又少,无奈之下,他找到了胡记当铺,请求当了这块地,经过老板查问,事实清楚,当时土地的交易价为100两银子,胡老板说:"你没有来当过东西,我先得跟你讲清楚,我是当铺,按照你自己物品的评估价的90%给你银子,利息是月息3分,你当的东西越值钱,钱当然也就拿得越多,但是赎回当票的日期越短,反之赎期则稍长点,超期一律归我当铺所有,由我们当铺处置。"朱昌九计算了一下,到年底粮食收获以后才可能来取回,于是说道:"你看这样,我只需要50两银子,能否把赎的时间放长一点?""可以,那就约定为3个月,你到9月来赎回,利息一并结清。"

朱昌九拿到了银子,几天下来,把所有的债务全部结清,默默无语地走回到家中,妻子云时快步向前接过行李,沏上茶叫他坐下,父亲过来了,在朱昌九边上坐下,朱昌九无力地叫了声"阿大",父亲应了声,妈妈也走了过来,朱昌九叫了声"阿妈",其实父亲一切都清楚了,在那次洪水以后,父亲感觉到朱昌九和媳妇都变了个人似的,于是再三向云时追问,云时一五一十地告诉了父亲。父亲仰天叹息,这水上漂的事风险太大,于是把他所有的想法都告诉了儿子:"云时都告诉我了,所有的事我都知道了,儿子呀,我看贩木材这事风险大,以后就不要再去干了,还是安心下来把现有的这点田地种好,一家人吃喝不成问题,过去的都别去想了。"听了父亲一番话,朱昌九哭得撕心裂肺,也打算不再去做贩木材放排之类的事情。

等到涨水,朱昌九一班人把当年的最后一批木材放到了钱塘江口,交给了吴韵。与朱昌九一同抵达钱塘江的休宁人还真的不少,朱昌九又认识了来自临溪的吴义德老板、汉口的程中仁老板,他们一起搭伙回到了家,一心一意地管起了家里的那些土地,等到秋收,朱昌九同父亲计算了一下,把当铺的地契赎回来,于是他们一家把能卖的谷物卖了一些,朱昌九找到万成、万余等人借了点,凑足了银两,朱昌九带上当票去屯溪街上赎回。当他走到胡记当铺,摸了摸口袋,才发现当票丢了。这可如何是好?于是他跟胡老板说了下,沿路往回找,一直找到阳湖的家中,也没找到,急得团团转。想了想,还是赶到胡记当铺,在那里等着试试,就在那坐了两天。第三天,有个人鬼鬼祟祟地进了当铺,拿出手中的当票:"我要赎回我的地契。"当铺的胡老板收下当票,使了个眼神,朱昌九径直走了过来,指着当票说:"老板这张当票不是你的,这张当票是我前几天丢失的。"来人望了他一眼,说道:"那你有什么根据说是你的。""这样吧,你说这张当票是你的,你叫什么名字,这张当票的来由是什么,你讲得清楚,我就认了,托胡老板作个证。"一听这话,来人有点急了,胡老板当即问道:"你叫什么名字,这地契是怎么来的,方才这位老板也说了,只要你说得清楚,就归你,说说看,地契在我这里。"来的人说什么也是不依不饶的,最后叫了地保,地保一听就知道了个中缘由,来人较之前有所收敛,最后嚷嚷道:"是我捡到的,你得给我报酬。"最后朱昌九只好付了他点银子了断。

朱昌九因为欠了点账,到年底还是卖了几块地,才算还清,倒是他父亲乐观,他说家里毕竟还有几十亩良田,几十亩坡地,过日子不成问题。

三十八　改行种起桑田园

乾隆九年,年关将至,吴韵一行从钱塘江口回到家中,朱昌九跟媳妇买了不少东西上门拜访,朱昌九前脚踏进门槛便叫了声"大哥"。"哦,是昌九呀。""一听大哥到家,我就赶来了。"一同来的几个伙计还在收拾东西,"哦,好好!"吴韵仔细看了看昌九他俩人,摇了摇头,一副无精打采的样子,眼神跟以前相比黯淡不少,虽然脸上带着笑,但总觉得不是那么自然,"不对,你们都瘦了,是不是还在惦记着上半年洪水损失的事情呀,你们别瞒着我,我看得出来,你好像没有对我说实话。""哪里哪里,我哪还瞒得了大哥。"吴韵拿出了 10 两银子给朱昌九,朱昌九说什么也不肯收下。"昌九呀,就当我给俩小侄儿了,让他们好好念书,或许将来有出息。"朱昌九万般无奈之下收下了大哥给的银子。"大哥刚刚到家,我们协助他收拾一下东西吧。""哦,那好呀。"他们一行人忙碌起来,半晌工夫才收拾完毕。最后吴韵支走了伙计等人,拿出了一件特别的物件,跟朱昌九说:"给你们看样东西,这是我前不久买的宝贝。"外面一层又一层打开,才看到金光闪闪,耀眼夺目。吴韵小心翼翼地把它打开,原来是把珍珠伞,较平时撑的油布伞略长点,伞面上全是用珍珠缀成的,做工非常精致,吴韵告诉朱昌九:"这是我花了 100 两银子,从一破落户手中购得的,要说呀这东西可谓价值连城,我手下的伙计都说我眼光好。"两人简直看傻了眼,昌九说了声:"大哥这是真叫我见世面了。"云时去帮着嫂子做些杂事,吴韵叫人沏了茶,叫昌九一起坐下。昌九多少次欲言又止,吴韵还是看出来了:"昌九老弟你好像有什么话想说,我们兄弟一场,还有什么不能说的?""事情是这样的,我去找了个医生看了下,说我这腿有点问题,估计是水泡多了,要静养个半年到一年不能下水,所以我想跟您说下,明年我就不能跟着您贩木材放排这些事,明年想在家里种点田,静养一下。我算了下,那么多的田,如果种得好,养家糊口不成问题。待我养好后再跟您一起去做事,不知道大哥意下如何?"吴韵顿时陷入沉思,心想这如何是好?他不好立即回答:"你让我再考虑一下吧。""好的,我当然听大哥的。"说完他们俩回家了。

　　第二天,吴韵买了一大堆东西,踏着积雪,提到昌九家中。一听到吴韵到来,朱昌九夫妻马上迎了出来,直接将吴韵引到正堂中央坐下,朱昌九父母亲也迎上来,吴韵很客气地叫了声:"叔叔婶子!你们身体可好?""哎哎,身体还好还好,是吴老板呀!大好人哪,我们天天都念叨着您呀!""现在你们可以啊,有了一块天地啦。""是啊是啊!还不是托您的福,我们能有今天全靠的是您的帮衬,没有您我们哪里有今天。""应该的,应该的。"云时也是左一个大哥右一个大哥,沏了上好的茶,赶快叫来了达山、达远两个儿子,叫他俩叫大伯伯。达山、达远一点都不认生,一下赶到吴韵的边上,亲切地叫了起来:"大伯伯!""大伯伯!""哦好好,嗯来看看,你们俩都长高了,都长高了。""来来,这是你俩的。"吴韵还专门给他们买了笔、墨、纸。两人高兴得跳起来了:"谢谢大伯伯!""谢谢大伯伯!"把吴韵给逗乐了。吴韵特别喜欢小孩:"我来看看哪个会读书?"一手摸着一个头,"嗯都不错,将来都会有出息。"云时把两个儿子支开,吴韵叫昌九坐下,便开了口:"听说你的大儿子读书还行吧,要好好培养,你们上点心,学而优则仕呀,或许将来有个好的奔头,你们就更好了。""那就讨您个吉言吧!"吴韵话锋一转:"你昨天说的事我想了很久,还是终于定下来了,就按你说的做吧,明年在家中待个一年,以后再跟着我们干,可以吗?""谢谢大哥的好意,我真的对不住大哥。""不不!我过了节就回杭州去,再转去苏州,苏州的生意比杭州差不到哪里,不过刚刚开张,有些事要处理,你们有些田地,应该不会有什么问题,不过很累,人很吃苦,还要靠天收,但我相信朱昌九老弟的能耐,干哪样哪样行。"

吴韵告诉朱昌九:"这次我从苏州带来了300株珠兰花,在那一带很值钱,你去种点试试看,最好分发一些到各个地方去试种,据说种植要求很高,冬天要保暖,搭棚子或放在室内,先试着再说吧,万一种出来,大家可以多笔收入。""谢谢大哥!大哥真想得周到。"朱昌九一回到家中便把这些珠兰花苗分发给了汉口的程家仁,临溪的吴勤中,凹上的毕廷山等朋友,自己种了数十株。

就这样,朱昌九下定决心,在阳湖种起田来,家中有近30亩的水田,30多亩的坡地,茶园,杉木林,毛竹一起也不少于40亩。朱昌九又去买了条牛,再雇了一个长工,跟云时商量:"去年的2亩桑园,收入如何?""这第一年哪能挣到钱呢,不过没有亏本,这东西养是可以养的,你看这里那些养蚕大户,还是能挣点钱的。""我们这样,把原来种玉米的地改成种桑树,把后面的空地再建点简单的房子,改养蚕。""那就这样干吧!"元宵节一过,昌九带着雇来的三个人,一起把后面的空地整出来,请了几个砖匠,砌了几间房子。

元宵节过后,朱昌九忙碌起来,一年之计在于春,春季规划好了,一年四季的事就有了条理。正月二十六早上,太阳出来了,他的父亲又翻开了老皇历,跟儿子说:"昌九,今天是诸事皆宜,什么活都可以干。""哦,那我们今天就去种桑树。"朱昌九叫上三个雇工,四人一起上得山来,一看这山还是光秃秃的,太阳一出地上冒出气来,但温度还没有上来,几个人排成一排,开始挖地,几天下来,他们买了桑苗,一棵一棵地栽好。

"九九加一九,耕牛遍地走。"九天一过,"多种,多种",鸟儿就开始通知人们可以种田了。朱昌九带着一班人牵上牛、背上犁,开始耕田。

三十九　县令计擒偷盗贼

俗语云：不怕贼偷，就怕贼惦记。

吴韵自从购得那把珍珠伞后，自己高兴得不亦乐乎，徽州人的秉性，喜欢购物收藏，喜欢建房，买到这么一样好的东西，吴韵爱不释手，经常拿出来欣赏。在钱塘江码头谁都知道吴大老板买了件好东西，这自然也引起了贼人的注意。有一名张姓大盗贼听到此消息，着实兴奋了好久，于是经常观察他的木行，只是难以下手。等到年关将近，吴大老板一行出发回家，他认为机会来了，一路跟踪，但一路随行人员太多，吴韵本人就有三个随行，自钱塘江到徽州回家过年的一队又一队，看来路上没法下手，可他依然不甘心，干脆跟到了屯溪，一直跟到吴韵的家门口，看着吴韵的家，围墙很是坚固，大门平时关着，只有熟悉的人叫门才开，一时很难下手，怎么进去都是个问题。放弃吧，跑了这么多的路；不放弃吧，进家实在太难。他在吴韵房前屋后转了几天，终于看到有一班卖炭的挑着炭进了吴韵家中。一天傍晚，一个衣着普通、挑着一担木炭的人来到吴韵门前，咚咚地敲起了门，只听到门内有人问："干什么的？""卖木炭的，我前几天帮你们家的吴老板送过木炭。"一听到此人帮吴家送过木炭，于是开了门看了看："我们家刚刚买过你们的炭了，我们不要了。"正要关门，只见那人嬉皮笑脸地说道："老板行行好，行行好吧，这天都快要黑了，一天了，这担木炭没有卖掉，你们老板大人大量，就帮我收下好了。"守门的人愣了一下："你好像不是本地人吧，这口音一点也不像本地的。""是的是的，我是外地人，到大山里谋生来的，年终就烧点木炭换点米钱。"听起来也怪可怜的。"你们家就行行好，这都快晚上了，你们家也不多这么一点木炭，行行好吧！我换了钱找点吃的。"守门的心被说软了，一个外地人到此地谋生不容易，快要晚上了连饭都没吃上，再仔细一看，来人40多岁，精瘦精瘦的，个子挺高，身上的棉衣，连棉花都露出来了，脚上裹着棕，一头的乱发，胡子拉碴的样子，挑着一担炭，炭上挂了一个破破烂烂的布包，外面又冷，看起来很是可怜。守门的心里一软，便问道："多少钱？"跟那天一样吧，守门的听了这话，真的把他当成卖炭人。"好吧，你跟我来吧！"遂把卖炭人带到柴房，而后付了100文钱，便把他送到大门边上，卖炭人是左一个好人右一个好人的，直把守门人给整蒙了，心里想着，这人真还懂事。待守门人把他送到大门边上时，那人突然说："我的布包丢到柴房里忘记拿了，我回去拿下。""哦。"守门人正要带他过去，有几个客人在敲门，守门的上前开了门。"老板不用劳你的大驾了，我自己去取就行。"本来是件正常的事情，守门的也没有在意，就这样过去了。

直到初六这天，一大清早，吴韵准备出发去杭州，再去看那把珍珠伞时，却发现珍珠伞不见了，吴韵清楚地记得，昨天晚上还拿了一下，这是怎么回事？吴韵媳妇一下失声痛哭起来。吴韵镇定了一下，赶快叫夫人别出声，就当没有这么一回事，马上召集大家。全家十几号人一同到场，他问了问："大家注意到最近家里都来了些什么人？"随即一个一个地排查开来，大家也觉得没有什么不正常的人进出。得知家里失窃，守门人一下想起来了，家里进过一个卖炭人，快大年三十来的，说话是外地口音，他说是到山里讨生活的，我送他到门边上，他说一个布包忘记拿了，又回到柴房去取，之后的情况记不清楚了。吴韵知道准是碰上了江湖大盗，于是吩咐人员马上去找辆马车，自己要到县衙报案，同时派出其他人员，到各路去追查，昌九等人也被叫来，吴韵派出各路人马分头到各个方向去追查。

吴韵快速赶到休宁县衙，报上姓名。因为邵士棣曾提起过吴韵，所以周其祚亲自接待了吴老板。周其祚一听这事有点急，即刻做出安排，派出多路人马去追查，特别是通往杭州方向的客船，一直派员到了草市渡口蹲守。吴老板很精明，跟周其祚说："周县令，正所谓重赏之下必有勇夫，我做个承诺，如果谁能帮助找回我这把珍珠伞，赏银20两，因为我生意在身不能久等，这事全都依仗您了，有什么事，可以跟我这位管家说。"于是把20两银子交给了周其祚。

周其祚就在县衙等着各路的消息，一天下来也没有回应。当晚周其祚在想，盗贼除了携物潜逃外，还有哪几种可能。他根据自己的判断，再一次作了安排。

大年初十中午，屯溪街上人来人往。过年总得比平时热闹，各个店铺都已经开张，许多的店铺都挂着"生意兴隆通四海，财源茂盛达三江"这一对联，胡记当铺也不例外。胡记老板穿着厚厚的长袍大褂，端庄地坐在柜台里边，面前的算盘，已经油光发亮。转眼工夫，胡记当铺摇身一变成了大店。正月间的当铺，倒是没有什么人光临。饭后，当铺径直走进一个衣着破烂的瘦高个，背着一个长长的东西，进门便道："老板，我要当样东西。""哦，拿来看看。""老板你能关下门吗？"胡老板愣了一下，随即示意伙计把门关上，来人还看了一下大门关得牢不牢。"你现在可以打开吧？"只见来人一层又一层地打开了包裹,眼前是金光闪闪。"老板这等的宝贝,得当多少钱?""200两,一分不能少。""好的,伙计去拿钱吧。"老板使了个眼色,伙计走到后台,一下子从后台冲出两个捕快,把刀架到来人的脖子上。正是此人偷了吴韵家的珍珠伞。

经审问才知道,这名盗贼姓张,是一名大盗,总想做笔大的,很早就盯上了这把珍珠伞,原来的户主看得紧,后又卖给了吴韵,吴韵在带回屯溪的途中,未得逞。后来,只好借卖炭混入吴家,接连几天,到各个房间找,又偷听他们说话,时间久了,才找到了主人吴韵夫妇的房间。他就睡在房间上面的大梁上,怕这家人发现,只好找点剩饭剩菜吃。大冷天咬着牙,一声不吭地听了好久,直到吴韵走前把珍珠伞拿出来看时,才弄清楚它所放的位置。他找准机会得手,还顺了点碎银。不巧的是,就在这盗贼出门不久,后面便跟上了好几个人。人常说做贼心虚,他以为有人发现了要追他,于是没有目标地拼命狂跑,后面的人一看前面的人跑,估计到前面跑的可能是个盗贼,一下叫起来:"抓贼呀,抓贼呀!"跟着追了起来。张贼心想,如果往街上跑,人生地不熟的,弄不好要进死胡同,跑了一阵子,想着便往大山上跑去,就一直沿着山路跑。不知道跑了多久,也不知道到了什么地方,向后一看,不见了追赶的人,就停了下来,见四下无人,看到前面有个破庙就钻了进去,心里想着,可能事情暴露,只好在这里歇下脚,就这样硬是在破庙里熬了两天。他心里盘算着,既然有人发现了,脱手算了,晚上到村子里随便弄点吃的,过了河,走到屯溪后面山上观察了一天,好像江边有人在盘查。张贼估摸着,官府和失主派出的家丁可能要到路上拦截,要带走这么一件十分显眼的东西,恐怕很难。再看街上还如往常一样,于是连日到屯溪街上仔细察看,街上没看出什么破绽,他想,或许大街上还是安全的,暗中到当铺周边察看多时,确信安全才走进当铺,想当了现钱走人,不想还是被抓获。

周其祚县令把所有的路都给堵上,最后想到了当铺,他不动声色地办,来了个内松外紧的态势,在外大造声势,让所有人都知道各个通路处都看得很严实,当铺成了张贼想走钱的好地方,正如周其祚所料。

四十　种田种桑也惬意

乾隆十年(1745),朱昌九没有去做木材上的生意,准备安下心来种地、过日子。

正月十二日,趁着未开学,朱昌九带上儿子朱达山先到了临溪吴勤中家,吃过中饭,走到了汉口程家仁家,而后向东跟着佩琅河走到凹上毕廷山家中,还住了一个晚上。毕廷山比朱昌九要小,所以朱达山叫他叔,正好他们也有几个小孩,朱达山跟着他们玩遍了这个小村庄。朱昌九自乾隆七年同他们认识后每年都有往来,每年的七月七日,他们一起上仰山拜佛,结下了深厚的友情。朱昌九还顺便嘱咐了他们把珠兰花种得用心点,将来或许能挣钱。

元宵节,屯溪大街上,各个商店挂起了灯笼。也不知道从何时起,休宁、屯溪等地形成了一个固定的习惯,那就是挂灯笼。每年到了元宵这天,各个商家,都在自己的店门口挂起灯笼,规模一年比一年大,花样一年比一年多,元宝灯、鱼灯、虾灯、乌龟灯、当年的属相灯等等,各个商家间也形成了一种暗地攀比的默契,这类灯笼把古老的屯溪装扮一新。朱昌九带着云时,还有他们的两个儿子,大白天看了一遍,晚上接着到屯溪街上观看,俩儿子一路走一路问,一路看一路玩,直到很晚才肯回家。云时晚上睡下了说:"这么多年了,你还是头一次带我们一起上街看元宵节的灯。""唉,你说不做木材生意了,钱少了许多,这日子确实没以前好过啰。"云时紧紧依偎在昌九怀里,深情地说:"我情愿过紧日子,你出去的每一天,可知道我的感受,提心吊胆的,日子过得不踏实。""可我们家需要钱呀,两个小的读书,父母亲都上了年纪,也是难啊。""不说了,早点睡吧,明天还要上山栽桑树。"

正月十六天气还好,有些冷,远处的高山上还有厚厚的积雪,山高低处的界线十分清晰。朱昌九带上两个长工挑上桑树苗,带上锄头上了山,一排一排地打好穴,把树苗按穴栽好,接连几天就栽了两百棵。阴雨天气就在家里收拾几个小蚕房,准备再加养一些蚕。家里猪养了,牛也养了,还要养蚕,农事多出不少。

天气渐暖,朱昌九到外面的坡地上一看,珠兰花所剩无几,而墙院内的珠兰死得较少,他才知道,珠兰花怕天寒地冻的天气,要想种好珠兰花,最好是冬天要放在室内保暖的地方。

此时,阳湖的田野里,到处都有耕牛,人们驾起了犁,开始犁田了,八哥鸟来到了田头,时而落在牛背上,时而在田间,倒是逍遥自在。耕牛则不一样了,重重的犁沉在肩上,在人的呵斥下一步一步地向前,田里的泥土在犁的带动下,一块块地被翻过来。也有人同情耕牛,为人卖力一辈子,最后还逃脱不了被宰杀分食的一天。所以就有人为牛写了:

悯驱牛歌

　　牛产上江,由羊栈大洪二岭入新安,予适皖道上,见贾人驱者不绝,作歌悯之。

四民职一业,逐末未全非。
持钱觅赢余,途宽若九逵。
何必苦驱牛,远道勤鞭笞。
嗟彼大江北,耕田历岁时。
老矣今无用,遂复易铢锱。
劳苦久无酬,反杀以取资。
尔求何不得,徒然遂彼私。
行行千百里,一步一鞭追。
每日行一舍,计程晦朔移。
登山陟层层,蠛涉水轻沦。
漪草履频穿,易汗流浃背。
随云赴新安,到即受刀椎。
自分为畜物,一死安敢辞。
但念老而劳,何故加刀锥。

且死即应死,安用久驱驰,嗟哉,牛何罪?思之尔,惭恧相彼鼓屠者,子孙渐见稀,尔实驱之来,其罪更倍蓰,尔用钱易,何不改其迷。嗟哉!牛可念劝尔,慎莫为。

朱昌九做好了秧田,等着老父亲看好日子下种,老父亲天天捧着一本老皇历,"嗯,就这天,是个播种的好日子"。这撒种子的事还是老父亲在行,到了播种那天,老父亲亲自下田,抓起一把又一把的种子,撒向田里,嘴里还念念有词。

农事往往很多件交织在一起,茶叶季节,白天采茶,晚上还要炒茶,昌九在阳湖买下的茶叶较老家要多得多,所以一家人整天都在忙。云时跟昌九说:"现在忙是忙,相比在溪口老家好得多,至少吃的是大米饭,也不用再吃那种玉米粿了,下田种地路不远,收入还好。""那倒是,你看我的父母都轻松多了。"昌九白天犁地,晚上炒茶,父亲有时候也帮助下,炒茶一结束,马上可以换成银子。

"绿遍山原白满川,子规声里雨如烟。乡村四月闲人少,才了蚕桑又插田。"茶叶刚采好,又开始插秧。这插秧的事难坏了昌九,他这人喜欢干粗活,而这种活也实在太累,头一天开始插秧,昌九、徐长工、父亲三个人一排,一边插一边退,正是:"手握青秧插满田,低头便见水中天。六根清净方为道,退步原来是向前。"半天下来,一片田变了个样,一排排一行行的,昌九最慢,一到晚上,他累得直叫腰痛死了。这父亲没有什么好话,"你这叫种田的活干得太少了,我包你几天下来就好了。"还是云时心痛昌九,到了晚上又是揉,又是按,昌九老念叨着:"家的感觉真的好。"

秧插好了,桑叶又长成了,蚕已经开始破蛹而出了,就像小蚂蚁一样从卵壳内钻出来,云时轻轻地把蚕引到嫩叶上。云时养了几年,掌握了蚕的一些习性,懂得如何喂食,虽然蚕的寿命不长,也就是两个月左右的时间,但小蚕长大以后,食量特别大,昌九心大,较原来的多养了一倍,所以事情更多。两口子经常看着蚕宝宝,昌九说:"蚕宝宝胖乎乎的样子越发可爱。""是呀,很可爱的小宝贝。"两个儿子一有空就往蚕房里跑,也是特别喜欢蚕宝宝,帮助喂桑叶。蚕很爱干净,云时跟两个儿子说:"不要用手摸蚕;给它喂的桑叶要洗干净,但洗后一定要把水擦干,不能让蚕碰到水,不然它会死。把它放在木盒里,或是筛米的小筛子里,用筛子的话要用一些纸垫在筛底。"云时勤快,经常清扫粪便,清理陈叶,养蚕的地方,干干净净,井井有条。昌九看到如此繁琐的事,有时候想帮云时,但云时并不乐意,他只好对云时说:"这活我还真的干不了,以后力气活我来包了。""好,好。"南方春天是较冷的,所以只能养夏蚕,温度适宜,有利于蚕的生长,到吐丝的时候,还要搭架子,收好蚕丝。在一定时期内养蚕占据了徽州百姓收入的不小份额,而且徽州的蚕丝质量好,后来作为贡品,直接上交朝廷。

蚕养得差不多了,稻子开始扬花了,这个季节的傍晚,田里真的是热闹,正是:稻花香里说丰年,听取蛙声一片。朱良才忙着去稻田抓虫子,天一亮就到了田里,一块一块地抓。后来干旱,田里到处都是抗旱的人群,有的时候几家争一点点水,吵呀打呀都有。朱昌九家还好,用上了水车,全家几个人从低洼处往上面的田车水,一脚一脚地踩,白天不够,晚上接着踩。花了几天的时间,终究没有大旱,人虽然累点,但对庄稼没有什么大的影响。

这年的稻子丰收了,朱良才说:"这老天助我们哪,我就说过那天播种的日子是个好日子,你看今年这稻子多好呀,连明年的口粮都没事喽。"一家人把稻子收割完,一担一担地挑回家,这事落在昌九和徐长工身上。朱昌九还带头缴了赋税纳了粮,孙保长一个劲地夸朱昌九见过世面,懂事。

一年下来,这里开支,那里开支的,昌九到年底计算下来,也没挣到几两银子。

四十一　忙趁东风放纸鸢

草长莺飞二月天,拂堤杨柳醉春烟。儿童散学归来早,忙趁东风放纸鸢。

"所谓治国必先齐家者……"
"其家不可教而能教人者,无之。"
"故君不出家而成教于国。"

阳湖孙家的私塾传来朗朗的读书声,方先生认真地领着朱达山等一群学生,正在朗读《大学》。

"十户之村,不废诵读",语出元末赵汸的《商山书院学田记》。此记真实地反映出徽州人贾而好儒的社会状况,宋元以后,徽州成为教育比较发达的地区之一,各家各户崇尚读书,以期实现光宗耀祖的目的。明代中叶以后,因徽商财力的逐步增强,徽商们把大量资金投入教育当中,从而促成了徽州教育的兴盛。六县一府,除设府学、县学和书院外,还设立了大量的社学和塾学,以教乡里子弟。休宁县人建有县学、还古书院、海阳书院、明伦堂、商山书院等，私塾更是普遍，各族还设有族学，让族内贫困人员免费读书，徽州读书风尚普及，从官到民都把教育放在了重要的位置。休宁县令周其祚本身就是举人出身，他特别重视休宁的教育，年年安排专门资金用于教育事业，他本人在闲时还经常到县学讲学。在县令的影响下，更多的人加入了读书的行列，有人为赴京参加考试的学生捐钱捐物，有人专门为县学捐助学田，当然有机会入学的人多为有钱人，真正贫困人，要想读书，还是很艰难的。

阳湖孙家是当时阳湖的旺族，他们家开的私塾主要是为了他们的族人而办的，顺便收了少数其他学生。

清代先生教书，先要带着学生读，学生跟读会了以后背，背好了，先生才讲解其中的意思，"书读百遍，其义自见"是先生的一个铁定的道理，所以到了背的时候，先生会叫一个个学生背给他听，先生拿着戒尺，背不出来的学生要被先生打手掌心，还要站着背，直到背出来为止。方先生很严厉，达山经过三年的学习，进步很快，每次都是由他带头背好，再让其他人背。方先生一见到朱昌九就夸达山聪明好学，进步快，将来的成绩都在这些小孩之上。方先生上课很古板，从早到晚，读书写字，天天如此。先生为了提高孩子们读书的积极性，也经常给学生讲一些故事，有一天上课，在讲到古文中的一个字的用法时，随口讲起了"推敲"这个故事的由来。唐朝有个名叫贾岛的考生因赶考赴京。一天，他骑着驴，一边走，一边吟诗，忽然得了两句诗："鸟宿池边树，僧推月下门。"

贾岛自己觉得这两句还不错。可是，又觉得下句"推"字不够好：不如改为"僧敲月下门"。心里这么琢磨着，嘴里就反复地念着："推……""敲……"他的右手也不知不觉地随着表演起来：一会儿伸手推，一会儿举手做敲的姿势。这时,著名的大作家、京兆尹兼吏部侍郎韩愈恰巧从这儿经过,随从仪仗队伍前呼后拥。按规矩,大官经过,行人必须远远回避让路,否则就是犯罪。贾岛这时正迷在他的那个"推、敲"中,丝毫没有发觉过来的大队人马,等到近身,回避已经来不及了,当即被差役们拿住,把他带到韩愈马前。韩愈问明原委,不但没有责备贾岛,还称赞他认真作诗的专注态度。对于"推""敲"两字,韩愈听后,细想了一下认为还是用"敲"为妥。此后,"推敲"这两个字流传下来了。

朱达山听后想,人家做学问为了一个字竟然花了如此大的工夫,更加激励了他一丝不苟的学习热情,把书读到点子上,以致在这个私塾中他始终是超群的一名学生。

朱达山的贪玩也是一流的,一个晴好的日子,放学了,达山一群人一路小跑地到家。朱达山哄着朱达远在家待着,他快速放下书、笔、墨、纸、砚,跑下阳湖滩。

阳湖滩下边就是新安江,只见江水碧碧,船只悠悠而行,船上的鸬鹚,一排排的,时而下水,时而上船把捕到的鱼从嘴里吐出来,鸬鹚在捕鱼时颈部被系上了绳子,捕到了一定数量,鸬鹚会自觉地上船吐鱼。船上的艄公收着鱼,夕阳西下的时候,天边铺上了晚霞,江边的杨柳在夕阳中更显风姿绰约,此时正是放风筝的时节,朱达山和孙家的孙好阳、孙好成、孙好长,还有孙薪、孙芝等一班学生凑到了一起,拿着一个风筝,开始放飞。

孙好阳开始起跑,孙好成拿着风筝跑,风筝飞得不够高,一会就落下来了,孙好阳累得直喘大气,换成好长来跑。呼啦啦,孙好成放掉风筝,较上回高多了,大家哦哦哦地欢呼起来。不一会,风筝还是下来了,朱达山接着跑。朱达山一个飞跑,风筝飞起来了,大家又欢呼起来。只见风筝在空中平稳地飞了一阵子，朱达山牵着线，后边是一大群的学生跟着走。大家看着这群欢乐的小孩，纷纷给他们让道。风筝越飞越高，孩童们的心像风筝一样的飞翔。不大一会，风似乎大了点，风筝远远地掉了下来。这一掉不要紧，线正落在了一个小女孩的发髻上。这小女孩长得非常的秀气，白净的脸，眼睛大大的，长长的头发，从衣着来看，是大户人家的小孩。线在发髻上一绕，女孩一拉一扯的，还没解下来，急得直哭起来，达山赶过来帮她解线，她的姐姐、妈妈笑着走过来了。小女孩还在哭，朱达山慌乱地解，不想越慌越乱，没能解开，最后还是女孩的妈妈、姐姐帮解开。大家一阵大笑，把小女孩给逗乐了，女孩的妈妈，很是喜欢这群小孩子，问长问短的，还问了他们都叫什么名字。这群顽皮的小孩正找不着人说话，你一言我一语的，报各自的名字，似乎没完没了。孙好阳问小女孩的名字，她姐姐说妹妹叫石珠兰，今年9岁；姐姐叫若兰，今年12岁。朱达山嘴快："还石珠兰，我看呀该叫石哭兰，那么好哭，哈哈……"这群小孩又一次大笑起来。"你才好哭！"石珠兰即刻反驳道。石珠兰的姐姐想再看看，于是叫了朱达山："小哥哥再放下，给我们看看。"朱达山他们又开始放风筝，飞跑起来，他的辫子，随着速度加快，飘啊飘，很快与他脑袋持平，风筝飞起来了。这回飞得真高，小孩子一个人牵一会，轮流着来，石若兰、石珠兰也跟着这班孩子玩起来了。轮到达山牵线，朱达山牵了一会问石若兰、石珠兰："你们玩不？"石珠兰想牵，可是她正在裹脚，走起路来一扭一扭的，惹得小孩子们大笑起来。石若兰也不敢牵，就这样玩着，直到天暗下来大家才肯离去。

石若兰、石珠兰一班人，望着这几个小哥哥一路蹦着跳着远去的背影，越走越远，直到消失。

四十二　赌博无果终悔改

乾隆十年夏天,屯溪异常热,草市的一块田中,星星点点的人儿,正在田中锄草。在山边的一块田中,一个穿着小短褂的人,骨瘦如柴,那根小辫子,经常掉到他的前头,他得把辫子再甩到后边去。他此时正挥汗如雨,干一会停一会儿,不远处的妻子,时不时递过水来,似乎他是在妻子的监督下干活。这人叫王曾,好好的家业硬是被他给赌得差不多了,现在家中空空,原来的几大间房子只剩下了自己住的几个小间,还有几亩土地。这人赌得过了头,人们又称他"王送"。他逢赌皆输,妻子虽然很厉害,无奈家贼难防,包括家中的一点儿古物、房契经常被他偷了去,到胡记当铺点钱,又去赌,赌输了再悔,悔过之后又去赌。

这几天王曾在妻子的监督下,算是勉强做了点事。这大热天的,实在让他受不了了,距离中午还早,他想开溜。于是他加快速度,猛干了一阵子,装出肚子痛的样子,把腰弯得低低的:"哎哟,肚子痛死我了,哎哟哟,痛!"妻子一看王曾大汗淋漓,心疼地问:"你肚子怎么了,停下吧,停下好啦。"王曾一面捂着肚子,一边弓着腰走,妻子扶着他往回走。到家后他喝了点水,妻子还帮着打起扇来,不大一会儿,王曾很快进入了梦乡:他一把钱下去,赢回了一大把，又是一把下去，啊又赢了，一会儿的工夫，胸前的银子堆积如山，他就坐在银子上漂呀漂的。每个人都叫他王大爷，王大爷！他飘起来了，飘上了天，天上太美了，想什么有什么，想什么来什么，他哈哈大笑起来，一觉醒来，依旧空空如也，原来是南柯一梦。

他伸了个懒腰，心里在想，是不是有什么好兆头来了，下午去试下运气，说不定真的跟梦里一样，那就发财了，他下定决心开始翻箱倒柜地找，结果一无所获，除了几个铜钱，什么都没有。唉！他不由得发出感叹，他想起了一样东西，就是那几亩地契，还可以当上几两银子，但转过头一想，如果再输了，连饭都吃不上了，家里还有几口要吃饭的，不行，不能拿全家的性命去赌。王曾一再告诫自己，干脆不再去赌了，妻子问："好些了没？""好些了。""要不要去看医生？""过会再说吧！"吃过饭接着睡了起来，可那一幕再一次出现，待他醒来，拿上地契快步走向老街，心里想着，我那点地少说也能值 10 两银子，我少当点，早点还上，即便输了，也就去掉那一小块地，也没什么大不了的。于是他找到胡记当铺，把仅剩的那点地当了二两银子，直奔赌场，一群人正玩得起劲，看着"王送"到来，大家一下子兴奋起来。"大家今天可看好了，我先押，今天押小。"王曾上来就押小，一押就是一两银子，一行人押过之后庄家把几个骰子放入竹筒，用一物件托住，一摇、二摇、三摇……庄家把它往桌上一放。"开！"庄家神神秘秘地移动竹筒，慢慢地让骰子露出真容，那真叫紧张。只听得"大""小""大""小"……一阵狂吼之后，出来了，"小！"王曾一声狂吼，大家不再吱声。"来来来！"一个个垂头丧气地把银子一点点数给王曾。王曾心想：天助我也。又押，又赢；再押，再赢，王曾点了下，差不多有 100 两了，还真的是准，果然跟梦里一样。他更加放肆起来，一直赌到了傍晚，身边的银子输了个净，一点钱都没了，王曾想把当票押上，大家觉得不好使,不准他押,好说歹说,跟一个离他家不远的金真贵老板借了1两银子,把当票押给他。两人当面说好,五个月内,找点钱去取回这张当票,也按当铺的利息计算。一押又输了,王曾只好回家。

王曾一路上恍恍惚惚的。"完了,这回是全完了。我把全部的家底都给输光了,这以后如何去过日子,如何去面对老婆?"他不敢回家,只好找到叔叔王储,把自家老小做了个交代,默默地走了。叔叔发现不对劲,估计真的有什么事情,于是跟着他走,看着王曾一个人走到新安江边,准备投河自尽。看着这番情景,王储骂道:"小子哎,你又赌输了吧?我们王家怎么出你这么个孽种,好生生的一个家硬是被你给赌光了,你还不跳呀,跳呀。"王曾回过头来,径直跪下:"叔救我,我不想死呀不想死,我保证再也不赌了,发誓不赌了。"王储看在侄儿全家性命的分上,借了他5两银子。

王曾拿到钱找到了金老板,准备把钱还给他,谁知金老板说:"你不是好赌吗,不如我们再来赌一把?""赌什么?""我家有一块田,少说值5两银子,你如果一天把它耕完,我就免掉你所有的钱,把这块地送给你,如果一天没耕完,你除归还一两半银子以外,再赔我二两银子。"这王曾又有想法了。一看这地块也不是太大,不过是2亩多地,于是叫上金老板写个字据。金老板按先前说好的立了个字据,王曾签了字,就算是答应下来。第二天,他驾上犁真的又开始了他的赌局,犁一下去才知道上当了,这块田十分板结,耕起来十分艰难,没办法,只能拼命地干。

王曾的妻子一大早起来不见了丈夫,到处打听才知道,他又跟人赌上了。她直奔丈夫而去,一看王曾在拼命耕田,妻子被整懵了。这是咋回事?王曾一说,她倒是笑了,叫上王曾如此如此操作起来,听妻子这么一说,王曾也笑了。不一会儿工夫,地就耕完了。金老板一看傻了眼,这哪叫耕田,纯是糊弄人,于是他不干了。

王曾找到叔叔,帮他评评理,叔叔一听,破口大骂,骂过之后还是一起去找了当地的保长。无论怎么说,金老板都不答应,于是叔叔带着王曾一起走到休宁县衙把金老板给告了。周其祚接过状子,一听这事,他最恨赌博之人,叫人上来把王曾打了十个大板,次日派人到现场察看后,一并叫上了金老板,一上来也给了金老板一顿板子。周其祚正式升堂。"来者何人?报姓名。""在下王曾,屯溪下草市人。""在下王储,屯溪下草市人,是王曾的叔叔。""在下金真贵,屯溪下草市人。""你王曾告金真贵说话不作数,如实说来听听。"堂下王曾及其叔叔把前因后果说了,周其祚问道:"金真贵,可是事实?"金真贵说:"前者是事实,后者他耕的田只耕了个表皮,这哪叫耕田?"王储是当地的一个小先生,他懂的比金老板多得多,于是他代王曾答道:"这耕田的字据是你自己写的,而且还起了坏心,很明显企图强占王曾的钱财而有意设下圈套,不想被王曾给识破了,你写的耕田也没有下话,王曾今天也耕了,而且全部耕完了,那你还有什么话可说?""这个就不叫耕田。""那你认为叫什么?"金真贵被驳得无话可说,心里也在怨自己真不该起贪心。周其祚早就看出了金真贵不怀好意,眉头一皱,心里清楚如果判金真贵赢,等于毁了王曾一家。周其祚意已决,"啪"的一声惊堂木响起,双方在争吵中安静下来。周其祚厉声道:"好你个金真贵,王曾耕的地不过是浅了点,但应算是耕了一遍,你白纸黑字,还想抵赖不成?王曾你听好了,如果再去赌博,本县令定当不饶!本县令将金真贵的这块地判决予你,好好过日子去吧!退堂。"金真贵贪心不成反害了自己,把一块好好的地给搭上了。

王曾怕以后生麻烦,又把这块地作价 4.5 两银子卖给了金真贵,王曾从那以后,再也不敢涉足赌场了,从此过上了平静的生活。

周其祚则以此为例,力劝百姓戒赌,此举也引起各个家族的支持,最为著名的是休宁黄家清乾隆《休宁古林黄氏重修族谱》所载新订《祠规》之"戒赌博"条指出:

> 天下之足以坏人心术,而裂人防检者,莫甚于赌博。一入其中,即贤智且不免,况下愚乎。能使士荒其学,农妨其耕,一切百工技艺莫不因之而自隳厥业。甚至亡身丧家,为祸最烈,盖嗜利之心动于中,而角胜之习侈于外,虽驱而纳诸罟陷阱之中而莫之知避矣。为父兄者宜防微杜渐以绝其源,为子孙者宜清心寡欲以端其本,庶不至堕入迷途,贻羞里间。

该族强调为父兄者应对族中子弟予以警戒,防微杜渐以绝其源。各族也大力效仿,在禁赌方面起到了一定的作用。

四十三　新安中医亦神奇

乾隆七年(1742)夏天,达远还小,突然有一天,云时早上起来,就看见儿子肚子上长了好多水泡,油光发亮的样子,就问达远:"你看你肚子上长了这么多水泡,痛不?""不痛。"朱良才心疼起来,这么多的水泡如何是好?他们认为不痛的话总会自动消失,可到了中午,水泡越来越多,而且越来越大了。这下可把云时吓到了,朱良才叫云时快点去屯溪街上找医生。云时牵着达远,朱良才跟在后面,一同走下阳湖滩,上了渡船,到屯溪中街上一个叫百草堂的中医店铺。这是一个二层结构的小砖木结构的楼房,门的上方是"百草堂"三个颜体大字,上面是一排的窗子。此时的窗子、门全都打开,进门几步的左边摆了几条板凳,再进去摆了一张小方桌,桌上一方砚台,砚台上的笔架上架着几支毛笔,一位老中医坐在上方一把较大的太师椅上。这把椅子材质乌黑油亮,面朝着进门的每一位治病的人,头发有些花白。他戴一副眼镜,略瘦,蓄着一撮山羊胡子,穿着一件长衫,显得十分精神、干练。他的下方坐着一位病人,老先生左手搭在桌上,右手的三个手指按在病人的寸关尺上,或抬或压的,在号着脉。这位老先生姓吴,号草堂,人称草堂先生。店铺右边是柜台,柜台有点高,正朝着大门,柜台后面是一格格的装草药的抽屉式的大柜子,上面写着苍术、白芨、龙骨、茯苓、黄芪、天门冬、黄芩、金银花……一个年轻学徒手里拿着一杆小秤,对着处方抓药。先生号着脉,已注意到来人,他用左手指了指下方的长板凳示意来人坐下。等先生号完脉,开过处方,送上柜台,云时把达远叫上前,跟先生说:"我家小孩肚皮上生了许多疮,请先生帮治治。"先生转身下来,掀开小布衫一看,对着云时说:"这个叫天泡疮,千万不能弄破,弄破了不容易好,而且很容易留下伤疤,一夜就长好多出来。""先生,您讲得真准。昨天还好好的,今天早上看到,到了中午越来越大,越来越多了。""你家住哪,家里有麻油吗?""我们家住阳湖,家里有麻油,不过不多。""那好,我给你点草药配上点麻油,捣碎成糊状,用麻油调均,涂在患处,两天就好。""谢谢先生,谢谢先生!"先生叫他们在前面等着,便走向后堂,一会儿工夫扯了几根草,交给他们:"就这个,在你们阳湖周边的山上扯些就是了,保证药到病除。"

云时准备付钱,先生说什么也不要:"这病不花费什么,免收钱。"朱良才千谢万谢,下到新安江渡口,坐上船回到家中,马上按先生说的把药捣好,用麻油调好涂了一遍又一遍。朱良才还到周边山上扯了许多备用,到了第二天,云时发现原来的那些大水泡小了许多,云时跟达远说:"你真是遇上贵人啦。"

达远的天泡疮痊愈了。

乾隆九年初夏,朱良才右侧屁股上生了个疮,开始一点点疼痛忍了,谁知第四天疼痛加剧,老伴帮他一看,不得了,右屁股临尖处有一片脓包,已经开始溃疡,在向四边扩散,有好多小脓头在冒脓,所以疼痛越发难忍。朱良才老伴叫上儿子背上朱良才,过了江,来到屯溪街百草堂,吴老中医带着徒弟打开一看,指着朱良才的股部说:"此为有头疽,好发于皮肉厚实处,开始为一处红色,在溃疡后成了多个头,暑季高发,在阴阳五行中,红肿的为阳,反之即为阴。目前已经成脓冒头,但很难自行排出,所以更为疼痛,宜以排脓为要。"随后跟徒弟讲了一剂方子:"这是总方,但你有几点要注意的,一是身体虚弱者慎用,在用此方剂时,要考虑引经药的运用,引经药的作用,是把这方剂的药物作用引到什么部位,使药效发挥得更快更好,使用引经药必须查看十八反、十九畏,这类药物一旦合用,誓必中毒,切不可大意。此处为右股部,属于足太阳膀胱经,加入引经药为羌活,不在十八反、十九畏的范围内,可以用,这样就行了。"于是拿出笔来开了处方。朱昌九取了药回家马上就煎好,让父亲服下,两个时辰一过,溃疡处脓水自行排出,次日脓根一起排出来,也不疼了,几天下来痊愈,一家人大赞百草堂的医术。

乾隆十年入伏的第三天,一大清早就热烘烘的,朱昌九带着长工去耘田除草。他们拿着长长的耘田耙,排成一排,各人戴着斗笠,穿着短褡,汗水跟着脸、顺着背一滴滴地往下流。到了下午,天气更加热了,除了朱昌九,其他三个长工光着背干活,傍晚轰的一个响雷,大雨倾盆而下。三个人拼命跑着,跑到一个小树林子里避起雨来。徐长工则是慢慢吞吞地走,也不避雨,一面走一面还说:"这点雨不正好冲个凉,你们也是的,你看我没事。"雨正在下着,一阵风吹了过来,那雨就在空中乱舞,朱昌九和其他二人在树林子里,总算等到了雨停,身上多少也淋了点雨,好在这棵大树没有让他们全身湿透。这天他们早早收了工回家,晚上很是清凉,大家睡得早,徐长工到了下半夜,全身发冷,寒颤不止,一会儿要喝水,一会儿难受,把其他两位长工折腾得无法睡觉,一大清早找到朱昌九,跟他说了徐长工的情况,朱昌九叫人扶着徐长工去屯溪街上找医生,父亲朱良才带着他们一起过渡到屯溪街上,还是来到了百草堂。等到徐长工排上号,先生帮徐长工把了下脉,看了下面色，问了症状，跟徐长工说："你这是寒湿入内。"于是给开了药，抓好药付了钱，回家马上开始煎药。服好药后，徐长工在家休息，中午又是一阵闷热，家中的人一个个汗流不止，不大一会儿，就听到里屋的徐长工说："我有钱了，有钱了，我赚了好多好多的钱，接下来是盖大房，买田地……"大家闻声一看，这徐长工又是跑又是跳的，朱良才顿时一惊："哟，徐长工怎的说上胡话了。"上前便问了起来："徐长工，你这是怎么了？""哈哈你们都不知道吧，我有钱了，我有钱了，你看这到处都是钱哪……"这该如何是好呀？一家人面面相觑，没了准绳。朱良才冷静了一会，叫上广长工："快去屯溪街的百草堂药店找先生。"广长工跑到百草堂，先生不在店里，店里只有一个抓药的学徒。"我要找先生，快去叫先生，我家兄弟疯了，快快。""哦，我家先生有午睡的习惯，一般的事不得打扰，不过已经给你备了一把红米，你马上带回家熬成米汤给病人服下，马上就好。"学徒接着说，"客官你听我说，你们来看病时，天气没有现在闷热，先生在为徐长工开药时考虑到他的病情，下的药有点猛。不想中午天气异常闷热，药量过了点，病人肯定要发疯一样地狂躁起来，先生于是断定上午病人的家属一定会来找他，所以先生事先做了安排。"这把广长工惊呆了。

广长工一路急赶回到家中，朱良才听他这么一说，真的是神奇，叫人快去按先生说的办吧，把红米熬好，几个人强制地把米汤给徐长工服下，一刻钟过去了，徐长工安睡了下来。"神医，神医！真乃神医再世呀！"朱良才对着大家说，自那以后，百草堂便在屯溪一带传开来，名气越来越大。

四十四　天有不测之风云

　　乾隆十年秋,朱昌九家的稻子刚刚收割完,存了几仓的谷子,朱良才老两口倒是乐呵呵的。可朱昌九算了一笔账,这花了一年的时间,最终剩下不到几两银子,心里有说不出的味道,于是他又跟媳妇商量:"我还是想去找我的兄弟去,这在家里干农活,实在不划算,一年忙得不可开交,最后没几个钱。""我不愿意你去,虽然日子紧点,也还过得去,你还是别去。""要不我再去干上几年,等攒足了钱,我再去买好多的地,家里雇上十几个人,一年收个几万斤粮食,让俩儿子好好读书,我就不去了。"朱昌九把未来设计得那么的美好,云时想到了几年前昌九拿大钱回家的事,她也期盼丈夫能挣更多的钱,所以只是叮嘱丈夫做事要牢靠点,特别是放排出去的时候要注意安全。

　　几天后朱昌九又去联系了吴韵,吴韵则是笑着说道:"我是就估摸着你会再回来,我都帮你计划好了,又交给你一块山,你去就是了。"

　　就这样朱昌九重操旧业,上山砍杉木、运杉木去了,看着这一山的杉木,昌九心里甭提有多高兴了,干的时间久了,一看就有底。到了第二年,大年一过去,昌九又带着他的原班人马,把杉木一根根地从山上放下来,一根根地把杉木打成排甲,堆在岸边,胡万余、胡万成他们问昌九:"老大!还是老本行好吧。""也是的,家里再拼都挣不到几个钱。""还是老本行,凭你同吴老板的关系和你的为人、能耐,一年肯定会挣不少钱。"

乾隆十一年(1946),朱昌九的一班人,自桃花汛就开始放排,到桃花汛结束都没有放完,朱昌九又找了几班人马,冒着极大的风险,梅雨季节接着放,一直放到了梅雨季节结束,才把这一山的杉木放完,数量确实不少。梅雨季节结束,朱昌九就直接在杭州的徽州木行帮忙,一直到了秋季才回家。昌九带回不少的银子,妻子云时高兴得要跳起来了:"你这人可能就是个发财的命,这一年够你在家里干几年。"

朱昌九专门为儿子达山的事到方老先生处拜访,顺便从杭州带了些物品送与老先生,一进门就听得先生夸着朱达山:"朱老板你这个儿子达山很聪明,虽然只有12岁,在我们这个私塾里,学业算他最好,接受能力强,自己肯学,进步特别快。朱达山是后来的,经过几年的学习,他已经远远超过了之前的那班孩子。你的小儿子达远脑子一样的灵光,都是可塑之材,一定要好好地让他们把书读好,将来都有希望考取功名。""还是您老先生教得好,我们全家真是感激不尽。""今年还有一些课没有上完,明年上半年争取上完,到后年也就是乾隆十三年的二月我这一批学生参加童子试,你的儿子可以提前应试,估计差不多。""那就托您的福了。"当天,一家人还请方先生吃了饭。

朱昌九又跟着吴韵儿子一行人马去买山,经过一段时间的谈判,买下了几块山场,一年的秋伐开始了,朱昌九带上他的人,带上粮食,背上行囊,带上斧头、刀之类的物品,上山去住了。

昌九很听父亲的话,把一年挣来的钱又去买了地,朱昌九托了当地的孙保长帮助找了几户,他只要近点的地,所以要价高得多,最后定下来是10亩连片的粮田，20亩的山地。孙保长帮他写了地契，还为买卖双方作了保，双方坐到一起，签字画押，作保人也签字画押。朱昌九付了款，这一整套手续一并完成。当晚朱昌九请了出卖人、作保人等吃了饭，算是交易完成。朱昌九此时的地多了，儿子的学业进步也快，一家人其乐融融。朱昌九跟妻子云时说了，再多请个长工干活，里外的事都要顾到。

乾隆十二年（1747），朱昌九跟往年一样，还没过完元宵，就上山准备好排甲，等待桃花汛的到来，朱昌九的那班兄弟和堂侄子朱小树，跟着昌九一快忙碌起来，这一年的数量也是越来越大，朱昌九还邀了几个班子的人帮他们放排运杉木，慢慢成了小老板，事情随之多了起来。他一个人忙里忙外的，下山的杉木一多，找的人就越多，朱昌九累得够呛。桃花汛结束，河边还剩不少杉木，把朱昌九急得团团转，只能再找人等到梅雨季节。梅雨季节一到，朱昌九打头阵，一趟两趟，一直没能停下来，第三趟的一天，已经进入浙江地界了，晚上天气异常的闷热，大家一个晚上都没睡好。第二天早上起来，乌云密布，天阴沉沉的，胡万余、胡万成同昌九商量："这天气是不是有大雨，我们还是别出发，把排系牢固点，在原地等。""你们说得对，看看再说吧。"昌九也同意了，大家就这样在江边上等着，吃过中饭，也不见雨，朱昌九想了想，跟大家说道："这样，我先出发，你们在后面多等一会。"不到半个时辰，就听到后面传喊："山洪暴发啦，山洪暴发啦。"所有人一下给惊呆了，昌九带着小树，一行共四人先走的。人们看着他们远去的身影，喊也喊不应，洪水一路飞奔，一会儿就追上朱昌九，他们连停下的机会都没有，只好一路与洪水搏击前行。行进到一处险滩时，排甲猛地撞到了暗石，强大的撞击力把朱昌九直接抛入江中，朱小树等后面的人拿着撑篙，一个踉跄，倒是没有被弹下排去，差点被撞倒。掌舵人没了，整条排的排架直接失去了控制，撞到山上。三个人沿着排架跳着哭着，最后爬到山上。他们一路喊，一路沿着江边跑着追着，可哪里见得着朱昌九的身影，此时他们三个人也顾不得排架了，叫一个人往回赶，其他两人往下找，几十个人找到晚上也没找着。

大家一连几天也没找到朱昌九，估计他是被埋进砂石里面了，万余、万成、小树几个人哭成了泪人。大家最后把所剩下的杉木运到钱塘江码头，吴韵刚好从苏州回到码头，一听说这事，顿时号啕大哭。昌九曾经救过他的命，他们不是亲兄弟胜过亲兄弟。

吴韵亲自回到屯溪，为朱昌九办了后事。当余云时听到丈夫朱昌九出事，一下子晕了过去，从此一病不起，朱良才也一下子垮了，一家人顿时陷入困境。接踵而来还有云时的儿子朱达山三年都无法参加考试，根据清朝的规定，凡父母亲去世的学生，三年不得参加童试，朱达山的学业只能就此停止。方先生哀叹："多么好的一个学生，可惜啊可惜。"吴韵一再跟朱良才说："老伯，人死不能复生，活着的还得继续生活，全家的担子您还得挑起来，您再看看两个孙子，还需要大家帮助，让他们成人，对昌九在天之灵也是一种安慰。"朱良才点了点头。"接下来还要跟您商量一件事，不知您老怎么想？"吴韵接着说道。"你说吧。""那好，我是说大侄子达山读了这么多的书，三年都不能参加童试，孩子别看他人高马大的，毕竟还小，如果愿意就跟着我出去学着做生意，您老看看合不合适，当然也要问下达山本人。"朱良才立马说："我哪敢去想呀，也是您吴老板人好，一般人不会带，我这就跟达山说去。"一会儿叫来了孙子，达山很懂事，流着泪直接跪到了吴韵大伯面前："谢谢大伯，谢谢大伯，达山从此以后哪怕是上刀山下火海也要跟着吴大伯。"

正是：前世不修，生在徽州。十三四岁，往外一丢。

乾隆十二年底,郑鸿任接替周其祚。周其祚离开休宁之际,万民相送,场面之大前所未有。周其祚在休宁整风纪、除时弊赢得了民心,在休宁的历史上留下了重重的一笔。

四十五　设陷阱从中牟利

话说汪甫、汪君宣、汪铨纪等人在乾隆八年输掉了那场官司以后,一直耿耿于怀,企图扳回一局。几个人左思右想,终于有了一套生财之道,又让汪甫出面,这次是卖一块山场。

乾隆十二年入秋的第一天,天刚蒙蒙亮,汪甫坐在两村的岔道上大哭起来。一些好事者过来劝,过来看,人越聚越多。原来是他昨夜在县城赌钱输了不少,一时掏不出来,后悔大哭,有人同情,也有人说他是自作自受。下面便有了第二个人出场,那就是汪君宣,他是一地的保长,也是他的堂哥。只见汪君宣问明情况后,便打了汪甫几耳光,怒道:"你这不争气的东西,何不去跳河呀,自己去死了一了百了。"众人见了,一听这话,也明白了这是这个哭鼻子的家人。大家一路相劝:"钱输了可以赚回来,命没了那就什么都没有了,以后你不能再赌了。"汪君宣一看有人帮腔,怒气冲冲地说道:"这家伙是我堂弟,上有老下有小的,不知道什么时候赌上了,肯定输了不少钱,不能回家了。""赌钱的事不能做的,你还要过日子呀。""是呀,你家上有老下有小的,要过日子的,真不能赌。"大家你一言我一语地好言相劝,还要求做堂哥的帮他一把,汪君宣一看,也差不多到位了,该收场了,于是一把将汪甫提了起来:"跟我回家,回家去再说吧,待这里也没用。"汪甫捂着脸跟着汪君宣回家了。

俗话说好事不出门坏事传千里,这汪甫赌钱的事,一时间传得沸沸扬扬。

不出几日,汪甫卖山场一事很快传开了。几个有钱的主,纷纷上门找到汪甫勘察山场。此地名叫石板坞,是一块杉木林,一看这山场自坞口进入,沿着小溪边走,有几处石板路,故名石板坞。大家看着这片又大又直的杉木,一个个都想得到,便叫汪甫开了个价。这汪甫随即开出 280 两纹银的价格,其实大家都清楚这个价位并不高,又知道汪甫这人输了不少钱,可以再压一压,大家听了之后,只说了句价格高了点,并摆出了一大堆的理由,也让汪甫一时无语,双方不欢而散。不几日,小财主章坤仁想独自买点便宜货,于上找上门来,找到汪甫谈,一开口:"我出 230 两。"杀了整整 50 两。汪甫说:"你开价也太狠了吧,270 两。"只见章财主摇了摇头。"260 两。"章财主仍摇了摇头。"250 两。"章财主还是摇了摇头。汪甫怔了好久,最后叹了口气:"240 两。"这时只见章财主伸出两个手指头,动了动,从嘴里说出一句:"再减 2 两,吉利数 238 两。"汪甫沉默了许久,才小声地冒出一句:"唉! 也是我该死,算了,就这样了,但我要求要现银,一次性付清。""地方有人作保,县衙有人见证才行。""那行,这样吧,写契的人你去找,其他地保等我来找,总可以吧!"

这时第三、第四个人纷纷登场,双方约好了在休宁宝盖头一家餐馆见面画押付款。第三日,虽秋高气爽,但还有一定热度,双方按时到场,契约已经写好,章财主不识字,叫人读了几遍,略作修改,最后成稿,由汪甫这边一起来的监生汪铨纪抄写两份,其他人看了又看,确认抄写无误,来人一同签了字画了押,于是成稿:

卖契

　　立卖契人汪甫

　　今愿将本户坐落在渠口保山场出卖。地名：石板坞,四至：东至坞口,北至山顶(岗),西至坞头老树林沟,南至小溪。卖银二百叁拾捌两,契约签字后即付清,其山场自卖之后,任从买主章坤仁永远管业。恐口无凭,立卖契为照。

乾隆十二年十月一十八日
立卖契人汪甫

　　买受人 章坤仁　中人　汪君宣 在场 章白匀 汪铨纪
见证人 汪正缯

　　签字画押后,这一当买卖就成了,这其中的汪君宣是当地的保长,做中人,章财主那边的章白匀是写契约的,汪铨纪是抄写的,还有县衙小吏汪正缯做见证人。章财主付了银票,事成之后,一切办妥。

　　汪甫面无表情,汪君宣则很大度,让汪甫摆上酒席宴请大家。汪甫虽然表面上一百个不愿意,还是服从。席间汪铨纪一再推托,没喝多少酒,其他各位你来我往,越喝越起劲,衣服一件件地脱了。章财主以为捡到便宜,更是亢奋不已。这期间汪铨纪可没闲着,在一瞬间,轻易地把章坤仁的那张卖契给换了,酒足饭饱,各自回家。

　　第二年秋天,章财主雇了些人上山砍树,大家一进石板坞,看到这么多的大树,都说这章财主发了财,章财主也是笑笑而已,内心很是高兴,大家从坞口开始砍树。

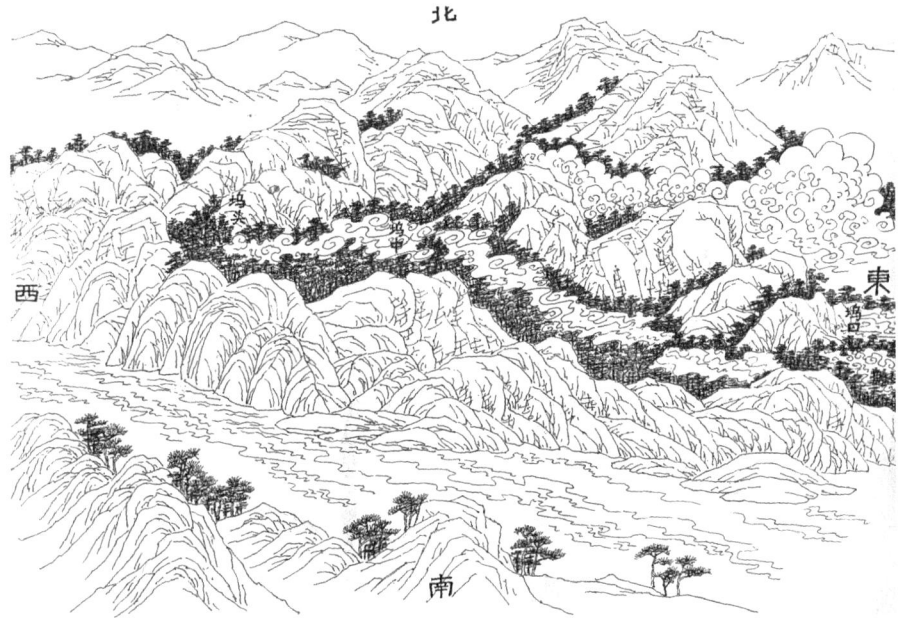

不几日,汪甫先到地保汪君宣那报了个号,说是章财主砍了他家树,汪君宣叫上保里其他人,也叫上章财主,随便问了问,算是调解未成。汪甫将章财主直接告到县衙,口口声声称章财主砍了他家的树,县衙派人到了渠口,第一时间找到了保长汪君宣。汪君宣随便忽悠一下,县衙即认定章财主砍汪甫树的事实存在。所以县衙将章财主传到大堂,章财主也是一头的雾水,明明是我买的山场,在我自己的山场上砍树,怎么说我砍他的树?章财主怒气冲冲地来到大堂,汪甫是原告,章财主是被告,先由原告说事。汪甫说:"石板坞的山场我只卖了一半,四至为东至老树林沟,北至山顶(岗),西至坞中,南至小河。"听到汪甫一说,章财主被吓了一跳,当即开口辩解:"汪甫你说得不对,西至的是坞口不是坞中。""那你真的是记错了,是坞中,不是坞口。"两人一来二去,僵持不下,郑鸿任县令上任时间不长,边上几个小吏跟县令咬了一番耳朵,于是郑县令发话:"这样吧,你一个讲这一个讲那,双方把卖契呈上。"章财主呈上卖契,师爷大声读起来:"今愿将本户坐落在渠口保山场出卖。地名:石板坞,四至:东至坞中,北至山顶(岗),西至坞头老树林沟,南至小溪。""不,不对,东至是坞口。"章财主辩解道。"那你自己来看看。"师爷把两份一并核对后说,两份的字一样的,一点不差,章财主走上前左看右看的,还是师爷上前跟他说是坞中,并指了指这个字,大家一起围过来看了看,也说是坞中,章财主气得指着汪甫:"汪甫——你——你——你——坑——"顿时就气晕了过去。

其实这一切全都在他们的设计之中,签约的那天所叫的县衙小吏汪正缙早就以本家的名义被买通,汪铨纪没喝什么酒,可也没闲着,他把大家签过字的卖契上加了一竖,把一个口字变成了一个中字,在大家推杯换盏,把酒言欢之际,偷偷地将章财主的一张换了过来,这一切可谓神不知鬼不觉,章财主花了银子只得了一半山场。

四十六　学生意先学算盘

吴韵说话算数，亲自带着朱达山，一路辗转，来到了苏州的徽州滩。达山原来想象的是大店面大地方，可到了苏州才知道，条件很是普通，一色的木房，规模倒是很大，延绵10余里，都是木材商。朱达山来到店里，一见人就笑脸相迎，慢慢地认识了一班伙计。朱达山很懂事，一来就开始熟悉周边环境，不等吩咐自己找事做，十来天下来，大家都说新来的学徒很灵光，嘴又甜，在店内端茶倒水，很勤快。

木行天天有人来购木材，木行内上至老板下到伙计，个个算盘打得如行云流水，朱达山算是服了，原来做生意真的要有一手。于是，他大胆地向吴韵提出自己的想法："大伯，我来已经有些时日，我想学打算盘。""你真想学？""真的想学。""那你得听好了，一个月的时间学完珠算的加减，后面两个月学完珠算的乘除，有没有信心？""有！"吴韵点点头。第二天一大早，吴韵把朱达山叫到跟前，拿起一面算盘，就跟他讲这面七子17档的算盘："说起珠算，我们徽州人有个叫程大位的可是珠算的鼻祖，他老人家在前人的基础上进行了大量的改进，到今天才正式成为珠算，所以我们学珠算要清楚徽州的这个程大位。"接着讲解道，"算盘上面的一个子代表5，下面的子一个就代

表1,两个代表2。如6在算盘上的表达方式是,上面一个子,下面一个子,7、8、9以此类推,一般我们只用得到上面一个下面四个,到了10以上就要进位。如12,个位上是2,十位上就是1……只有在算归除的时候下面的第五个也要用上。算盘认识了,要学口诀,我把加法口诀教给你,先抄好再背,要背得滚瓜烂熟,顺着倒着都成了再跟我说。"于是吴韵把加法口诀的稿子交给了朱达山。

加法口诀

一上一、二上二、三上三、四上四、五上五、六上六、七上七、八上八、九上九;二下五去三、三下五去二、四下五去一;一去九进一、二去八进一、三去七进一、四去六进一、五去五进一、六去四进一、七去三进一、八去二进一、九去一进一;六上一去五进一、七上二去五进一、八上三去五进一、九上四去五进一。

三天时间,朱达山把加法口诀背好了,吴韵开始教达山加法,一句一句地演示给达山看,接下来的训练是打百子。

"三盘清",珠算加法练习题目之一。先在算盘上拨上123456789,然后从高位加起,见几加几,加完以后得数是246913578;再从高位加起,见几加几,得数是493827156;最后从高位加起,见几加几,得数是98764312;然后在个位上加9,得数正好是987654321。"三盘清"也叫"三回头"或"三盘成"。

"七盘清",珠算加法练习题目之一。先在算盘上拨上123456789,然后连加七次123456789,得到的数是987654312,最后在个位上加9,结果是987654321。"七盘清"也叫"七盘成"。

"九盘清",珠算加法练习题目之一。先在算盘上拨上123456789,然后连加九次123456789,结果是1234567890,"九盘清"也叫"九盘成"。

吴韵手把手地教,珠算要做到手脑并用,手脑高度配合一致才能学会学好。达山一开始怎么也算不准,但他很执着,十天下来会打了,自己高兴,吴韵更是高兴。接着吴韵教他学着打账单:"账单的打法一样,但有一点要记住——眼疾手快。这一点是关键,凡算盘打得快且准的,就这四个字。所谓眼疾,是对数字特别敏感,一眼看到就要记住,一目就能记住账上的数字,特别要加强这方面的训练。手快是把眼里看到的数字落到算盘上,而且要准确无误。"朱达山试着帮助复核一些小账单。吴韵又开始叫达山抄了减法口诀:

减法口诀

一下一、二下二、三下三、四下四、五下五、六下六、七下七、八下八、九下九;一上四去五、二上三去五、三上二去五、四上一去五;一退一还九、二退一还八、三退一还七、四退一还六、五退一还五、六退一还四、八退一还二、九退一还一;六退一还五去一、七退一还五去二、八退一还五去三、九退一还五去四。

背好、记熟后,吴韵便开始教达山减法。此时朱达山打算盘顺手多了,打百子,顺着打过去,反着减回头,开始错得多,后来慢慢错得少了,加减速度提上来后,就拿些账单,自上而下地加到底,而后自下而上地减,一直减到第一排数字为止。这样练起来作用很大,开始是小位数的加减,逐步增加到大位数的账单,朱达山在慢慢地提高,有时候也能帮助行里做点加减账单上的事。

　　加减很是熟练以后,吴韵开始教达山乘除。达山先背口诀,总共只有26句,由于珠算乘法口诀同数学上的乘法口诀完全相同,只是在算盘上方法不同,珠算的乘法里有后乘法、掉尾乘、留头乘、破头乘这四个方法。朱达山把"狮子滚球"练得炉火纯青,而后再把加减乘三项并起来练习,每天起早贪黑地练,白天也是一有空就练习打算盘。吴韵看在眼里,乐在心上:"这小子有那么一股劲,能吃苦。"

　　等到朱达山加、减、乘都练得差不多了,吴韵告诉达山:"前面的加减乘学懂了不等于除法学得懂,你做好心理准备,珠算上的除法才是最难的,只有把这一步学好,才算是完全懂了。归除法用口诀进行计算,有九归口诀、退商口诀和商九口诀。九归口诀共61句,口诀多,关键是要理解,如果理解不了,就算背得再熟也没有用。比如九一无除作九一,说的是被除数是10,除数是9,那么商是1,还要余1,以此类推,并在算盘上多次演示,看起来很是明了。""哦,我记住了,关键是'理解'两字。"吴韵还是老办法,先教达山口诀,再教打法。达山在学习除法的时候花的时间比前三项都多,功夫不负有心人,朱达山学会了算盘。

　　朱达山不到半年时间就把珠算四则运算学完了,能够独立地完成一些账目上的计算,大家皆大欢喜。一段时间后,吴韵告诉朱达山:"达山,你跟大伯说说,这珠算上的除法计算起来有点烦琐吧?""嗯,是挺烦琐的,但只能这样吧。"吴韵摆摆手说:"未必是这样的,我们徽州人祖上传下来的还有一样好算法。""大伯,看您的意思还有更好的办法。""你说对了,不过此法不同于归除,我们的老前辈从历代烦琐的计算中,总结出来了一种简单的方法,此法的精髓是把除法化成了乘法来计算,特别是在计算大位数的除法上能够得心应手,运用自如。可惜此法只可意会,不可言传,我也说不上什么道理,你只能在学深学懂的基础上自己去摸索。"吴韵从最为简单的说起,比如100除以25,我们可以用撞十的办法,把25撞成75,然后再用75乘以4,得300,加到100上是400,再去两位数即可得到4这个值。我们用这种方法进行除法运算时,首先要用某一个数(我们把这个数叫作"撞数",在运算过程中,它又是被乘数)来撞除数,使得这个"撞数"与除数相加起来为"十",简称"撞十"。这里的"十"是珠算中习惯上所称的"十";实际上,只有在进行一位除法运算时,它才是真正的十,在多数情况下,它比真正的十要大得多。如除数是4就用6撞之,除数是34就用66撞之,除数是355就用645撞之。总之是要高出除数的一位数,个位往十位上撞,十位往百位上撞,百位往千位上撞,以此类推,为了便于统一起来,我们还是习惯地叫它为"撞十"。这些用来撞除数的66和645,我们把它叫作"撞数"。因此,这种运算方法,我们就叫它为"撞十"法。

朱达山可谓聪明,一点就通,不几天,"撞十"除法就学会了。

四十七　点破危机化险情

朱达山自从学会算盘，一下自豪起来。他还学会了苏州方言，大家都说这个小孩子聪明，什么东西一学就会。朱达山虽说还是个学徒，可是人家能做的事，他一样能做到，店里的人不再小看这个年幼的孩子。他抄写的账单工整清晰，又快又好，得到了众多老板的称赞，所以吴韵也是放开手让朱达山去做一些事。年终将至，大家更加忙碌起来。朱达山年轻，身体强健，一些跑腿的事，他总是抢着去干，木行的大伙都说达山这孩子懂事。吴韵心里美滋滋的，这孩子将来在做生意这一行准行。

一天，朱达山很早便走到十里外的一家送货，在送好货后去苏州城里一些地方逛了一阵子才往回走，时间一长脚步也慢了下来。他走到一处破庙边上，发现前面几个熟悉的身影闪进了破庙，好像在大街上就曾碰到这几个鬼鬼祟祟的，不像什么好人。他不动声色地走到庙后面偷偷地听着，里面的几个人在谈事，一个说是城东面一家金字号的家业大，如何如何，又一个说城中的董字号的怎么怎么。最后为头的说："我看还是找城西的李字号茶庄开刀，这个地方晚上人不多，好像没几个人手，我这几天去探了，茶庄外面有个巷子便于攀爬，隐蔽性好，防守不怎么严，到时候我们悄悄进去，控制住李老板,一切都好办了。"几个人如此如此计划了一番,准备今晚动手。朱达山一听,这帮人不就是要去抢劫吗?朱达山偷偷走开。怎么办?朱达山想了又想,自己好像前不久去过这家店,他徘徊了很久,毅然往那家茶庄走去。

经过一段时间的寻找,他终于找到李字号茶庄,店前朝大街,店左边的转角是一条深深的巷子,边上的围墙如那几个人所说,不是太高。这个店的门面很大气,前门是清一色的木板门,门倒厚实。进得店中,各式各样的茶叶摆放得整齐讲究。往里走是不高不低的柜台,后面还有二进、三进,都是楼上楼下的。最后还有一个大院子。朱达山径直走到店里,店里的伙计很热情。达山左看右看的,看到一人正在打算盘,估计是李老板本人。这李老板上了点年纪,蓄一撮小胡子,辫子不是太长,乌黑的头发间夹着不少银丝,理得清清爽爽,衣着很是考究,羊皮貂袄,戴着副眼镜。朱达山很识趣地走到柜台前,看着李老板打算盘,速度很快,噼哩啪啦一阵子算盘下来,李老板算是把这一盘账算好,正要记数,朱达山告诉李老板说:"方才老板在十位上少拨了一个子,把八退二还一,打成了九退一还一。""是吗?"李老板抬起头来,不经意地看了一眼眼前的这个小伙,重新打了一遍,果然如达山所说。"高手!高人!后生可畏,后生可畏!"李老板急忙把朱达山迎进柜台内,很客气地聊了起来。虽然朱达山年少,李老板也不敢怠慢。看到李老板如此热情,聊了一会儿,朱达山把他所听到的一切告知了李老板,还把几个人的显著特征说了一下。李老板很是惊讶:"你可是我的救星,谢谢这位小兄弟,来日定当登门致谢。"

这天晚上,五个盗贼慢慢地靠近围墙,找到他们做过记号的地方,一班五个人,做了分工,两个人爬墙,三人在外面等候,先进去的人把大门打开,等门开过后一齐冲进去。两个人背上大刀和绳子,慢慢爬上围墙,他们把绳子放下去量了量,感觉触地后拉上来掂量了一下,不是太高,跳下去就是。两个人一前一后地跳了下去,只听得"扑通,扑通"两声,两个盗贼怎么也想不到,下面竟然是个大粪坑。"有盗贼跳到粪坑里去了!"只听到李字号店里的人大声喊起来,"盗贼掉粪坑里去了,快来抓盗贼呀!快来抓盗贼呀!"哐哐哐的锣声顿时响成一片,店里的各式各样的灯点了起来,好像有好多人都起来了。再说两个盗贼又臭又冷,还被这些吆喝声吓得个半死,外面的发现事情败露,也顾不上太多,大叫:"老四、老五快把绳子扔下来,抓住绳子爬上墙来,快快快!"干盗抢这一行,行规上不能叫姓名,怕暴露,只能叫老几。粪坑里的两个盗贼就这样站在粪坑里拿出绳子抛向墙外。"赶紧抓住绳子,快点爬快点爬!"外面的三个人在铆足了劲拉,下面的两个使尽了全身力气,快速攀爬上墙,又快速跳下墙,五个人一起拼命地奔跑起来,后面追上来的火把把整个巷子照得通亮。这大冬天的,两人全身上下湿透,臭不可闻,后面的抓喊声接连不断,五个人什么也顾不上,只好拼了命地跑,跑着跑着,看到一个三岔路口,他们只能往林子里跑,后面的人追着追着,往别的方向跑去。

　　李老板听得朱达山告知盗贼要行抢劫一事,不敢马虎,第一时间想到了报官,但想了想,这无凭无据地去报官,谁信呢?还不如自己想办法。于是想了再想,按照道上人说的,一般盗贼采点后要做上记号,于是叫大家在外面仔细找,结果还真的找到了记号。此处的围墙里面原来就有个坑,被放了一些旧砖瓦什么的,大家一合计,把砖什么的搬走,然后放入一坑大粪,在上面做了一些伪装,如果真有盗贼掉进了坑,这三九寒天的,别说去抢劫,就是逃出去都算好的了。李老板想得很周到,吩咐了众人,只要把盗贼吓跑即可,也不要追太远。其实在追的过程中,盗贼一身大粪,冬天穿得又多,加重了全身的负担,还一路地留下粪臭味,大家很清楚盗贼的逃跑方向,只不过李老板的意思是把这伙盗贼赶走即可。

第二天,李老板带着盗贼遗弃的两把大刀和绳索,到官府报了官。官府立即出了告示,要捉拿盗贼。此事就这样过去了,李字号什么也没损失,还造成了一定的声势,以后再也没人敢打李老板的主意了。

四十八　感恩人传授秘技

话说苏州城西的李字号茶庄,主要经营珠兰花茶。珠兰花茶是李字号茶叶的品牌,而且是他们祖传下来的技艺,所以经营的人不多,生意特别好,在苏州的市场上占据了绝对优势。李老板为人处世十分周全,生意一直很好。这家店面原先不是他的,是后来生意做发了以后才买下的。

自从朱达山帮助李老板点破了这次危机以后,李老板还专门找到了徽州木行吴字号,买了礼物,来感谢朱达山相救之恩。店里的人开始没听朱达山说起过此事,听李老板这么一说,大家都说朱达山小小年纪做了件好事。李老板问道:"小伙子,今年回不回家过年?"朱达山因为今年刚刚学做生意,说:"我今年刚刚出来,就不准备回家去了,等到明年有空再回去吧。""要不这样,你今年就到我家去过年,大年三十过去,过了初二再回木行。"见朱达山没有答应,李老板一再恳求道:"小伙子,我都一把年纪了,看在年长的分上总可以吧?"朱达山一再推辞,木行的一班人也跟朱达山说:"人家可是诚心的,你可不能让人失望。"拗不过李老板,朱达山答应了。

大年三十早上,朱达山应约来到了李字号茶庄,一家人热情地把朱达山迎进门。李老板的家业在苏州茶叶这一行算大老板,家中过年的人有儿子、儿媳、孙子,总共十几人。李老板怕朱达山生疏,专门陪同朱达山:"小伙子呀,你到我们家过年,真是难得难得,千万不要把自己当外人。你就叫我大叔好了,我们之间哪有什么老板?那是生意场上的事而已。"朱达山毕竟年轻,还是那种怯怯的样子,于是李老板详细地问起了朱达山家里的人。李老板得知朱达山的身世,大为叹息:"孩子,你这命运呀也是坎坷。本来好好的一个家,现在成了这样。"看着达山非常伤心,他安慰道,"今天是过年,我们不谈这个,我想问下你的珠算是从哪学的?""我在吴字号的吴老板那学的,他是我父亲的兄弟。""哦,你学得真好。"李老板心想,珠算的加减法好学,除法好像不是那么回事,看到桌里面一沓账单,他专门找了一些乘除的计算,叫达山打下。达山接过账单,只听得噼哩啪啦一阵子算盘响过,数字出来了。尤其是除法,把李老板给看蒙了,于是他详细问起了朱达山这种珠算除法。李老板很佩服地说道:"你们徽州人真的很聪明,这种珠算除法,我是第一次见识到,又快又准。你们徽州人做生意都有一套,整起珠算更有一套,你读了那么多的书,在生意场上一定能够用得上,我相信你会成功的。徽州人很勤快,徽州商人为了做生意,常年在外奔波,辛苦劳累,真的不可想象。徽州茶叶我也曾品尝过,徽州的绿茶和毛峰品质都是很好的,包括国内和国外的一些商客看得很重。我这里主要经营的是珠兰花茶,说实在的,我所用茶叶原料相当一部分品质赶不上徽州茶叶品质,但这种茶叶适合当地人的口味,所以生意没有大起大落。"朱达山弄不清楚什么是珠兰花茶,于是李老板详细跟他说起了珠兰花茶:"哦,是这样的。我们所用的是一种珠兰花,通过窨制,把其中的香味融入茶叶当中,当然需要一整套特别的工艺。""大叔,你讲的珠兰花,哪里有?我父亲在几年前就种了一些,只不过没人去收购。""我这后院就有,我带你去看下。"他们一起来到后院,朱达山发现原来李老板所说的珠兰花就是当年父亲种过的珠兰花。"对,就是这种珠兰花,一样的。"于是他们之间有了共同的话题,朱达山原来的胆怯感慢慢消失了。"珠兰花在我们这里很值钱的。""是吗?是木行吴老板带过去给我父亲种的,还有我父亲的几个朋友也种了些,据说很值钱,但没有利用起来。""那可惜了。""有没有办法利用起来?""办法还是有的,只是……"李老板欲言又止,没有再说什么。当天是大年三十,李老板把全家介绍给朱达山,晚上的菜肴十分丰盛。吃好晚饭,李老板的妻子拿出一套崭新的衣服叫朱达山试穿,很合适,李老板说:"这是你婶子给你做的过年新衣。""真的不好意思,不能让你们破费。""瞧你说的,一家人不说两家的话。你就收下吧。"两天下来,朱达山才真正融入了李老板的家中。朱达山初三要回到自己的木行,临走时,李老板问:"达山侄子今后有什么想法吗?""没有。"李老板把朱达山送出门外,说道:"你们老家不是有珠兰花吗?我想了又想,还是把我们家祖传下来珠兰花茶的窨制技术传授给你。徽州如果用上我们这项技术,凭借你们当地茶叶的品质,一定能够超过我所经营的茶叶,将来就凭这一项,不愁吃穿。你今年的三月十号前就到我这来,我亲自教会你。"

朱达山听到此话,觉得真是难得,不管怎么样,也是一门好技术,到了乾隆十三年(1748)的三月十日就来到了李老板的茶庄。李老板讲解:"珠兰栽培观赏历史悠久,东汉名士张劭就有描绘珠兰的诗篇:'别从九畹认名兰,蜡泪霏霏点翠纨。才露嘱休连串采,已花恐作未开看。轻钗贯影摇金粟,纤手分香替玉盘。到户客先知异种,薰风一缕麝脐寒。'清代诗人、散文家袁枚也夸:'谁把三湘草,穿成九曲珠。粒多迎手战,香远近闻无。帘外传芳讯,风前过彼姝。闲将缨珞索,仔细替花扶。'将珠兰花的特征和香味特征描绘得淋漓尽致。清初园艺学家陈淏子在《花镜》中也曾写道:'真珠兰,一名鱼子兰,枝叶有似茉莉,但软弱须用细竹杆扶之,花即长条细蕊,蕊大便是花开,其色淡紫,而蓓蕾如珠。……花与建兰同时,其香相似,而浓郁尤过之。'其花香有很好的药理功能和食疗价值……"

李老板手把手地教朱达山窨制珠兰花茶,直到朱达山能独立完成为止。一连十几天下来,朱达山完全掌握了珠兰花茶的窨制技术。令朱达山想不到的是,珠兰花的价格达到了每百枝一两银子,珠兰花茶销量大,价格高,怪不得李老板的茶庄如此红火。

李老板还把种植珠兰花的注意事项一一告诉了朱达山,最后李老板深情地说了一句:"我李家自创此珠兰花茶以来,外传此项技术的仅你一人,希望你一定要把它用好,在不久的将来,凭这项技术在你们徽州大地上干一番事业。"

四十九　创业方知有艰难

朱达山学会了珠兰花茶的制作技术,仍然回到徽州木行当学徒。朱达山很沉稳,只告诉了吴韵一个人。时间一久,他经常听得行规上的一句老话:"教会徒弟,饿死师父。"也有人说生意场上,当学徒的一般不宜在师父所在地做同一个行当的生意,否则会引起师父不高兴,更有甚者,会弄得不欢而散,还有反目为仇的。朱达山想了想,此话不是没有道理,师父带出了徒弟,也不容易,如果徒弟真的与师父抢饭碗,那么这个徒弟道德上也有问题。当了一年多学徒,他了解到生意场上的无情,表面上看似风平浪静,实则是暗流涌动。他读了那么多的书,看得很清楚,所以朱达山有了自己的想法。

中秋一过,他便把自己的想法告诉了吴韵:"大伯,我想再带些珠兰花的苗回我们老家去试试,况且您原先带去种的应该还有一些,目前没有人去做这件事。要是不成功我再回来接着干,您看行吗?"吴韵回答说:"做事业不要想得过于简单,你年纪尚小,能不能过几年再说？别看见人家做得容易,生意场上可不是好玩的。"朱达山则说:"我去跟城内的李老板商量一下,让他给我理个思路,您看可行？""嗯,那好吧。但有一点,你不可冒大风险,要求稳,不可以急于求成。"其实朱达山只把话说了一半,因为李老板一再说只要朱达山愿意,资金由他全部垫付,算是代李老板加工珠兰花茶的模式,朱达山一来不用拿钱,二来技术已经学成,三来销售还是由李老板来负责。李老板最后说:"达山侄,我怕你担风险,你就算代我加工好啦。一切的一切归我,总可以吧?"到十一月初,吴韵给了朱达山足够的盘缠,还告知了行程路线,朱达山带着他的一小担行囊,经过了半个多月,才回到了休宁屯溪阳湖家中。

朱达山有一年多的时间没有回家,母亲看到朱达山,顿时高兴起来。母亲的病虽然一直没有好,好在家中的事有爷爷主持,茶园和田里的事情还由原来的长工帮他们干,弟弟仍在阳湖孙家私塾读书。母亲说,弟弟读书的成绩还好,去年吴韵回家还给了母亲一些钱,家中的日子算是过得去。爷爷奶奶好像一下子苍老了许多,朱达山也懂事了,一回到家中忙这忙那的干起活来。他马上去看了过去种的珠兰花,还把一些苗栽种到了地里。他还记得在休宁县他父亲生前送过种苗的地方,临溪、汊口、榆村、五城、佩琅的凹上等地都有父亲放排道上的一些朋友。

朱达山按照自己的记忆,一路寻找,从阳湖出发,到临溪吴勤中叔家,吴家好生招待。吴勤中那年拿了20来棵苗,山上种的全部死光,家中所剩也没有几棵。朱达山接着找到汊口的程家仁家,情况跟临溪的差不多。他给了这两家一些苗,叫他们接着种。朱达山沿着佩琅河走到凹上,这里是和睦乡的一个小村,地处仰山脚下,该村有一百来户人家,绝大部分为毕姓,因仰山佛教的兴起而带来凹上一度的兴旺,一条古石板路沿河而建,村中设有驿站、饭店,专为上仰山礼佛的香客服务。周边是崇山峻岭,当地人以林茶为主业,凹上村水口林古木参天。徽州人讲究对水口的保护,几乎每个村庄的水口林都保护得很好,朱达山曾经在父亲朱昌九的带领下来过这里几次,毕廷山也是他家的常客之一。朱达山来到毕廷山家。"哟,达山都长这么高了!还好吧?在外面学做生意辛苦不?""叔!不苦。"见到达山,毕廷山自然很高兴,问这问那的。待达山说明来意,毕廷山说:"达山侄,我家种的那些珠兰长势非常好,我这就带你去看看。"他为人勤快,种了一些,还告诉朱达山这珠兰花怕寒怕涝不好伺候,不过他倒是摸索了一点经验。朱达山跟着毕廷山来到了村子后山,就看到他家种了一大片,是用陶罐养的,一盆盆的,长势非常好,寒冷的时候搬到棚子里保温,春天暖和以后再搬到地里。朱达山跟毕廷山说:"明年我来收购珠兰花,价格是 100 枝 8 钱银子。还有,你把这珠兰花再多育些苗给我,要大量地育,我再把你这方法跟他人说说,让更多的人种珠兰花。"这可把毕廷山给乐坏了。"好,我把种植的面积再扩大一些,一定把花种得好好的。"毕廷山告诉朱达山,"别看这东西,我原先那一片试种的也不行,这珠兰喜欢半阴半阳的地方,开始的那两年差不多死光了,值钱的东西肯定不那么容易种。现在我算是把它的特性掌握了,不会种的人种不起来,给他苗都难种。不过我也是从前年开始才顺手。就按你说的办,再帮你多育些苗。"

朱达山接着走了一些地方,有些人还在种,但数量少之又少,朱达山就一路上跟他们讲清楚自己明年要收购一部分鲜花。当把价格抬高到 8 钱银子的时候,众人兴奋起来。他们只知道这东西很值钱,还不清楚行情已经到了这般,大家的种植热情一下高涨起来,纷纷向朱达山讨了一些苗,把原来种的地方重新整好。朱达山为了让各地种珠兰花,整个冬季跑遍了屯溪、休宁周边地方,吃尽了苦。

到了四月,茶叶开始采摘,朱达山便加入了制茶这一行业。做珠兰花茶所需要的茶叶略有不同,色泽上要求更高。朱达山虽然学了不少,但各地的茶叶品质不同,所需要的方法有很大的差别。家中会制茶的还数爷爷手艺好,头天爷爷带着朱达山做出来的茶颜色与李老板要求的对不上,第二天,第三天还是没能对上。好在朱达山心细,想了个法子,一锅一锅地调整。随着时间的推移,朱达山一面跟爷爷研究,一面跟当地一些做得好的师傅探讨制作过程中出现的问题。这制茶看似简单,其实包含了太多的工艺,茶叶的品种,茶叶采摘,茶叶的老嫩,用火的热度,用火的时间,炒锅里的温度,雨天、晴天,等等,少说也有十几道工序。朱达山用心钻研,他对每一个环节都进行了研究,并逐一做了对比试验,每道工序上都做了记录,损失不少茶叶。经过半个多月起早贪黑的苦干,他终于成功了。朱达山记得李老板说过,茶叶品质很重要,于是又快速跑到齐云山、松萝山、佩琅仰山、流口、溪口等地找人为他加工茶叶,一个地方一个地方地提出要求。就这样,他收到了来自不同产地的茶叶。季节一到,他马上开始收花。朱达山兑现承诺,当地的一些种花人喜笑颜开。难得有这么好的价格,大家争着把自家的珠兰花送上门。让朱达山最为兴奋的是,凹上毕廷山所提供的那些苗,花的香味更浓更好。最后是用珠兰花来窨制,这套工序师傅一再要求丝毫不能马虎。因为是第一年自己试做,朱达山把茶叶分成了若干个类别,高山茶、低山茶,品相好的、品相差的,一一划分仔细。一年加工下来,数量不过两千余斤。朱达山选了一些上好的茶叶送给吴婶,还专门送给了他的先生、孙保长等当地的一些好友和父亲的一些朋友,普遍受到了这些人的好评。

朱达山租船把余下的 1000 斤运到了苏州,交给李老板,李老板很高兴。这小伙子做事很细心,珠兰花茶类别分明。李老板对这些茶一一做了鉴定,极品的、上品的、中品的、下品的,一个品相一个品相地说明个中的原因,以及在哪些程序上要注意哪些事项,朱达山一面听一面记。李老板最后肯定地说:"我们当年创业还不及你,你这第一步算是很成功的。"此时的朱达山很高兴,李老板把一些次等品也做了处理。那些好茶卖出如此高价,朱达山想都没敢想。李老板把朱达山送来的一些好茶送给了当地一些富贵客户,这些人品尝过后,再次到李字号茶庄询问,这个品种似乎与往年的不同,叫什么品种,李老板随口说了句是产自徽州休宁的珠兰香茶。这样,把徽州产的珠兰花茶同本地产的珠兰花茶区分开来,珠兰香茶成了朱达山制茶的名称。朱达山很满意这个称谓,从此休宁产珠兰香茶走进徽州人的视野,走向远方。

朱达山看到品相较好的珠兰香茶销得差不多,但部分次品几乎无人过问,愁眉苦脸。李老板看出了他的心事,没几天就有几个人进了店,左看右看,最后看上这一批茶,于是问道:"老板,这茶怎么卖?"朱达山一看来人看上这批茶,赶快迎上前,开了个价,来人也没砍价,直接叫他过秤拉货。朱达山如释重负,笑哈哈地跟李老板说道:"做生意就要到大城市,真让您说中了,苏州还有什么卖不掉的?"其实李老板也清楚,这些次品是卖不掉的,为了安抚朱达山,托人上门帮忙买下,钱是李老板出的,帮朱达山解了愁,更是为年轻气盛的朱达山添了一把劲。

朱达山就这样在李字号茶庄做了伙计,李老板放手让他去做一些事,有意培养他。

五十　生意开始有起色

　　乾隆十五年(1750),朱达山老练多了,在总结前一年的基础上,取长补短,改进工艺,提升质量,第二年生产珠兰香茶2000多斤。当地人买了些,送了一些。快到出梅的季节,新安江时晴时雨。等到天气晴好,朱达山自屯溪阳湖出发了。朱达山到苏州,将茶叶送到了吴韵的木行,交给大家品尝。大家品尝了后,一个个都伸出了大拇指。吴韵在品过朱达山的茶叶后大加称赞:"达山在我们徽州做出这个茶叶也是先例,你为徽州做了一件好事,我们徽州从此又多了一个茶叶品种。你有胆有识,将来会是生意场上的一把好手。"朱达山一再感谢吴韵大伯:"这要不是大伯您带我来此地,我哪能做成这事? 真的要感谢您收我做学徒,还教会了我珠算。""应该的,谁叫我是你大伯呢?"大家一起欢欢喜喜,好不热闹。吴韵多次挽留朱达山在木行,朱达山说李老板那儿缺人手,而他还有那么多货在李老板处。吴韵不再强人所难,临走前一再嘱咐他一定要把事情做好,木行随时欢迎他。

　　朱达山所制作的珠兰香茶中品质最好的茶虽然数量不多,但可以称为极品了。当年在苏州销得好,虽然没有获得什么利润,但提振了朱达山的信心。打那以后,凭借朱达山的珠算,他坐到了前台当伙计,一当就是半年。

李老板借给了朱达山一些钱财支持他的事业,到了十月,朱达山便匆匆启程回到休宁。

自朱达山离开休宁、屯溪后,他所制的珠兰香茶也得到了一致的好评。阳湖的孙保长是个能说会道的主儿,他拿着朱达山送他的茶叶到处送人,还将部分送到了县衙,无形当中为朱达山的新茶做了大量的宣传。朱昌九与孙保长是好友,原来拿了一些花去种植,他家种的数量不少,所以从他的角度出发,希望珠兰花越值钱越好。他是当地名人,因此他的宣传能起到很大作用。上自官府,下至各地的绅士名人,到处都有他的关系,但凡去过他家的人,他都用此茶招待,以至珠兰香茶名声大振。

珠兰花的种植,朱达山不用再去打招呼求人了,因为有了上一年的价格对比,大家心里已经十分清楚。

年底一回到家中,朱达山忙着准备这准备那的。朱达山想把规模再扩大些,所以每一件事都做得细心。经过了一年的摸索,朱达山有了独到的见解,回家的第二天就前往佩琅凹上村,再次要求毕廷山大量育苗,争取育出更多更好的珠兰花苗。第三年,朱达山把上一年好的经验再一次搬过来试,一次又一次提升。做茶坯的时候最好选用哪些地方的茶叶,采制的茶叶时间、老嫩、大小,一道工序所需火候、时间长短、炒制到什么程度,两道工序所用的时间,揉制的时间、形态,三道工序炒干的时间、火候,先热后温还是先温后热,一关一关地调试。在窨制茶叶的过程中,朱达山也是一样,珠兰花长到什么时候为宜,到什么时候采,都进行了分类。窨制过程中所用量的大小,使用的比例,所用的茶坯,也进行了分类。经过又一年试制,色、香、味都已经达到了极品,与李老板的产品相比有过之而无不及。三年下来,朱达山完全掌握了一整套珠兰香茶特有的制作技术,由于是徽州的新品种茶叶,一些客户慕名而来，一些大户也购了不少。有一天，阳湖的孙汉臣保长带着县令上门求购。听得县令上门，朱达山全家上阵热情迎接，在得知是来求购珠兰香茶后，朱达山喜上眉梢。郑县令一看二闻三品，显得十分老到，连连夸奖道："好茶，好茶，好茶！小伙子你真行，我们休宁县乃至徽州在你手上又多出了一个新品种呀。""叫珠兰香茶。"孙汉臣搭腔道。"好茶，好名！"县衙一队人马一口气采购了不少最高档的珠兰香茶，县衙一年也有不少的人情往来，这样的好茶无疑是县衙最好的选择。

  朱达山这年加工的茶叶量较上年多出一倍，极品则占据了一半。他把一部分珠兰香茶运抵苏州，李老板接过货一看便知，经过细品后，得出一个结论：朱达山所制珠兰香茶极品超过了李老板用当地茶叶制出的品质。李老板深情地对朱达山说道："青出于蓝而胜于蓝，你就是这个青者！"大家都向朱达山投来了敬佩的目光。"谢谢您！大叔！"朱达山很是谦虚地说道。这一来，徽州休宁珠兰香茶在苏州一带名声大振，朱达山所带来的珠兰香茶很快销售一空，赚取了不少的利润。这是朱达山做生意以来第一次获利。

五十一　灾年倾力救乡民

乾隆十六年(1751),入伏后,朱良才领着徐长工、广长工一块下田,稻苗很旺盛,朱良才心情也好起来。他三人拿起耘田耙开始锄草。朱家的田管得好,草也不多,三人一天下来干掉一大片。朱良才思忖着,如果天气好,这一年收成就稳了。草除好,他们还挑来了猪牛粪,一点点地抛撒在田中。半个月过去了,天上没下一滴雨,朱良才跟徐长工、广长工一起,改做打水活了。有时候,朱良才对两位长工说,天干一点没有大的关系,大不了人累点,像他这畈上的田,不可能干掉的。他们把水车抬到田里,开始车水,周边的田里到处是车水的人,硕大的水渠一时间挤满了人。人们夜以继日地车水,总想自家的稻苗不能缺水受损,少数强悍的人甚至为争水而打起来。地保看到小河逐日干涸,大河的水越来越少,于是一家一户地上门说服大家出钱出力祈雨。地保拿到钱马上行动,带着大家买祭品,开启了祈雨之路。休宁县城的人到齐云山等地,而屯溪、阳湖众人第一站到了仰山寺,开始吃斋念佛。阳湖的一队人马起大早赶到仰山寺,烧香祭拜了宝公佛祖,说明了来意,请求宝公菩萨向上天求个情,下点雨。祭拜过以后,这队人马在和尚的带领下,还专门下到仰山龙潭接水。和尚用钵装了水,祈水的人接过从龙潭取的水,一滴不少地带回阳湖,搭个祈雨台,放在台的正中间。几天过去,仍不见雨,于是他们又去了各个听说祈雨很灵的寺庙接水引水,还是未果。

休宁县城方向的人前往齐云山祈雨不止,但没有任何下雨迹象。

朱良才看到田里的稻苗正在慢慢枯死,几次跪到田中,哭着喊着祈求上苍怜悯,下场雨。

入伏后,一连二十多天没有下过一滴雨,整个徽州大地天干地裂,新安江的水位在一天天地下降,快要见底了。新安江的运米船再也无法运粮到徽州,米是一天一个价地涨,七月底,斗米已经涨到了4钱。如此的高价,没有多少人吃得起,徽州大地哀鸿遍野,天天有人饿倒在路边死亡,甚至尸骨都没有人埋,惨不忍睹。徽州知府何达善是个非常爱民的清官,一连多日带领众官员到各地参加祈雨,他几天都在祈雨台前长跪不起,大声疾呼:"苍天呀,救救我的黎民百姓吧,不能再让他们受苦受难了。我何达善求您发发慈悲,念我徽州大地上的百姓,您就下个雨,以赈救我徽州大地上的生灵万物吧……"百姓一听何大人如此求雨心切,无不落泪。何达善多次晕倒在现场,可依旧不下雨。

休宁县令郑鸿任效仿明代万历十七年(1589)休宁县令丁应泰,亲自率县衙的一队人马步行至齐云山祈雨。在玄天上帝像前,郑鸿任宣读了自己写的《祈雨文》,祈雨仍然未果。几天下来,县令郑鸿任急得如热锅上的蚂蚁团团转。他又想起了一个办法,拿起明朝开国谋臣、休宁人朱升写的一首诗:

喜雨行

长风驱云云似墨,倒海倾河来顷刻。

父老欣欣拜令君,令君说是天公力。

佐曹未离神庙里,祈祷灵通乃如此。

但见炉烟起作云,那知心液蒸成雨。

高田梯级流天浆,穷原广壑如陂塘。

明日入山取竹木,早趁好日添囷仓。

百姓莫望得雨喜,日祝令君寿千祀。

令君常持祈雨心,百里生灵望更深。

君不见蔀屋年来转焦苦,胜似枯田待甘雨。

郑鸿任县令到祈雨台上读了一遍又一遍,拜了又拜,而后烧掉,以示虔诚,一心想着老天发慈悲,降甘霖,可是哪里有效果!

因为无粮可吃,百姓开始上山挖野菜、挖葛根来充饥。一部分饿极了的村民,全然不顾野菜有毒无毒,结果中毒死人无数,村村有饥民,每天都有人饿死。

在灾难面前,人们已经无所顾忌。由于连续干旱,徽州发生了一起小小的"民变",由于绩溪县救灾不力,饥民围攻县衙,县丞、主簿等人企图以势压人,不想被狠狠揍了一顿,吓得县令弃冠仓皇出逃,狼狈不堪。县令以"民变"为由向徽州府急报,徽州府派了数百兵丁前往绩溪企图镇压。关键时刻,何达善仔细思量,是不是绩溪县赈灾救济不力,当即制止了兵丁。何达善清楚此时此地饥民正急需救济,如果措施过激,只能是官逼民反,一旦点燃这根导火索,整个徽州将一发不可收拾。为官一任保一方平安乃当务之急,何知府只带了几个随从,连夜赶赴绩溪。围攻绩溪县衙的饥民,只听得"哐——哐——哐——"几声啰响,伴随着"知府大人到",饥民一个个攥紧了拳头准备拼命,不想只有知府何达善等几个人走了过来,大家方知何大人没有恶意,所以把知府迎了进来。何达善走进这些饥民之中,饥民宛如见了救星,齐刷刷地跪下。何大人置身其中,扶起一个个饥民:"大家受苦了,大家受苦了。"大家声泪俱下:"何大人,我们饿呀,我们不是造反,我们也无心造反。"妇孺老幼的述说一句句敲在何达善的心坎上,何达善泪水直涌:"是我们救灾不力,我们大家一起想办法,共度灾难。"随即拍板赈灾的各项事宜。何知府采取最为宽容的政策,一面下令开仓放粮,亲自到一些名门望族、大户人家动员捐粮救人,一面亲自写信发往外乡的知名徽商,向他们求救,要求各县想尽一切办法救百姓。何达善还亲自参加施粥救人。绩溪饥民得到安抚,一场危机得到化解,绩溪人民十分感激这位开明爱民的知府。

在何达善的安排下,徽州的歙县、黟县、休宁、祁门、婺源五县赈灾快速展开。

休宁县令郑鸿任也绞尽脑汁,用尽了一切办法开始救灾、赈灾,向外地的徽商求救。一些徽州商人陆续收到所在家乡的县令及知府何达善的求救信。远在苏州的吴韵收到了郑鸿任的求救信,还没等读完,已是泪流满面,一声声长叹:"我们家乡的百姓受苦了!"他一刻也没有停留,亲自找到有联系的一班徽商,马上开始商议,一面倡议大家捐银捐物,一面组织人员购粮,一路上辗转至杭州。因为没有船,只好雇人挑运到徽州各地。

休宁县令郑鸿任遵从徽州知府的指示,开仓放粮救人,粮仓的粮食毕竟有限,满足不了这么多饥饿的贫民。郑鸿任带领县衙所有人员,专门到一些大户人家,一户户敲开了他们的大门,请求他们捐粮捐款。一些大户慷慨解囊相助。黎阳邵家带头捐款1000两银子,捐粮2000斤,一些中等户就在家边支起大锅,开始施粥。全县所有寺庙都支锅施粥,以救百姓。

休宁县城、万安、屯溪等地,众人全力以赴,筹粮救命。

屯溪的李晟很善良,他的两个儿子名叫之芳、大鹏,两人继承了父亲为人善良的好品质,在百姓受饥挨饿的时刻,主动拿出自家储存的粮食,按平价进行售卖,以平米价。他们对于外地来屯溪流浪的人,一视同仁,在他们的竭力支持下,更多的人活了下来,周边的乡亲们都夸他们兄弟二人做人讲义气、做好事。后来两人得到徽州知府何达善的奖励。

嘉庆《休宁县志》载:

李晟屯溪人孜孜好善,子之芳、大鹏承其志,建祠收族,并笃于义,乾隆辛未(乾隆十六年,即1751年),邑饥乡里,平粜,鹏以不限方隅流之者,俱得并济,故全活甚众,郡伯何奖(知府何达善给予了奖励),以义重乡邦。

在休宁县汉口,有一个叫程家奎的普通农人,为人很孝顺,对待父母亲非常尽力。他用自己耕作所挣得的收入买药救人,出钱购置棺材掩埋无姓氏尸骨。在这个大荒年,米价涨到了一斗米5钱银子的时段,很多人已经买不起米,吃不上饭。为了多让一些人活下来,程家奎拿出家中所有的积蓄到浙江买米,减价卖给乡亲,乡亲们都夸他做了件大好事。

嘉庆《休宁县志》载:

程家奎,字聚五,汉口人,生长农家而孝事双亲,每岁以力耕所入置药济人,布施棺掩埋无姓氏骨骸。乾隆十六年斗米五钱,倾囊赴江右买米,减价平粜,乡里德之。

一天,何达善下乡巡查,行了一段路,看见远处,一老人拄着一根木棍在晃晃悠悠地走着,忽然倒地了。待他们上前查看时,老人已经气绝身亡,何达善看着骨瘦如柴的老人,号啕大哭起来:"苍天呀!即便我徽州有人冒犯了您,那就请您惩罚我何达善一个人吧,不要再让我的黎民百姓受这般的苦难,我愿受一切惩罚。"众随从无不落泪,可任由人们如何祈祷,气温仍然是一浪高过一浪。

何达善为了救灾已尽了全力,每天仍有不少百姓在饥饿中死去,估计一时半会解决不了徽州灾情,他决定亲自去京城向皇上道明灾情,祈求皇上的帮助。

五十二　进京城商议报灾

何达善事先跟各个县令碰了个头,做了一些交代,在安排好各项事务后,一行出发前往京城。他们出发前带上了少量的徽州特产,以最快的速度日夜兼程赶赴京城。

京城距徽州府有十天路程。何达善不顾连日劳累,抵京当晚直接找到了时任户部侍郎的汪由敦官邸,被告知是徽州知府到访,汪由敦赶快叫人开了门。他们原来就有交往,汪由敦十分欣赏何达善,此时的汪由敦已经60岁,头发全部花白,就连胡子也白了,但还是精神矍铄。见汪由敦上前迎接,何达善毕恭毕敬行礼道:"何达善拜见大人!"汪由敦回了个礼:"免礼免礼!"把他们迎到大堂。还未坐定,何达善便直接说道:"徽州受大灾了。"一句话没说出来,已哽咽泪下,何达善把徽州受灾的情况一一告诉了汪由敦。汪由敦大为惊叹,他叹的是徽州这一方黎民百姓受到如此大的灾难,他愿意出力来协助徽州百姓渡过难关,捐出半年俸银交与何达善,算是他个人为徽州大灾尽点微薄之力。如何告知皇上,让皇上发慈悲支持徽州,让他感到十分为难。他想了想,事不宜迟,汪由敦马上差人找到金德瑛一起共同商议此事。

汪由敦,原名汪良金,字师茗,号谨堂、松泉居士。休宁人。康熙二十一年(1682),汪由敦出生在常州一位亦贾亦儒的徽商家里。先世从徽州婺源迁休宁,自明朝中期后以上溪口(也叫双溪)为居里。因其父汪品佳(字改亭)客游常州,续娶龚氏生良金、贡金、鼎金、元芝等四子一女而逗留常州。汪由敦从小颖异绝伦,5岁便拜师读书;8岁时,其父每诵以前代世系年号,由敦即能复述;10岁归试休宁,初名良金而不见录于有司。19岁那年,又因父亲客游钱塘而循例以商籍就试,受知于督学吴垣甫(河南人),补博士弟子。此间,由敦还一度当过后来同样成为休宁名宦的金德瑛(号桧门)的客座老师,并与其交好。一天晚上,其父梦良金祖父汪恒然托语"孙文自善,名未当耳",示改二字即"由敦"。不久,再试时果然名列前茅。稍长一点即博涉经史,每阅一节都要旁讯究本、原别流派,故学识日进、器识宏远。为同邑老名宿查南浦先生所器重,遂被谋为其兄查渐陆公之婿。雍正二年(1724)汪由敦中得进士,改庶吉士。乾隆十一年任军机大臣,吏部尚书,老诚敏慎,在职勤劳。乾隆十一到乾隆十六年间,朝廷内部发生了诸多变化,此时的汪由敦任户部侍郎。

汪由敦所要找的这个金德瑛时任内阁学士。金德瑛这年50岁,字汝白,原籍安徽休宁瓯山,寄籍浙江仁和。

公元1736年,乾隆皇帝登基不久,年仅35岁的金德瑛便高中状元。喜讯传到休宁故里,瓯山金氏族人个个笑逐颜开,沉浸在无比的欢乐中。与此同时,南距瓯山大约50里的汉口程氏族人,一家家张灯结彩,欢天喜地……这是为何呢?还得从元朝说起。当时,汉口程氏有个名叫程湄的处士,幼年父母双亡,孤苦无依,全靠他在瓯山的姨父金应元悉心抚育成人,并将女儿嫁给他成家立业。金应元的长子早死无后,程湄为了答谢姨父的养育之恩,就让自己的次子程祖仁顶其门户,并改姓称金祖仁。不料,金祖仁也短命,没续上香火。程湄又让长子程祖佑的小儿子程任顶金祖仁家门户,改名为金任。金任子孙又传十余世,便是状元金德瑛这一辈。由此可见,说到底金状元的血脉里流淌着的是汉口程氏的血,金家状元归根到底就是程家的后代,所以汉口程氏亦是感到万分荣耀。

汪由敦、金德瑛都是休宁籍人,平常均以老乡相称,汪由敦长金德瑛十岁,平时汪由敦称金德英为弟,两人亲如兄弟。听到汪由敦的邀请,金德瑛哪敢怠慢,马上赶到汪由敦家中,何达善见过了金德瑛,正要行礼,被汪由敦叫免。一听徽州老家受灾的大事,金德瑛顿时悲痛万分,无论有多大的困难也要去帮助。汪由敦说:"当今天下盛世太平,皇上天天听到的都是好消息,习惯了听好的事,一部分大臣也摸透了皇上的心里,基本上报喜不报忧,想报此类事情,怕是很难听进。""是啊,现在怕就怕皇上听不进此类的进言,反倒不利于我们徽州救灾。""二位只管放心,只要让我见到皇上,就是刀山火海我也要去闯,为了徽州的黎民百姓,丢官砍头我也在所不辞,大不了我豁出去了。"何达善如是说。汪由敦没有出声,心里却十分赞赏眼前的这位何达善。三个人沉默了一阵子。"这样吧!办法总是人想出来的,遇到这种大事千万别慌,以免乱了方寸。"汪由敦一说,三人稍微冷静下来,于是何达善把休宁老家产的珠兰香茶拿了出来,汪由敦叫人沏好端上桌来,他亲自品了品:"好茶,好茶!这是继徽州毛峰、屯绿后的又一好茶,我还是第一次喝家乡的珠兰香茶。"随口问了一句:"何大人,你这次带了多少?""只带了20斤。""哦。""我想再去找一个人,皇上最宠爱的那位,只要他能帮咱们说上话,分量肯定不一样。"金德瑛马上出口:"于敏中。""知我者老弟也!"于敏中(1714—1780),字叔子,一字重棠,号耐圃,江苏金坛人。山西学政于汉翔之孙。宣平知县于树范之子。清朝重臣,出身簪缨世家。乾隆二年(1737),

于敏中一甲一名进士(即状元),授翰林院修撰。官至文华殿大学士兼领班军机大臣,是乾隆最为信任的汉族大臣。金德瑛说:"他就在我之后那一科中的状元,我们私交甚好,而且这人也很正直,我去说服他应该没有问题。"待商议出结果后,汪由敦告知何达善明日上朝如此如此。

　　是夜,金德瑛还是冒昧地敲开了于敏中家的门,于敏中很是同情徽州的灾情,表示会尽最大努力帮助徽州。

五十三　觐见皇上求救灾

次日一大清早,天还未亮,汪由敦、金德瑛就来到了太和殿,在门外等待乾隆皇帝上朝。在这期间,汪由敦再次把求得皇上支持的想法跟于敏中说了,请他设法帮助在皇上面前说说情,同时一一告诉在京城做官的徽州人,以便得到更多的帮助。

乾隆历来是4点起床,5点钟上朝。天刚亮,太和殿的大门开了,文武百官依次进殿排好了队。"皇上驾到!"只见皇帝走向龙椅坐下,众官员齐刷刷地跪下:"吾皇万岁!万岁!万万岁!""平身!""谢皇上!"各大臣送奏折的送奏折,说事的说事,日上三竿,各位大臣所要朝议的事也差不多了,大家也知道皇上累了,宜另选话题,进入随便聊天模式。先是于敏中上前问道:"皇上上半年下江南到访杭州,下半年可有什么想法?"一提到杭州,乾隆一下来了精神:"杭州真是个好地方,春天的景色太美了,简直美到令人心醉。"于敏中说:"这个季节正是荷花开的时候,更是美不胜收。""我想象的是,那个什么柳永的'有三秋桂子,十里荷花',还惹得金兀术想得发了狂似的,最后发兵南宋是想这十里荷花。""是的。""是的。"大家应和着。此时汪由敦看准了时机便上前说道:"杭州乃风景如画虽然不假,臣乃徽州人,而我徽州虽处万山之中，但徽州以山出名：黄山有奇石、奇松、云海，非常美丽，达上百里；白岳秀而奇，白岳又叫齐云山，一石冲天，与云端齐而得名；仰山幽而峻，一样是风景如画，美不胜收。它们各有千秋，有机会请皇上下江南，去徽州瞧瞧。"乾隆看到汪由敦一把年纪，便说："爱卿年纪大了，赐坐。""谢皇上！"于是叫人上了把座椅，让汪由敦坐下说。"徽州的物产也很丰富。""嗯，我就吃过爱卿送的徽州火腿，那的确是一道美味。"汪由敦接着说："是的，要说这火腿，早前是用来犒劳三军、便于存放而做的，不想后来成了一道美食，南宋杨万里《谢休宁金尚书惠腊肉》一诗中盛赞其肉香气倾城，并写下'霜刀削下黄水晶，月斧斫出红松明'的诗句。金尚书是我们休宁人，因他送的腊肉而留下了这样一首好诗，流芳千古啊！""嗯！美食也能传千古呀！"

金德瑛上前接着说："臣还记得宋高宗问起徽州物产时，汪澡澡列举了梅圣俞（梅尧臣）给徽州歙县特产写下的：'吾郡虽处远，佳味颇相宜。沙地马蹄鳖，雪天牛尾狸。'"

乾隆高兴地大笑起来："嗯好东西，可惜我没见过，没见过。""有机会去徽州尝尝。""好呀好！待我选个时间，一定去。"汪由敦借故说道："臣今天还为皇上带来一样上好的徽州特产，是我休宁老家产的珠兰香茶，请皇上品尝。"于是从袖子里拿出了一包茶叶，叫人给皇上沏上，还多沏了几碗，不一会儿珠兰花香在大殿内散开，香气袅袅，大家一个劲地说："好香，好香！"乾隆一闻，果然是香气诱人，于是吹了又吹，呷了一小口，在嘴里润了一会儿，方才慢慢咽下。乾隆觉得心胸豁然开朗，精神焕发，便大赞此茶，于是叫大家也来品尝一下，下面的大臣，争先恐后地品了起来。汪由敦一边说着，一边仔细观察着乾隆的反应，见乾隆如此高兴，知道说事的时机到了，于是从容说道："此茶乃徽州知府何达善为皇太后六十大寿准备的寿礼。""哦，这何达善也太懂事了。"于是汪由敦从袖中抽出一张礼单,递上前去,侍从代交给乾隆。乾隆品着面前的这杯茶,看礼单上面写道:珠兰香茶、火腿……乾隆越看越满意,顺口便说就叫珠兰贡茶吧,于是拿起笔写下了"珠兰贡茶"四个大字,"我要给徽州府记功"。于是吩咐起草文书:特授徽州府正堂加三级记录,特授休宁县正堂加授壹级记录……汪由敦则说:"这个送礼的徽州知府何达善就在殿外。""那还不快叫他进来见朕!""宣徽州知府何达善觐见。"何达善快步小跑进殿,上前跪下:"江南徽州知府何达善拜见皇上,吾皇万岁! 万万岁!""平身吧!"本以为何达善会马上起来,不想何达善道:"臣不敢起来,臣有罪。""哦! 你送这等大礼何罪之有?"倒是把乾隆弄得一头雾水。"臣真的不敢。"何达善依然没有起身。"还有这等事? 我倒是想听听,你尽管如实说来,朕恕你无罪。""皇上,今年我徽州已经有一个多月未曾下雨,田里禾苗全部枯死,必是颗粒无收,百姓只好上山挖野菜,甚至吃观音土了。如今饥民遍地,饿殍无数,我治理无方,让一方百姓受苦了。"何达善声泪俱下,一声声撕心裂肺,乾隆一听这等大事,不觉给镇住了,脸上顿时没了表情,只见他神情凝重,好久才说了句:"何大人且慢慢道来。"何达善道:"徽州介万山之中,地狭人稠,耕获三不赡一。即丰年亦仰食江楚,十居六七,勿论岁饥也。天下之民,寄命于农,徽民寄命于商。一日米船不至,民有饥色,三日不至有饿殍,五日不至有昼夺。土瘠田狭,能以生业着于其地者,什不获一苟无家食,则可立而视其死,其势不得不散而求食于四方,于是乎移民而出,非生而善贾也。今年时遇特大旱灾,自入伏以来已有一月未下雨,新安江见底,无船可达徽州,米价已涨至斗米5钱银子,大部分百姓,无钱购买,饥民只好上山挖野菜度日,本府各县能想的办法亦全部用尽,只好请皇上开恩,救救徽州的百姓。"不等何达善说完,汪由敦、金德瑛等一大批徽州大臣,一同跪下为百姓求情，见此情形，乾隆十分震惊，于敏中上前跪下："我大清当下虽值盛世，但我地域十分辽阔，少数地区受灾当属常事，也符合常理。救人如救火，臣以为皇上应速派员前往实地赈灾，请皇上定夺。"乾隆在震惊中缓过神来，说道："即刻派员赶赴徽州赈灾，并从国库当中拨出专项银两支持徽州。"

何达善协同钦差夜以继日地赶赴徽州，在朝廷的支持下，徽州灾情得以缓解，朝廷当年减免了徽州所有的"皇粮"，免除了历年的所欠税赋，恢复粮价，灾情得到了有效缓解。何达善在乾隆面前敢说真话，给乾隆留下了深刻的印象，在百姓心中成了大清官、大善人。

朝廷与何达善商议，休宁县每年敬送珠兰贡茶800斤，所需珠兰花6万枝，朝廷按市价给予补助，自此休宁的历史上开始了制作珠兰贡茶的记录。

当年的十一月二十一日，乾隆皇帝为他母亲崇庆皇太后六旬大庆，举办了首次隆重的庆寿典礼，并绘《万寿图》卷，非常写实地描绘出由万寿山昆明湖至紫禁城内寿安宫沿途设置的各式各样的庆寿景点、迎驾官员、皇帝仪仗等欢庆场景。

休宁珠兰贡茶被列入祝寿礼品，开启了休宁又一贡茶的历程。

这里不得不说说徽州知府何达善，他是河南济源人。乾隆十四年（1749）以翰林出为徽州知府。兴养立教，吏民信爱。在乾隆十六年徽州大旱期间做了大量的工作，正是他的措施有力，救了多少百姓的生命。为了吸取教训，何达善筹集资金建立防范荒年的保障体系。何达善非常有经济头脑，将部分资金投放到典当行业中，所生利息加入储备资金；在各地建立粮食储备库。经过几年的经营，整个徽州各项储备日渐充足。何达善还命令百姓开沟筑堤，修缮塘堨，即便遇上小旱，可以凭借自身的力量抵挡。何达善一有空闲,还到紫阳书院为学生讲课。他担任徽州知府的九年,是徽州考生的考试成绩最好的九年。乾隆二十三年(1758),何达善升任淮徐监司。离开之日,百姓扶老携幼,徽州百姓焚香持酒相送百余里。夏炘《闻见一隅录》称本朝新安太守之循良,终以公为第一人。当然,这是后话。

五十四　施诡计巧取小利

乾隆十六年年底,当年的大旱情经过朝廷的支持,徽州府的努力,情势趋于缓和,郑鸿任调离休宁,万世林到休宁任县令。万世林乃湖北江陵人,辛酉举人。

县衙组成人员:

县令:万世林。

主簿:宁芮。

县丞:华思进,江苏金匮人,监生,乾隆十二年任。

教谕:潘世芳,如皋人,癸卯举人。

训导:金燦,全椒人,禀贡。

典史:杨廷佐,浙江山阴人,吏员。

汰厦司巡检:张燦,直棣肥乡人,附生,乾隆十六年任。

守备:盛大可,顺天宛平人,武进士,守备乾隆十四年任。

万世林到休宁后,同往常一样迎来送往,忙得不可开交,他把珠兰贡茶一事交给了主簿宁芮去办理。宁芮又吩咐了县衙内的吏员程子冈。程子冈乃休宁人氏,读了点书,因未考取功名,便花钱买了个秀才。他最喜欢人家叫他程秀才,而后托人走关系到休宁县衙谋了攒典的职,负责钱粮征收上解等事宜,混迹多年,深谙官场套路,而且他有一套特殊的本领,懂点识人术,为人十分圆滑,喜阿谀奉承、溜须拍马。赢得了新来县令的好感。一段时间下来,万世林硬是被程中冈号成了"万事宁",把新县令整得洋洋得意。

乾隆十七年(1752)的春天,宁芮找到了程子冈,说到了朝廷下达给休宁县6万枝珠兰花的任务,交给程子冈去落实。程子冈非常乐意地接受了任务,表示要到各个种植点上去了解一下底数。程子冈是休宁人,对下面的情况很熟悉。到了种植的季节,他到了临溪、汉口、榆村、佩琅、五城等地,发现现在种的人较以前多得多,于是心生一计,回到县城,没有直接跟主簿说事,倒是谈起了另外一事:"宁大人,您知道银耗一事吧?""知道呀,各级官府到下面收到的是碎银,上缴到朝廷,交的是银锭,碎银经过加工才能成为银锭,在这一过程中的损耗,就叫银耗。"程子冈马上接着说道:"所以朝廷允许各级在征收银两时,加入银耗这一部分。"宁主簿终于明白了程子冈所想的事。当程子冈把自己的想法跟宁芮一说,正中宁芮下怀,连说"好,好,好"!

宁芮这位主簿,非常精明,善于算计,一旦遇到与钱有关的事,先要考虑一番对自己或是对上司有无可能的利益,而后依据利益的导向而行之。此次朝廷下达的休宁县珠兰贡茶的任务,给了他又一次展示自己的好机会。他把任务分解到了各个保,要求各个保长在限定日期内完成这一朝廷交给的重大而光荣的任务。

到了五月,临溪、屯溪、汉口、榆村、五城、商山等十一个乡的数十个地保,按照县令下发的任务,把珠兰花送达到县衙,程子冈带着一班人在清收任务数量,只用了三天的时间,下达任务的数量全部超额完成,也按照当年的时价支付了各个保长的银两,各个保长无议异,这件事办得很顺利,很成功。

等事情办妥之后,程子冈向宁芮报告:"此次珠兰花的收购任务,现已经全部完成,您看看该如何处理?""你先把这些花交与朱达山,等珠兰贡茶制好以后再说,总之要弄点小利,就算是弄点辛苦费吧!"一班人边说边把花运到了阳湖朱达山的家中,达山很快把茶叶加工好,交给了宁芮、程子冈。宁芮、程子冈不敢怠慢,一路辗转,将上缴朝廷的珠兰贡茶运到了京城,朝廷收茶的人即是史大总管。见面寒暄了几句,史大总管对此事很是满意,表示改日奏请皇上给予奖励。次日,休宁县再次受到朝廷的奖励。

宁芮、程子冈心里有数,自然还多出不少贡茶,如果能找到大内总管这个人,那是再好不过的。此时的史大总管就是他们的财神。于是他们绕来绕去地找到了史大人的住址。这史大总管在朝廷多年,事事处理妥帖,人称路路通。上面他可以直接面呈皇上,下边没有哪个官员不买他的账,什么为难的事,一到他的手上,都轻松办好。宁芮跑到人家的府上去谈事,好不容易敲开了史大总管的门,报上了姓名来由,才被放进门。史大总管的府上奇珍无数。过了一进又一进,终于见到了大总管。"徽州休宁县主簿拜见史大人!""哦,请起吧!"看起来这位大总管冷冰冰的,没有什么表情,不动声色的样子,把宁芮弄得有点不知所措。也没叫坐,宁芮只好站着说话:"谢谢史大人!""我是专门来道谢的,我们送的珠兰贡茶,要不是您哪有今天,谢谢史大人!"马上叫随从送上了见面礼,50两纹银,还加上一些徽州的特产,算是感谢。当然这个钱得由县衙出,可人情是归了宁芮,这大内总管见来人送了这么多的礼,面色稍微好起来,即叫宁芮坐下,芮宁少不了几句寒暄,又是一番奉承,说话间那是小心翼翼。一阵下来,史大人发话了:"你有什么事就直说吧。""那好我就直说了,说错了也请大人不计小人过。"宁芮说了起来。史大总管说道:"区区小事,直接交给我好啦。"

次日,按照史大总管的安排,办理了货物的交接。史大总管托人送给他们 1000 两银票。300 斤的珠兰贡茶,本钱不过是 500 两银子,一转手,就挣了 500 两,这钱也来得太容易。其实史大总管到朝廷报账时又加了一个大价,就跟此前乾隆喝过的毛峰一样,通过层层加价,等转到朝廷,也不知道加了多少价。宁芮他们拿到了钱,开心地笑了。两人带着这张大银票,日夜兼程回到休宁,首先送给了县太爷 100 两。县太爷则是笑哈哈地收下,还表扬了他们两人事情办得妥当。当然一大队相关人马也是各有所得。

清廷每下发一项任务,各级官员在落实的过程中,变着法子加码,休宁县的珠兰贡茶,朝廷下达的任务实际上只有 6 万枝珠兰花,休宁县衙这一级另加 8 万枝,这部分是多摊派下去的,共计 14 万枝。然后根据这个花的配比来制作出贡茶,进贡朝廷,多出的这部分,就被他们所利用,最后中饱私囊,再找个理由圆掉这事。在当时,官场上的人个个心知肚明,你好我好大家好,表面看似和气一团。这一年程子冈等人获利颇丰。

县令还给宁芮、程子冈等人记功奖励。

五十五　修会馆留得英名

乾隆十七年春,京城同往年一样,天刚蒙蒙亮,太和殿内已经是一派繁忙。大臣一个个毕恭毕敬地递上奏折,等待御批。乾隆最担心的还是阿桂平定大小金川之事,便问道:"大小金川战况如何?"富察·傅恒上前跪下:"奴才启告皇上,阿桂率领的征军取得了一个又一个胜利,足以显示皇上的英明。敌军且战且退,大金川已经平定,小金川已无悬念,只是战线过长,还需时日,奴才以为在此次平定叛乱中,阿桂当记头功。"乾隆满意地点了点头,示意富察·傅恒归位。乾隆想了想又问起户部尚书海望:"海望爱卿!我想问一下东郊朝日坛和西郊夕月坛建筑一事,你可知晓?"海望上前跪下应道:"东郊朝日坛和西郊夕月坛于当朝十四年开始建设,现在虽然建成,但时日过多,耗银巨大,都怪臣管理不善,导致如此结果,臣有罪,请求皇上严查此事,臣请求皇上降职处理。"其实在此前就有人向乾隆报告了此事,乾隆一清二楚,此事不能全怪海望一个人,只不过借此机会察看一下海望的态度。"起来吧!朕知道了。"停了停,乾隆厉声道,"三和由工部尚书降为侍郎。"拿出笔来一画,侍从一看便知道了。"户部侍郎汪由敦听旨。"汪由敦当即上前跪下。"授户部侍郎汪由敦为工部尚书。钦此!""谢皇上,吾皇万岁!

万万岁!""退朝!"

时任太常寺卿的金德瑛经常到汪由敦官邸与这位老乡兼兄长交流。乾隆十七年春的一天,两人又见面了。汪由敦叫人上了茶水,他们言谈时事,无拘官职大小。在谈过朝中之事后,两人话锋一转,说起休宁老家来了。金德瑛说:"我们休宁文风很好,这几年的会试,成绩都还不错。小县城有这样的成绩就很好了,这不,您一家出了两进士,老兄脸上光彩呀!""哎,哪里哪里,只是碰了个巧。""黎阳邵家一家大小算起来,已经有五人中了进士,当朝的邵齐焘、邵齐然、邵齐然是兄弟三进士。"金德瑛喝了口茶,接着说道,"我理了一下,自当朝二年以来,我们休宁县中进士的共有二十二人,你看看。"并顺手拿出了人员名单。

乾隆二年恩科于敏中榜

陈尚友,字逊心,珠里人。

朱良弼,字尚岩,西湧人。

程思齐,字执庄,率口人。

汪家琭,字采瑜,石田人。

程廷栋,由溪人。

俞武琛。

乾隆四年己未庄有恭榜

杨沄森,字光涛,板桥人。

戴兆复,字溱苢,隆阜人。

汪元麟,字友仁,石田人。

吴嗣富,字郑公,商山人。

乾隆七年壬戌金甡榜

潘伟,字祖英,芳田人。

汪鼎金,字凝之,由敦弟。

朱履端,月潭人。

金廉,字药州,瓯山人。

邵齐焘,字荀慈,黎阳人。

朱炎,月潭人。

乾隆十年乙丑钱维城榜

吴镇充,字济平,上溪口人。

孙汉,草市人。

邵齐烈,字亶承,黎阳人。

张国林,字万咸,岭南人。

程化鹏,字驭青,山斗人。

乾隆十三年戊辰梁国治榜

邵齐然。

乾隆十六年辛未吴鸿榜

戴天溥,字兆师,隆阜人,原名天授。

"当朝以来应该是二十七人,还有乾隆元年的状元金德瑛等五人。"汪由敦笑着说道。"噗"的一声,正品着茶的金德瑛连茶都给呛了出来,"老兄抬举我了。""不是吗?"说完两个人都笑了起来。"你还真是有心。"汪由敦由衷地感叹道,"老弟! 你这家乡情结太浓了。"

汪由敦接着说:"休宁真的不容易,像邵齐然、邵齐焘他们则是一门五进士了,我汪家向来崇善教育儿孙多读圣贤书,好为国家与百姓尽力,可我与邵家来比,那还是有很大的差距呀。""你身居高位,历朝历代休宁人所不可及,已是留名千古。""我在想,每年休宁有不少学子来京参加考试,或东或西地找地方住宿,或是几个老乡一起,或是找地租屋,很是辛苦,这个我们俩都是感同身受的,那真的是叫苦不迭呀,休宁在京城的官数你最大,影响力最广,你能不能牵个头,建个休宁人可以停歇之地,不是更好吗?""好你个金德瑛,把主意打到我的头上来了。"两人哈哈大笑起来。"好呀,你这个提议正中我的下怀,不瞒你说,前几年看到歙县建了,我就在想我们休宁也要跟上建一个。我们身在外,应帮家乡做点事。可是想做成这件事,并不容易。""我们一起努力吧!""对了,我们得取个名吧。"汪由敦随口说了声:"歙县建的那个叫歙县会馆,我们就叫休宁会馆吧!""行,就叫休宁会馆。"

汪由墩的家乡情结浓厚,一讲到休宁的事,他总是积极地去办,但苦于无地方建设。乾隆十七年秋,汪由敦听说有人要出售一处住所,于是找来休宁在京城的显贵名流一同前往察看,汪由敦选中这块地方即京师绳匠胡同徐乾学故第。大家对这个地方都很满意,于是汪由敦发起了建休宁会馆一事,时任太常寺卿的休宁瓯山人金德瑛更是一马当先,协助汪由敦,建休宁会馆事宜提上了日程。二人勠力同心操办这件大事,选好馆址后,倡议众同乡集资建设会馆。他们到各处去协调建馆事宜,捐资、经费等一一办妥,自秋季开工到次年完工,完成了休宁在京城的第一个会馆,从此休宁籍考生不再为到京城参加考试而受苦,这是汪由敦在休宁历史上留下的重重一笔。

次年,休宁会馆在京师落成。

这处休宁会馆制式标准、规模宏伟、景美幽深,内有三大套院和一个花园,屋宇宽敞,廊房幽雅。套院里有专门悬挂写有皖籍中试者姓名匾额的文聚堂,有祭祀朱熹和历代名臣的神楼,有戏台,还有碧玲珑馆、奎光阁、思敬堂、藤间吟屋等。花园里,有云烟收放亭、子山亭、假山、池水,在后来的岁月里,随着时间的推移,休宁会馆占地面积达到了13亩。

休宁会馆为乡人科举、求学创造了优渥的食宿条件。除此之外,会馆还为及第的休宁籍进士举办捷报接收仪式,经常操办戏耍、筵宴等庆贺活动。休宁会馆内常常是乡音满屋、灯火通明,汪由敦闲时亦常来此与同乡交流。

汪由敦亲自撰写《安徽休宁县会馆碑文》志其事:

休宁会馆碑记

汪由敦

京师为万方辐辏之地,风雨和会,车书翕至,彯缨组之士,于于焉,云集景从,遇乡会试期,则鼓箧桥门计偕南省,恒数千计而投牒,选部需次待除者,月乘岁积于是寄庑,僦舍迁徙靡常,炊珠薪桂之叹,盖伊昔已然矣,时则有宾室宇,以招徕其乡人者,大或合省,小或郡邑,区之曰:会馆。夫人情萃,则情亲散,则势涣古之人仕,于其国无事,去亲戚,离乡井中,世士大夫宦游四方,远至万里,若千百里,当其跋跎途路,士大夫邦几,久暂去晋,未知所届在荣名仕籍者,仰资俸入获列,宁居而坐视,间闲英游,皇皇焉,靡所依息,夫岂不怨然,于怀然分宅以居,指囷以食,概虽望之,人人则会馆之设,俾得适馆垣弛,资担于以聊,其情萃,其涣是以厚乡俗,广敦睦之,一端而新安郡,向有会馆湫隘不可居,歙乃别营会馆，吾亦欲为吾邑营之，未得善地。

壬申秋，有以所居求售，考溯其始，盖先达名公故第，近日都下规度营建，率毁大宅，取故材以薄值，射厚利，予惜其入贾，人手且不可保，爰谋之，太常金公、给事中两程公侍、御戴公、王公前观察，毕公及族人仪部文麓，前观察毕公，及宗人仪部文麓，咸以为当，乃率先釀赀为倡。而驰书故乡娴友，期共成之，不数月远近乐输者，麇至，乃得蒇事，凡为屋若干楹，稍加缮葺，而堂庭廊庑庖湢，厩库之大与几榻，箕帚锜釜筐之，管需无不次第完具，并籍识其余置闲房，取息以备岁修，刊列科条，垂诸可久，是役也，皆出自吾乡皇族巨宗，缙绅逢掖之侣，不资阛阓，不藉游，扬言出响应，若赴期会，是可见，向道乐善，人有同心，而吾乡风气之淳美，敦笃勇于为义，不以远迩疏戚，异视人之，闻之宜乎，啧啧称羡，以为不可及，而子京同朝，诸公幸际事会之成，欣喜相庆，用识缘起，诸贞石以谂来者，逊日，人文蒸蒸蔚起，揖让于斯，弦诵于斯镞，厉振奋于斯名臣，魁儒星聚林立，庶几吉人吉士为，天子使今日之有事斯馆者，其与有荣焉，将来长守旧规，俾无废坠，是尤子辈所厚期，而亦邑人之志也。是为记。

碑刻好立于会馆。

五十六　相见恨晚春心动

朱达山自从苏州回到家中,半路上就听到了珠兰香茶成了珠兰贡茶的消息,让他高兴了整整三天。自己开创的事业得到了皇上认同,做梦都没想到,今后的前程将是一片光明。他这样想着,一进家中,叫了声朝朝、奶奶、阿妈,朝朝便高兴地对达山说道:"达山哪,你做的那个珠兰香茶都成了皇上钦点的贡茶了,往后这事就好做了。""瞧把你朝朝高兴的。"母亲余云时可以下床走动,让达山心情好了许多,弟弟的读书成绩丝毫不差于他,这才让朱达山放下心来。又是一年的准备,自家的珠兰花种植,还有各地的茶叶,年外的事情年内需要加快,来年的春天才会轻松点。朱达山做事的条理很好,考虑得周全。

转眼又到了新一年的元宵节。那一天,朱达山一早就下了阳湖滩,坐上船到对岸屯溪街上玩,朱达山很欣赏屯溪的镇海桥,每次都去镇海桥上的亭子里坐坐。这天他同往常一样,迈开步径直走上桥,进入亭子,在右手边找了个位置坐下,看着这人来人往的景象,全身放松下来。镇海桥上的亭子是专门为来往行人而建,不影响车和人畜通行。朱达山看着这座石桥,打心里敬佩前人的智慧,想着想着,忽地眼睛一亮,在他不远处几位身材姣好、穿着时尚的女孩,个个都长得水灵灵的,在人群中越发显眼。正所谓"窈窕淑女,君子好逑",她们移动着三寸金莲,一步一步向朱达山这边走来。朱达山被这美丽动人的淑女吸引,越走越近才发现,这不是那个叫石珠兰的小女孩吗。朱达山与石珠兰两眼对视的一瞬间,一股暖流涌上心头,一个是十八岁的小伙,一个是情窦初开的少女,四目对视碰撞出了青春的火花。朱达山目不转睛地望着石珠兰,石珠兰含情脉脉地望着朱达山,朱达山起身上前,两人同时加快脚步走向对方,只是在走近的那一刻,石珠兰忽地停了下来,止住前进的脚步。那是少女特有的一种矜持,在男女授受不亲的时代,即便再激动,也不可乱了章法。可石珠兰的脸一刹那还是红了,轻柔地叫道:"小哥哥,怎么是你?"两人几乎在同时发出了声音。朱达山也是轻轻地喊了声:"珠兰妹妹,怎么这么巧?""你一点都没有变,就是长得高大了。""你也是,长得越来越漂亮了。"一个是柔声细语,一个是轻声赞叹。忽然间他们又无话可说,或许此时无声胜有声,或许是他们过于激动,纵有千言万语,可眼前这般火花的碰撞竟让他们语塞了。石珠兰的丫鬟赶了上来,一看这阵势便明白了,故意说:"你们这般架势,该不会是老相识吧。"两人一听这话才缓过神来,异口同声地说:"哦!是!哦!不是!"石珠兰还算大方,跟丫鬟说:"这是我从前认识的小哥哥,叫朱达山,小时候的玩伴。""是吗,我看他长得好帅气。"石珠兰微微笑了笑,丫鬟小丫说道:"我看你好开心。"石珠兰便叫住丫鬟:"少贫嘴,别乱说。""好的,好的,我不说了,不——说——了。"其实这石珠兰听到丫鬟说出这般话,心里甭提有多高兴,心里在想着,如果将来真的有这样的郎君陪伴该多好呀。后面的几个同伴也跟了上来,石珠兰又不好叫朱达山,丫鬟看出了这样的窘态,便主动叫道:"朱达山小哥哥,哦,是小姐的达山小哥哥,一起陪同我们去街上看看灯笼呀。"惹得石珠兰脸上一阵阵的绯红。就这样,朱达山跟着她们一起走上街,走着走着,石珠兰的几个玩伴似乎也看出了这其中的端倪,慢慢地让他们两人走到一起。走过一段路,他们之间的话题就多起来了,开始是哪家什么什么灯笼好看,这是什么灯笼,那个又是什么灯笼,朱达山显然比石珠兰懂得多。走着走着,朱达山问起了石珠兰:"你怎么还记得我?""还不是你那张乌鸦嘴,你想想你当时怎么说来着。"听石珠兰这么一说,朱达山顿时笑起来:"是吗是吗!""那班学生里面,我就只记得你。""你后来的这几年都在家做了什么?""在家跟着妈妈学做针线活,家中因为有个私塾,有时候也跟着学生们读些书。""你真行,女孩子还读了些书,知书达礼,了不起。"石珠兰亲切地问道:"小哥哥,你的书读得怎么样了?""别提了。"朱达山陷入了沉思,往事一下涌上心头,但他还是把他的不幸告诉了石珠兰,石珠兰很是惋惜地说道:"你没有去考功名,实在可惜,这都是命呀。"朱达山摇头叹息。"那后来你去做了什么?"朱达山感叹地说道:"无巧不成书,我现在种的是珠兰花,做的是珠兰贡茶,都做成贡品了。"石珠兰不高兴地瞄了朱达山一眼:"你又耍贫嘴了。""我说的是真的,这回我真的不是耍贫嘴。"朱达山慢慢说出了他在停学以后,跟父亲的结拜兄弟去学做生意,后又遇到了茶庄李老板,教了他做珠兰花茶的技术,最后他做出的珠兰香茶得到了朝廷的认可,成了珠兰贡茶,这才让石珠兰相信了此事。快到分手的时候,这两人心里更是惺惺相惜,但谁也不再好说什么,一个有情一个有意,却只能放在心上,朱达山说了一句:"我正月二十到街上要买点东西。"石珠兰立马说了句:"小哥哥,能带我吗?"话一说完,脸上顿时红得像朵花一样。"行呀,早上石桥上见。"

正是:相逢情更深,恨不相逢早。

五十七　不会相思更相思

　　石家在黎阳是大家,建筑气势非凡,在黎阳的大街上,石家的大门坐北朝南,门边皆为高大的石块精凿而立,门头均是精美的雕刻,门头正中有"石宅"字样,门前有三步石阶。上得台阶,进门时有一门槛,这就是徽州人常说的门槛高,但凡有点地位的人家中都建有此类门槛。进门是小厢房,设计精巧,再往里走就是大天井,天井两边是走廊,屋檐自东南西北方向着天井,雨水自四面顺着天井屋檐流入天井,同样是四水归堂,意欲财不外溢。天井正前方硕大的冬瓜梁柱两边是一对雀替雕的大狮子,设计精美。走过天井两边走廊,快到尽头是上二楼的楼梯,再向前就是厢房。厢房的窗格均是木雕,有各式各样的图案,为户主所住。厢房两边均对称设计,中间是正堂,正中为雕刻精美的八仙桌,下方三边是三条木凳,上方为两把太师椅,再上方是香案,摆放有小香炉等物品,后面是木制的屏风,挂有祖宗画像。楼上绕天井一周有不少房间,窗格设计精美。天井进门上方专门设计有一扇小窗,这是专门为小姐相亲设计的,小姐可以通过这个小窗窥见堂上前来相亲的郎君。当时男女相亲不能见面,所以大户人家为了方便女孩子看郎君,就专门设计了这样的一扇窗子。石家的大宅后面还有五进,有四个大天井,最后还有大院子,可谓豪宅。

　　石珠兰回到了黎阳家中,心中异常高兴。这一夜她失眠了,她想起了当年同朱达山相见的时刻,一群小孩子,个个生龙活虎,跑得最快的是朱达山,那个小辫子都直起来了。"快点跑,再快点!"后面一班小孩子跟着跑,跑呀跑呀,那矫健的身影,好像就在昨天。"什么石珠兰,我看呀该叫石哭兰。"那个熟悉的声音,回荡在耳旁……她想到大桥上的相见,朱达山像是一根柔软的鹅毛,拨动了这个情窦初开的少女的心房,时而让她心跳,时而让她脸红。石珠兰浮想联翩,憧憬着她的未来,她顺手拿起一册书吟起来:

　　　　晓看天色暮看云,行也相思,坐也思君。
　　　　愿我如星君如月,夜夜流光相皎洁。
　　　　怕相思,已相思,轮到相思没处辞,眉间露一丝。
　　　　只愿君心似我心,定不负相思意。
　　　　相思,长相思。若问相思甚了期,除非相见时。　　长相思,长相思,欲把相思说似谁,浅情人不知。
　　　　平生不会相思,才会相思,便害相思。

　　吟着想着,石珠兰又焦虑起来:朱达山他有此意吗?我这还不清楚人家的想法,岂不是自作多情的单相思吗?唉,我也是无事寻烦恼。她一时间陷入了沉思。但转念一想,那天朱达山的眼神里充满了爱的火花,一路上攀谈,他好像是看上我了,否则不至于那种神态。对,他应该是看上我了,我敢确定,想着想着又笑了。看着石珠兰一晚魂不守舍的样子,小丫试探地说了句:"小姐在想你的小哥哥了吧!"石珠兰眼睛瞪了小丫一眼,脸上又绯红起来。本来只比石珠兰小一岁的丫鬟小丫,平时跟石珠兰像姐妹一样,看到小姐这般变化,故意逗石珠兰。倒是石珠兰说了:"小丫,你说这人到底有没有缘分?""也许有吧,我只是听说,我也不知道呀。""我同小哥哥相见那还是小的时候,他们放风筝……今天又见面,这就叫缘分吗?""对,对,这就是缘分,我看你们挺般配的。"石珠兰静下来,摇了摇头。今后的事是未知的。第二天,姐姐若兰正好回家,姐妹一阵子聊过后,石珠兰红着脸,显得有点语无伦次地跟姐姐说:"姐,你猜我昨天遇见谁了?""我哪知道啊。""是我们小时候曾经一起玩过的那个小哥哥朱达山。""现在怎么样了?""还好,都长大了。""是吗?应该长得很英俊吧!""姐姐你怎么知道的?""从你的眼神中我就可以知道。"石珠兰抿了抿小嘴,笑了笑:"姐姐你真是的。""怎么?不会是看上他了吧?""瞧姐姐说的。"石珠兰低下头来一声不语,故作镇静,两只手玩弄着自己的衣袖,还是被姐姐猜中了。"我等待时机去跟阿妈说说,让阿妈知道这回事吧。"

石珠兰一天心神不定,经常站到二楼的窗户前,直直地望着大堂,期望有一天朱达山小哥哥出现在大堂上。这一天天度日如年,就等着正月二十去见她的小哥哥朱达山。

朱达山同石珠兰见面后,就像吃了蜜糖一样,当天回家,一路上都在笑。他心里想,真是天上掉下个大美人。脑海中时刻浮现着石珠兰文雅漂亮的脸庞,四边回响着她温柔有度的声音。到了大门口,就听到奶奶跟母亲在说朱达山的事,奶奶说:"达山都十八了,换在富人家,媳妇早就进门了。"云时也叹了口气:"他阿爸要在,这事可能早就办了,现如今我真的拿不出什么好办法。我们过几天到隔壁媒婆家去看看有哪位合适的女孩。"正说着,朱达山回到家中,奶奶和阿妈便不吱声了。朱达山强作装没听见,只顾做他自己的事去了。朱达山心中有了石珠兰以后,精神抖擞,全身有使不完的劲,干活越发痛快,大正月里就跑珠兰花地里,越发喜欢这珠兰花了。当然,他心中最美的是石珠兰。

朱达山觉得这日子过得好慢,太阳一出来就盼着它下山,天黑就盼着天亮。他在想,到正月二十日见面时说什么好,怎么让石珠兰高兴,石珠兰喜欢什么。朱达山就这般盼着、等着这一天的到来。

五十八　新安江畔的倩影

正月二十那天早上,天气依然很冷,石珠兰早早起来,小心的梳妆打扮起来,衣服一件一件地试穿着,时不时叫上丫鬟小丫在一旁参谋哪件更好。小丫很会说话:"小姐,要我说呀,你人长得好,随便穿哪件都好。""是吗?"石珠兰被逗得十分开心。两个人急不可待地吃了点东西,便走出门去。

朱达山天刚蒙蒙亮便起来梳好辫子,找出自己最好的行头,戴上生意人出门戴的瓜皮帽,下到阳湖滩。早上很是清冷,嘴里哈口气也能看得清清楚楚。船帮上还是白霜一片,撑渡人穿着厚厚的衣服,嘴里不停地哈着气。撑渡人拿起那根有一半白霜的撑篙,特意找块布擦了擦,见只有朱达山一个人,便叫他再等几个人一起坐船。朱达山拿着准备送给石珠兰的珠兰贡茶,到了屯溪渡头,快步上岸,走向镇海桥。他来到亭子里,见四下无人,脑子一闪,何不去石家门口看看去?他快步走到石家门口,见没有开门,他便在远处找个地方观看着石家大门。早上冷得让朱达山直跺脚,可他心里是暖暖的。

太阳把光辉直射到山尖的时候,气温开始回升。太阳还未射到石家,大门就开了,从里面走出了石珠兰和她的丫鬟小丫,朱达山此时高兴得差不多要跳起来了,但他不露声色地跟在她们的后面,一路慢慢地走着。到了镇海桥上,石珠兰左看右看不见人,正在沮丧的时候,朱达山快步冲到她们前面,忽地转过身来,弯下身子:"石小姐,小生这厢有礼了!"一时间把小丫逗得前仰后合,石珠兰跟着笑起来。朱达山再看时,只见石珠兰身着紫色棉衣,长长的辫子乌黑乌黑的,再看那乌黑的大眼睛,水灵灵的,白白净净的脸庞透出青春少女特有的绯红,樱桃般的小嘴恰到好处,还有那秀美的身材,十足一个美人坯。小丫搀着石珠兰,顿时心花怒放。但石珠兰立马止住了笑,清代大家闺秀有一套严格规矩,站不倚门、行不摇头、笑不露齿、坐不露膝、行不露趾等等,所以她只能收住了自己的笑。石珠兰微笑着叫了声:"小哥哥,你好早!"小丫嘴快:"我就说小哥哥一定会来,看把我家小姐急坏了。""君子一言,驷马难追,我朱达山哪有失信的道理呀!其实我早就到你家大门口等着,直到你们走出大门。""你跟踪我们。"小丫说着又笑起来。"这次我带了点珠兰贡茶,等会你们拿去尝下吧。"三人一并缓缓而行,自镇海桥沿着朱红的石板路,一路走走停停,他们走过了十八家客栈,走过了百草堂、胡记当铺、制墨坊,沿街店铺琳琅满目,朱达山时不时做些讲解。石珠兰怎么都没想到朱达山懂得这么多,心中满是对朱达山的喜欢。三人一起来到一家茶馆,朱达山更是老道,叫上人来,递上三个茶碗,他拆开自己带的珠兰贡茶,放入碗中,再叫茶馆伙计拿开水给满上,顿时茶香四溢,引得满堂客人直叫"好香"。石珠兰一面喝着珠兰贡茶,一面听着朱达山的介绍,敬佩之情油然而生。她觉得朱达山见过世面,创业这一步也很成功,将来一定能够闯出自己的一片天地。喝过茶,已快晌午,石珠兰起身往回走。一路上朱达山耐心跟从,轻言细语,石珠兰第一次感觉到一个男人给予的温暖和关怀。朱达山问:"一个月后将是桃花盛开的季节,你们是否有心出来看桃花?"石珠兰点了点头,朱达山跟小丫约定如何来接头的事情,一直把石珠兰送到石宅大门口,两人恋恋不舍地分开。

一个月对于他们两人来说简直是度日如年,终于等到二月的这一天,朱达山早早地到了石宅门口,三人一行缓缓地走到屯浦归帆的渡口岸上。站在岸边的台阶上,举目望去,新安江尽收眼底,一江春水在阳光的照射下熠熠生辉,江上船帆首尾相接,一派繁忙景象。自上游而下的木排一串串接连而下,木排前面的人轻轻地摇摆几下木棹,木排便顺水而下,后面的人只用撑篙轻轻一点,把排摆直即可,显得悠哉游哉。

三人一起下了石级,小丫小心翼翼地把石珠兰扶上船坐定。等了一会儿,人上得差不多的时候,撑船人拿起撑篙,猛地朝岸边一顶,叫了一声"起",渡船便离岸起航。撑船人一篙接着一篙地撑着,用力把船推向对岸。再看屯溪镇海桥,高高的石拱显得更加高大,那一块块凿成的石块,凝结着前人多少的辛勤与智慧;屯溪街那一幢幢的房子,粉墙黛瓦,更是错落有致;酒家的旗幡在春风中高高飘扬;街上小商贩的叫卖声此起彼伏,来来往往的人在奔波着、忙碌着。江水时时涌出一波波的涟漪,在阳光的照耀下金光闪闪,不远处的青山就像刚刚洗过一般,渡船行驶在这青山绿水间,宛若在画中游。

到了阳湖滩,此时踏青的人真不少,众多少男少女,带着他们各自的期望,走到了一起,人们嬉笑着、追逐着,尽情地享受着春天的美景。周边山上的多种鸟欢快地叫起来:"多种,多种!"意思是叫人们多种谷物。远山上画眉的叫声就跟唱歌一样,十分婉转。岸边一树树桃花盛开,一朵朵美艳无比。石珠兰在桃花和阳光下显得更加美丽动人,人在花间游,成了花仙子。朱达山想着去采摘花枝,却被石珠兰止住:"达山哥,不要摘,这样多美。"石珠兰的声音好像是从心底飘出来一样,甜到了朱达山的内心深处,石珠兰的一颦一笑,引得少年春心萌动。朱达山有意说起唐代崔护的桃花诗:"去年今日此门中,人面桃花相映红。人面不知何处去,桃花依旧笑春风。"一路看着,一路说着崔护的故事,一句句话撞击着石珠兰的心灵深处。远处的小草正在发芽成长,正在造就着"草色遥看近却无"的风景。阳湖滩、沙洲上,一棵棵杨柳已经被春风剪出千万条,在春风中轻轻地舞动着婀娜的身姿,为春天又添了一分灵动。

三人走到一处地方坐下,朱达山把石珠兰前边的沙平了又平,拿起一根枝条写道:一日不见兮,思之如狂。石珠兰看见了,便笑着在边上写下:两情若是久长时,又岂在朝朝暮暮。朱达山又写道:窈窕淑女,君子好逑。石珠兰再写:易求无价宝,难得有情郎。朱达山写:愿得一心人,白头不相离。石珠兰写道:问世间,情为何物,直教生死相许。朱达山又写:只愿君心似我心,定不负相思意。石珠兰写道:山无棱,江水为竭。冬雷震震,夏雨雪,天地合,乃敢与君绝。他们以诗传情,表达着各自的爱。

这天在分别的时候,石珠兰拿出一块亲手绣的手帕送给朱达山:"现在不准看,等回到家再看。""行,我保证。"朱达山小心地把手帕放入怀中。

五十九　好男儿尽显柔情

朱达山拿到手帕,飞也似的回到家中,打开一看,手帕上绣着一对鸳鸯,石珠兰把想要说的全绣在了这块手帕上。达山太高兴了,把手帕闻了又闻,亲了又亲,人常说见物如见人,确是如此。他一高兴,把这块手帕拿给阿妈看。开始他阿妈有点不信,听儿子详细说来,才深信有这等好事。云时听后还是忧心忡忡,石家可是黎阳的大家,我们日子虽然还算过得去,他们那个大小姐能嫁给我的儿子吗?想着儿子那样痴情,她只好抱着试试看的想法,托人去说媒。

朱达山很清楚,自己的事业刚刚起步,来不得半点马虎,有了事业,才可以更好地去收获爱情。接下来,他马不停蹄地在休宁县跑动,他先后到齐云山、临溪、榆村、汉口、佩琅凹上等地实地察看今年珠兰花的种植情况,以及高山茶的底数,还到了一些茶叶大户家中联系茶叶原料,天天都把自己的时间安排得非常紧凑。自珠兰香茶被皇上钦点为贡茶后,朱达山清楚,自己要好好利用一下这个机会,闯出自己的一番天地。

阳春三月,屯溪阳湖附近的山上,各式各样的树木已全部发青,山上树木葱茏,一些花儿落下,也有一些花儿在开,大地一片生机。天放晴,画眉那婉转的歌喉打破了山中的宁静,山上各式各样的鸟飞来飞去,在忙着抓虫喂小鸟。鸟声除了"多种,多种!"以外,还多了两个特别的声音,接近中午的时候,"啊哟!""该!""啊哟!""该!"的声音响起来了。传说有一对婆媳,因媳妇虐待婆婆,婆婆被媳妇逼吃蚂蟥,惹怒了神仙,于是就把媳妇变成了笨鸟,把婆婆变成了大鸟。蚂蟥一咬到媳妇,她就叫"啊哟,啊哟",婆婆好笑地叫道:"该,该!"

朱达山自家地里种的珠兰花也不少。一天早上他上山,路过一片小树林,就听得两阵叫声,像是有小鸟。他循声而去,在一根小树枝上找到一个鸟窝,再看时有四只小鸟,应是刚刚睁开眼睛。他用手轻轻地触碰一下,四只小鸟全张开了嘴巴,原来是小鸟饿了。朱达山嘴里念着:"劝君莫打三春鸟,子在巢中望母归。"该不会是鸟妈妈出事了吧?他好心地抓了几只小虫子,将它们一一喂饱才离开。

到了傍晚他再去看时,四只小鸟身上爬了许多蚂蚁。朱达山断定,母鸟一天都没回,应该是出事了。他小心地把鸟身上的蚂蚁一一抓完,把四只小鸟带回了家。朱达山天天出去找虫子,又经常把鸟窝拿到阳光下晒太阳。看着鸟一天天长大,心里很高兴。不知道什么缘故,还是有两只小鸟先后死掉,朱达山过意不去。他又去问了一些专业人士,人家一看,说这是画眉,不好养。他专门讨教了一些方法,马上照办。一段时间下来,真的把鸟养活了,慢慢地长出了羽毛,确实是画眉。他在养鸟的过程中,基本是放养,鸟儿逐渐地认识了自己的主人,胆子大,还黏人,只要他一到家,马上跑到朱达山跟前,讨要虫子吃,时间一久,直接跳到他手上,后来又跳上他肩膀。鸟儿经常一只在他手上,一只在他肩上,闹得很欢,时常把家里人给逗得大笑。朱达山即便再忙,也不忘记喂他的画眉,虽然多了一件事,却多了一份快乐。

清明过后的一天,朱达山又去见了石珠兰,此时一些山花开始凋谢,又一茬的山花正在次第开放。朱达山告诉石珠兰,他的母亲正找媒婆上门说媒,石珠兰既高兴又担心。她高兴的是朱达山所做的一切是真心的,她当然清楚朱达山很爱她;令她担心的是,她的父亲是一个很守旧的人,更是个说一不二的人,像他们这样的大家,父亲能不能答应是个问号。

朱达山还把他捡到画眉一事详细告诉了石珠兰,石珠兰夸道:"达山哥哥,你的心真好,你是怎么养大的?"两人的话题一下子多了起来,一来二去,石珠兰感觉朱达山是个善良的人,做事又细致又周到。

一天早上,对面山上的画眉叫起来,自家的画眉也跟着开始叫了起来,真是把朱达给乐得直蹦:"小画眉好样的!你真棒!"从此朱达山家中每天早上、傍晚多了画眉的叫声,增添了一份快乐。

快到端午,朱达山窨制珠兰贡茶接近收尾,长时间的辛劳,让他瘦了好几斤。母亲跟儿子说:"石家回了话,叫我们再等段时间,石家可能要上门来看看朱达山家的情况。"朱达山很高兴,可母亲没有半点悦色,其实人家已是一种委婉的拒绝。一个是大家闺秀,一个是普通家的孩子,自家儿子又那么执着,她想说出来,又怕伤到儿子的心。

端午这天,屯溪街上很热闹,一些大户捐款捐物,在屯浦归帆三江口组织人员赛龙舟。朱达山知道石珠兰要出来看热闹,一大早又在她家门外等着。石珠兰今天是全家出动,朱达山不好迎上去。或许是心有灵犀,石珠兰很快看到了朱达山,故意放缓脚步跟在后面,朱达山走上去。看着朱达山消瘦的脸,石珠兰心痛地说了句:"达山哥哥,你瘦了。"聊着聊着,石珠兰更是忧郁,他们看着江面上的龙舟。大鼓一响,一队队龙舟往前冲,小伙子们穿着黄色的衣服,拼命地划着桨,"嗨……哟,嗨……哟,嗨……哟"。岸上的人们一阵阵地呐喊，把屯溪的端午划龙舟带向高潮。

朱达山跟石珠兰说，自己过几天要去外地，后天再见个面。第二天，朱达山把珠兰贡茶的税给办好。第三天一大早，两人又见面了，这一次他们两人的步伐都是沉重的，朱达山拿来了自己最心爱的两只画眉，交给了石珠兰。小丫拿着画眉，心情沉甸甸的。朱达山说："我明天就要走了，珠兰妹妹你多保重。"仿佛是哽咽着说出来的。石珠兰哪里还说得出话？心爱的人要走了，这一走也不知道几时才能回来，什么时候再见面，她此时只好强忍着别离的痛苦，满含泪水地说："达山哥哥！"停了许久才又说道，"你出门在外更要保重。"时间好像是凝固了，谁都说不出话。朱达山转移话题，跟石珠兰说："这画眉很认生，这几天先不要放养，也不要让外人惊到它们，等熟悉了再放开。它们会自己找食，也很亲近人，一旦认准你，会黏着不放的，叫声也非常好听，就让它们替我陪伴你吧！"石珠兰只是点头应着，内心伤痛到了极点。其实朱达山也在强忍着分离的痛苦，只好先说："我送你回家吧。"石珠兰只好迈步往回走，朱达山跟在后面，一步步艰难地向前走着。到了石宅大门口，石珠兰拿出一张写好的字条交给朱达山。他翻开看到：

雨打梨花深闭门，忘了青春，误了青春。赏心乐事共谁论？花下销魂，月下销魂。

愁聚眉峰尽日颦，千点啼痕，万点啼痕。晓看天色暮看云，行也思君，坐也思君。

纸上是一行行的泪水，看得朱达山眼泪直涌，他抬头望去，石珠兰已经迈步进了门槛，他还想说什么，可什么也说不出，只好守在原地看着石珠兰远去的身影,未曾想到这回竟成了他们最后的见面。

次日一早,朱达山乘船走了,石珠兰站在镇海桥上,紧紧盯着这一艘艘的小船,她不知道朱达山上的是哪只船,也不知道朱达山是否看见了她,就这样一直地找寻着,直到阳湖滩下所有小船离去。

六十　贡茶迎得好势头

乾隆十七年七月，朱达山几经辗转，将休宁产的珠兰贡茶运到苏州交给李字号老板。当他讲到原来的珠兰香茶成了珠兰贡茶，李老板高兴得手舞足蹈，说："去年你送来的那种极品茶，所用的茶原料、窨制方法都是很讲究的，我作为一个老茶商都是头一次见，怪不得皇上一下就看中了，难得难得。"于是沏上一杯慢慢品尝。李老板茶水下了肚便说道："嗯，难怪皇上喜欢这个茶，真乃一大珍品。""李老板您又是如何品出来的？""李老板可是品茶的高手。"李老板店里的伙计说道。"首先，你所用的茶全部为高山所产的茶叶，这种茶叶厚壮实，品质好，耐泡，为一般的茶所不能及，香味浓厚醇美，加上珠兰花的香味，二香合成了一种独特的茶香。可以肯定地说，你这珠兰花茶窨的时间、温度把握到了绝处，喝起来真是口留余香，回味无穷呀！我从事珠兰花茶制作这么多年，也没能做出如此香味的茶，妙也，妙也！"

"真的是瞒不了您，自从被皇上钦点贡茶以后，我选用的茶叶正是你说的那种，这窨法早就被我摸索出来了一套。不瞒您说，若是出自我手的珠兰贡茶，香味要好得多。"

"达山呀，你这可是做了件大事，原本普通的茶摇身一变成了贡茶，可是了不得的大事,这贡茶的身价那可不是一般的啰。以后这事就好做了。"达山有意问道:"这有什么?原来的茶不是一样?"李老板笑盈盈地说道:"你还不知道,这珠兰香茶摇身一变成了贡品,一些达官贵族都舍得花钱来买了,无论是送礼还是自己喝,上了一个大大的档次。不说别的,这一年官场上购买的数量也不是以前我们要的那个数字了。这次你运来的这3000斤,我也不可能再卖以前的价,明天就把标价给改了,就高价卖,你那份钱在原来的基础上加上5成。""这样多不好意思!"朱达山很是腼腆地说。李老板拍了拍达山的肩膀:"这是你应该得的。"达山说道:"要说这珠兰贡茶的功劳,当数您李老板,要不是您教给我这些,我哪里能做出珠兰贡茶?""这就叫作青出于蓝胜于蓝,我也没有想到你能把这件事做成这样。你不但肯学习,还善于钻研,这一点难能可贵。不能老惦记着师父的那点手艺,要想办法把学到的东西加以改进、提升,这是你的高明之处。年轻人了不得,将来你在生意场上将会大有作为。这做生意就是大浪淘沙,淘尽黄沙始到金。你既然走到这一步,就要把握好机会,发财指日可待。"

达山当晚住在李老板家,晚上他们聊得正欢,李老板说:"达山你还是留下来跟着我干,你就当个小掌柜,等你攒足了本钱,自己回去开一家茶行,凭你的智商没问题。""是吗?"他想了想,反正下半年闲也是闲着,不如帮老板看看柜台,学学做生意也好,于是答应下来。

第二天,达山也当起了小掌柜。自打那天起,李老板把牌子换了,注明是皇帝钦点的徽州休宁产珠兰贡茶,生意一下火爆起来。达山的算盘响个不停,店里店外人来人往的,有来采购的,有看热闹的,有探个究竟的。李老板还泡了一些让来人品尝,口碑一致,人人夸好,李老板笑得合不拢嘴,心里想着这等好事,给我遇上了,也不知道是哪里修来的福气。达山年纪不大,可为人十分老练,里里外外打理得井井有条。他毕竟跟吴韵学了点招数,成了李老板的内当家。

没几天工夫,3000 斤珠兰贡茶被抢购一空,李老板、朱达山大赚了一笔。李老板为人很厚道,另行加价的钱,全部结给了朱达山。朱达山算了算,这一趟净挣了上百两银子。达山还是头一次赚到这么多银子,一时间得意起来。他本来想着回家,无奈李老板一再挽留,只好暂时留下。

李老板总觉得朱达山近日有点忘乎所以,于是导演了一出戏。一天,李老板叫朱达山到北街的金老板家送十两银子,朱达山走了一段时间,距离目的地还有一段路。此时,几个年轻人走上来,亲切地打着招呼。朱达山好像不认识他们,可人家一再说:"你真是贵人多忘事,我们几个同你打过多次交道。"其中一个人说:"今天遇上了也是缘分,我请客,一起喝酒去。"朱达山一再推辞,可人家一再邀请,他几乎是半推半就,跟着去了。几个人大摆宴席,毫不吝啬,一番推杯换盏下来,朱达山喝高了。几个人扶着他,拿过他的银子结了账,把他丢到一个偏僻处。朱达山一觉醒来,已近黄昏,想起送银的事,一摸口袋,糟了,所有的银子全被人掏光,这下可亏大了。事已至此,他只好硬着头皮回到李老板家中,一进门,李老板就看到了垂头丧气的朱达山:"达山这是怎么了?"朱达山把来龙去脉说了一番,眼泪跟着流了下来。李老板笑了笑说:"你这男子汉的气质到哪去了一点事还掉眼泪,古人说得好呀,男儿有泪不轻弹,一个成功的男人,要敢于去面对一切。你这次是中了人家的雕虫小技。这是街上一类游手好闲之人一贯的偷盗之法。他们每天到街上闲逛,遇到可以下手的人,就跟你攀关系,靠近你,以请你吃喝为由给你下套。你一定要吃一堑长一智,生意场上也是一样,凶险无时不在,你是花钱买了一次教训,记住了吧?"李老板说,"这次损失算我的,教训是你的好了。"朱达山委屈地点了点头。

到了中秋节,朱达山非常想念母亲、弟弟,还有他深爱的石珠兰。中秋晚上,李老板叫达山陪着他喝了不少酒,酒散后,李老板叫达山一同赏月。达山很是乖巧,替老板沏好茶,搬好了椅子在院内一同坐下。"达山呀,你看今年这个珠兰贡茶我们挣了不少的钱,一切都在我的预料之中吧?""李老板你是怎么算到的?""这就叫见识,我过的桥比你走的路多,都是一步步地积累起来的。这经商一定要懂人们的心理,皇上看上的东西,还会有人看不上吗?我们卖这样的东西顺应了人们的心理,所以很快就卖完了。""李老板,您能教我吗?""达山,你不是每天都在学吗?你只要看看,再心里去想想就行了,还要怎么教?你是个聪明的孩子,要不了几年肯定在我之上。我把你留下来,原来是没有考虑好,现在考虑好了,明年我想把产量提高一点,怎么样?""上产量是好事,可是事没那么简单。""这样,你再等一段时间回去,我去订一些苗,你带回去,送给百姓们种,明年产花的量就上去了,明年收花的价格稍微加一点,让百姓有利可图,这事不就办成了?购苗的钱我来出。""那准行。"

"今天可是中秋呀,咱们就谈中秋,中秋可是佳节,我们的前人可留下了不少中秋的话题。"说着说着,两人便谈到了苏轼的《水调歌头·明月几时有》等一些诗词来了。李老板可是秀才出身,便吟唱起来。

朱达山陷入了无限的思念之中。达山自今年遇上了石珠兰以后,念念不忘,曾经写过几封信,也不见回音,也许是姑娘害羞不好意思,也许是路途遥远信未能送达吧……"月有阴晴圆缺",他心中的月是缺的,他拿出了石珠兰送给他的鸳鸯手帕,睹物思人,此时此刻再也按捺不住内心的思念。回房后,达山又给他想念的石珠兰写起了信,结尾处还专门附上一首小诗——唐朝白居易的《夜雨》。

> 我有所念人,隔在远远乡。
> 我有所感事,结在深深肠。
> 乡远去不得,无日不瞻望。
> 肠深解不得,无夕不思量。
> 况此残灯夜,独宿在空堂。
> 秋天殊未晓,风雨正苍苍。
> 不学头陀法,前心安可忘?

六十一　有情人未成眷属

当年的十一月十一日，朱达山终于乘船回到了阳湖家中，此时已近天黑，听到远远的来自黎阳方向的爆竹声，回家问了母亲、爷爷，他们也不知道是怎么回事。朱达山向母亲问起石珠兰的事，母亲叹了口气说："我在你走后正式托了媒人去了石家，石家也派人过来看过。你父亲过世了，人家说了，公婆有一个不在的人家不能嫁，所以没办法。""石珠兰来过吗？""没有。"母亲摇了摇头。"怎么会是这样？"

十一月十二日正是石珠兰出嫁的日子，天刚蒙蒙亮，石家人就忙起来了，闺房内有专人给石珠兰整理头发、化妆，石家大门外边是程家的接亲队伍。待石家人把嫁妆交与程家人后，程家人便往外抬。母亲一大早就陪在女儿的身边，一边盼咐着女儿，一边擦眼泪，一再告知女儿：以后就靠你自己了，嫁鸡随鸡，嫁狗随狗，至于到了婆家以后是福还是祸，全得听天由命，要孝顺公婆，服从丈夫，服侍好丈夫。在爆竹的催促下，石珠兰换上了大红的嫁衣，时间到了，石珠兰向父母亲跪下，哽咽着跟父母亲说道："阿大、阿妈，女儿这就走了，你们自己保重。"哥哥背起石珠兰，一到大门口，伴娘立即撑开了花伞——不知道是何时起的规矩，结婚当天不能让新娘见到娘家的天。

哥哥把妹妹送上了花娇,哥哥向新郎告别,又是一通吩咐,要求新郎照顾好自己的妹妹。"起——轿——"顿时鞭炮齐鸣,哥哥一进门,马上有人从门内泼出一碗水,高高地砸在门口的石板上,只听得"啪"的一声,石珠兰已经成了嫁出门的女儿泼出门的水。石家的大门即刻关上,女儿嫁出门的时候一定要关上大门,女儿自上轿那一刻起就不再是石家人了,关上大门意思是不能让女儿把自家的财气带走。

在程家的接亲队伍中,媒婆走在最前面引路,新郎在第二位,再下来是大花轿,后面是一队抬着嫁妆的队伍。石家是大家,陪的是全套嫁妆,新娘子一辈子用得上的东西,身上穿的,日常用的,应有尽有。这支队伍人数特别多,还有吹鼓手,一路放着爆竹,好不热闹。

经过屯溪镇海桥,小丫远远地看到了站在桥边上的朱达山,小丫怒气冲冲地上前质问道:"朱达山你死哪去了?我家小姐找你找得好苦。""我曾经写过十几封信给你家小姐,没收到吗?""没有,我所知道的一封都没有。""这就怪了。"朱达山把这一切都告诉了小丫,小丫一下子明白了,但一切都晚了。小丫只能把这件事永远地烂在肚子里,也许是一生一世。

石珠兰坐在花轿里,已成泪人。出嫁本是高兴的事,可她却成了一生的痛,与其说是她因不舍告别父母亲,倒不如说她因嫁的不是心上人而痛,她心里在流着血。此时此刻,她内心一直在责备着朱达山,你为什么一走了之?到现在差不多半年了,之前说好的,叫你一到地方就给我写信,可你是音讯全无,如石沉大海。几次托人到你家找你,可每一次都落空。你在哪里?你到底在哪呀?石珠兰很爱她的小哥哥,在出嫁的前几天,看着朱达山给她的两只画眉,心中腾起一波又一波的思念。明代范言曾为画眉写道:宝髻蓬松锦帐垂,晓晴慵起斗花枝。浓妆未必能承宠,何事幽禽唤画眉。达山哥,你到底去哪儿了？你让我等得好苦,她同小丫一起把两只画眉带到山上,含泪告诉小画眉:"我或许见不到达山小哥哥了,我要出嫁了,你们替我去告诉小哥哥,一定要找到小哥哥,你们远走高飞吧!"两只小画眉看着主人留恋了很久,石珠兰一再催促,小画眉飞到对面的树上,待了好久,叫了几声,飞走了。这次的叫声仿佛是凄惨的,石珠兰听得泪如雨下,失声痛哭。是的,她无法知道自己今后的命运,恐怕再也见不到她心爱的人了。

石珠兰哪里知道,朱达山的母亲曾经托人去石家提过亲,石珠兰早就把与朱达山的事告知过已经出嫁的姐姐,姐姐倒是理解,还跟父亲说了珠兰的事。家中派人到朱达山家看过。此时长干磅的程家三公子也上门来提亲,这不比不要紧,一比较差别太大,程家乃大户人家,有良田百亩,油坊、商店无数,父亲本身就眼高,一看这等好人家,马上答应下来了。为了不让女儿再跟朱达山联系,父亲专门做了安排,只要是外地的来信,一律不得交到她手上,让女儿断了此念想。朱达山和石珠兰哪里知道发生的这一切？母亲顺着父亲的想法,跟石珠兰说:"女儿你还小,你不懂,朱达山那个小伙子虽然不错,但家境实在太差了,而且他家的父母不全,这种人家没有主心骨,如果你嫁过去准没好日子过。嫁人这事你父亲都是为你好。你看看程家这般的大户,跟我们相比有过之而无不及,门当户对。你嫁过去还用考虑往后的日子吗？女人嫁鸡随鸡,嫁狗随狗,到哪都是过日子。这会没感情不要紧,两人在一起快快乐乐地过日子,慢慢地感情就好啦。何况程家不是一般的人家,依你父亲的没错,不听老人言,吃亏在眼前,这不是明摆着的事吗？""我不同意。"石珠兰的母亲见女儿如此顽固,也把女儿的话跟父亲说了。父亲则说:"我们先劝劝再说。"石珠兰的父亲还发动了家中所有的力量来劝石珠兰,无奈朱达山一直没有音讯,一个月过去了,又一个月过去了,程家人又催得急,此时石珠兰的父亲不再隐忍了,直接跟媒人说:"我女儿嫁人的事,我做主了,父母之命,媒妁之言,历朝历代都是如此,我身为父亲绝没有害女儿的意思。"于是就把这门婚事给定下来。石珠兰知道反抗也是徒劳的,只能顺从。几天后,程家送来了大量的彩礼和求婚柬,约定好提亲时间等,石家这边马上行动,做嫁女的准备。

朱达山听小丫说了这么多,知道石珠兰很爱他,但于事无补,父母之命,媒妁之言,石珠兰违抗不得,她只能默默接受。

朱达山望着远去的花轿,心中无限惆怅。一声声的爆竹仿佛敲在他的心坎上。他站在镇海桥上,仿佛看到了当年见面的石珠兰的那张笑脸,她正向着他走来……他想到了阳湖滩他们初次见面,石珠兰一头的长发,圆圆的大眼睛,就连她的哭相都是好看的……想到他们在一起逛街游玩,想起他们以诗传情表达爱意……这一切都将成为过去,朱达山迈着沉重的脚步,一步一回头地向家的方向走去。这天回家的路是那么漫长,一回到家中,他再也忍不住,失声痛哭起来。男儿有泪不轻弹,只是未到伤心处。是的,朱达山心爱的人从此离他而去,永远永远离他而去,怎不叫他伤心呢?母亲听到了儿子的哭声,知道儿子是为石珠兰的事,跟儿子说道:"你哭吧,把心中的痛全都倒出来。妈想要说的是,人活在世上,不可能事事由着你呀,只怪我们家境没人家好,你要把心放在事业上,生意做好了,什么都会好起来的。"爷爷也跟着劝起孙子:"小山子呀,这也是没办法的事,人往高处走,水往低处流,谁的眼界都高。你记住,一定要争气,活出个人样来。你还年轻,又读了这么多的书,还有人牵带你,还怕做不成事吗?"吴韵的妻子也听说了,急急地赶到朱达山家,见朱达山泪流满面,她是个快言快语的人,便说道:"大侄子呀,你看你长得这般俊气,还怕找不到媳妇?男儿当自强,你现在生意都做到这份上了,争口气,娶媳妇还急这一朝一夕?"达山点了点头。

六十二　官差舞弊惹民愤

第二天,达山仿佛换了个人似的,好像什么都没有发生。他把自苏州带来的珠兰花种苗送到了阳湖、草市、五城、榆村、汉口等地,交与了原来的种植大户。这些大户都没想到还有如此好事,一口答应下来,保证明年增产增量。

到了来年春天,各地一路忙碌起来。阳湖的保长孙汉臣跟朱达山的父亲本来有很好的交情,所以十分卖力,督促周边农户尽早把朱达山送的珠兰种下去,每到一户都说:"这是我朋友的儿子从苏州高价买的苗,这苗的钱可是分文不取,到时候花归他收,不过你们得把珠兰花种好了,人做事要凭良心,给了你们挣钱的机会,你们一定要把握好机会。"经过多年的种植,大家已能够掌握珠兰花的习性,加上苗是达山免费提供的,大家热情高涨,一个劲地表示,保证把事情做得妥妥的。孙汉臣做事很实在,他带着达山到处走走看看。达山看到今年大家种植珠兰花的积极性,打心眼里佩服苏州的李老板这一手的确高明,按他初步的估计,今年的产量将是上年的一倍。

接下来就是要确定茶叶的产量,乾隆十七年他所用的茶,基本上来自齐云山、松萝山、仰山、白际等地,从去年的经验来看,取得了成功。花要好,所配的茶要更好,才能窨出最好的珠兰贡茶。考虑到茶叶的取料,茶还未发芽他就上户去预订,一个地方一个地方地把他需要的茶叶品质和制作要求讲得一清二楚。达山做起事来很认真,他也知道,那年送到朝廷的贡茶正是精挑细选出来的,现如今成了贡茶,不能把自己手上的东西给做砸了,所以他走的每一步都是那么认真细致。他现在一门心思放在生意上,把所有不痛快的事情抛到了九霄云外,拼足了劲去干。

到了四月份,珠兰花和茶叶陆续上市,他把茶叶和珠兰的收购价都提了一点价,茶叶每百斤提了 5 钱银子,珠兰每百枝提到了 0.95 钱银子,这一来,各村的百姓欢欣鼓舞,天天都有人送货上门。达山一边加工茶叶,一边收茶、收花,虽然请了十几个帮工,还是忙得不亦乐乎,看着天天生产的数字,估摸着是上年产量的两倍多,周边的百姓都夸这朱达山老板有能耐。孙汉臣经常来光顾,看到这般场景,他说道:"达山呀,将来你发达了,可别忘记了我们这些老长辈。""孙叔,哪里!哪里!达山永远记得您的好。"

此时的孙汉臣作为阳湖的保长,也有任务在身,便托达山帮助多收点花,他是帮县衙收购的,几天下来收了 5000 多枝。

休宁县考虑到屯溪处于中心地带,同时其加工人员还得依靠朱达山,所以县衙就在屯溪设点收购珠兰花,由县衙派出的程子冈直接坐镇屯溪负责此事,就地加工珠兰贡茶成品,周边的保长依次把花送达屯溪街,当年分摊的数量没变,一直是 14 万枝。各个地保争先恐后地把花送到指定地点,很快就完成了县衙所下的任务。

等到贡茶制作完成,各个地保去结账,才发现花的价格较收购价低了不少,每个地保或多或少都有亏本。百姓那里原来已经付过了,现在赔了,各个地保气不打一处来,十几个保长全部集中到了孙汉臣的家里,是因为孙汉臣为人正直,而且位居休宁的中心地段,所以大家一直把孙汉臣敬为保长中的老大。汉口的保长程家炎说:"县衙这次下的计划,我这里共有3000多枝,光是本钱就亏了不少,细算起来共计在3两银子以上。"临溪的吴中保长也说:"我也在8两以上。"凹上的毕廷权说:"我那么远,数量是不多,但也在9两以上。"孙汉臣最后说了:"不瞒各位,我也亏本5两。我们一年到头也就20两银子,这样下去,我们真的是干不了。这样,各位保长,我们一同到县衙找县令看看如何。"

次日,十几个保长从各个方向奔向县衙,这领头的当然是孙汉臣,他们找到了县令万世林。万县令见来了十几个保的保长,一个个气势汹汹。他心里知道,但凡能当上保长的人,没有一个是善茬。他立马换上笑脸,赶快叫人上茶:"各位保长大驾,今天是什么风把你们吹到这里来了?也不提前吱一声,不知道各位有何贵干,需要你们亲自跑一趟,真是辛苦各位啰。"孙汉臣说:"万老爷,您到本县的这些日子,我们都是忠心耿耿地为您效力,这收粮、收钱、派工,哪项不是我们给完成的?而且每一次您交办的事我们也是不折不扣地去做是吧?""本县令自到休宁以来劳驾各位努力,各位一片忠心,为本县立下的汗马功劳,本县令铭记在心,十分感谢各位。""既然是这样,我给县太爷看一样东西。"孙汉臣不紧不慢地从袖子里抽出一张纸,交给了万县令。县令看过后,立马变得严肃起来。"您看看,这是今年这些保收购的珠兰花所亏的银两,您是不是给贴补一下?""这件事得慢慢地说。"万县令喝了几口茶,稍停了下,双手作揖道,"我等皆为大清子民,皆当忠于皇上,我亦是替皇上办事,本人忠心可鉴,为了朝廷,本人当尽忠尽职,至于各位所说的今年珠兰花亏银两一事,实属无奈。当今朝廷公务繁忙,哪里顾得上这点鸡毛蒜皮的小事?当初朝廷下计划的时候也不知道现在价格上有如此波动,以至于让各位赔了本,各位大人大量,就当你们孝敬皇上罢了。""那我们怎么承受得了?""不把我们亏本的银子给补上,我们不干了。"大家一下子闹腾起来。一看这架势,万县令怕控制不住场面,跳起脚来说:"且慢,且慢,我还没说完。大家听我说,大家听我说完,静一静,静一静。本县令已经将此情况上报徽州府,请求朝廷视情进行贴补,各位只管放心,我相信朝廷会考虑的。"还拿出了行文给孙汉臣看。孙汉臣看过以后也是无语,这万县令一会说这一会说那的,也把大家给整糊涂了。差不多半天的工夫,孙汉臣发了话:"既然万县令帮我们向朝廷求助过了,我们且等待一段时间吧,万县令为朝廷做事,必须服从朝廷。"万县令还为他们摆了几桌,让各位保长吃好喝好,平息了事态。

这一年程子冈等人又猛赚了一笔,万县令倒是精明,把赚得的黑钱拿了一点出来,按孙汉臣给的名单稍作了贴补,蒙混了过去。

六十三　作弊殃民终露馅

乾隆十九年(1754)四月中,又到了珠兰花开的季节,朱达山早早备好了茶叶的原材料,齐云山、松萝山、佩琅的一些茶农把高山茶一一运抵达山的家中,达山按照茶叶的质量论价收购,直接用银子结算。达山收购价格合理,茶农愿意把茶叶送到他家中。

各地珠兰花也进入收购期,当年产的数量远远超过了往年,因为是贡品,指名只要一季的头花,要求极其严格,休宁县境内的保长为了早日完成县衙下达的任务,第一时间便开始收购,边收边送,屯溪街珠兰花收购点内,县衙派出的衙役程子冈一班人,不停地忙着。他们备好了茶水,还备了旱烟,对来人很热情。这般场景,也让这些保长为之一怔,今年这县衙待人倒是不错,把我们还当回事了。但接下来就不是那么回事。大家吸取了往年的教训,开始先行询问清楚价格,其次是数量。当年没有再增加数量,价格比上年有所增长,但相比市场上达山所收的价格略低。县衙请求大家看在皇上的分上,先按照上年的数量上缴齐了再定,在这班衙役的再三说服下,各保的保长出于无奈,只得照办。大家约好去称花,结果先行称的人倒是没有说什么,到了后几位,全部少了数量。孙汉臣也来了,程子冈笑迎着:"孙保长辛苦了,您先坐会吧！您的事我来办就是了。"随即差人把他的花称重。司秤的大声喊道:"孙汉臣10斤3两。"一会儿又喊道:"孙汉臣扣毛坯3两,净重10斤。"程子冈把烟装好,递给孙汉臣:"您的数量没错吧？"孙汉臣答道:"没错,是这么个斤数。"程子冈陪着孙汉臣,叫来收购人员再报上一遍孙汉臣的斤数,孙汉臣是周边这些保长里面较有威望的人,他称了之后,也没发现什么破绽。程子冈一再点头作揖,表示感谢。当下,程子冈故意找个差事,把孙汉臣留下来帮忙,孙汉臣不知事情的原委,就留了下来,前来交花的保长,来的时候热情地跟孙汉臣打着招呼,可一到走回的时候,一个个怨气不小,没有什么好脸色。程子冈对人还是分外的热情,孙汉臣有时候觉得有些反常,但又一思索,这也可能是为了好交差才出此下策。细想想也是,谁都不容易,就没放在心上。到了后期,还是出事了,一位新任的保长,到这个收购点上一称,原来14斤的花到了这里只有12斤,少了2斤,于是大叫大闹起来。称秤的则说你自己家里的秤是不是有问题,你肯定弄错了。此时的程子冈一脸堆笑:"这位保长,我在这里收购了多时,也没听说有什么少的,你回去想想,自己会不会弄错了。"来人根本不让:"我不可能错,要错就是你们错。"这时孙汉臣过来了:"小兄弟你回去想下,是不是哪里出了问题？前几天称得好好的,斤数一点不少呀。""你斤数不少是你们联手糊弄人吧,你们太过分了。"这位保长直接冲向程子冈挥拳要打,好在孙汉臣一把拉住,好生劝说了很久,喝了茶安静下来,才肯回去。

  孙汉臣还一直被蒙在鼓里,程子冈拖住了孙汉臣就等于抓住了牛鼻子,稳住了一方的保长。当天晚上发火的那位保长跟着几个保长没有回家,而是来到了孙汉臣的家中。这位保长姓范,开始一脸的怒气,把来龙去脉好生跟孙汉臣说了,孙汉臣如梦方醒。孙汉臣说:"听你们这样一说,我知道了,我真不知道他程子冈会干出如此下流之事,把我当作挡箭牌了。"孙汉臣几个人一商量,第二天一大早,他们就在收购点的边上暗自支起了一杆很有准头的秤,一个个保长先到那称了斤数,再进到县衙所设的收购点,一个一个地称,称了十几笔后,一笔笔报了斤数,大家也不忙着交,各个人仍然守着自己的珠兰花。这时有人发话了:"这秤有问题。"大家一起跟着起了哄:"这秤有问题。你们这里搞什么鬼把戏?"一声盖过了一声,程子冈跟往常一样,赔着笑脸,让大家别起哄,有话好好说。开始说话的正是那位姓范的保长。孙汉臣故意上前质问道:"你说少了你的秤,可是真的?可有什么证据证明在这里少了秤?"于是他掏出原来称好的斤数核对起来,结果这12笔当中仅有一笔没有少,其他都少了1—2斤不等。范保长把事情经过一一跟程子冈说了个清楚,程子冈一下怔住了。程子冈脸上一会儿红,一会儿白,原先的笑脸变成了一脸的慌张,但此人非常奸诈,于是上前说:"这样吧,你按你们的秤算如何?"新上任的保长上去就是一拳,几个人直接拽住了程子冈的衣襟,你推我搡的,要拖着他去县衙告状。整个场面已经失控,大家乱成了一锅粥。好在孙汉臣叫了停,众人方才罢手。随即叫程子冈按照来人的数量先收下,就这样草草收场。

朱达山一听这事,联想到他之前被克扣银两之事,一拍大腿:"哎,当年被坑了。"接下来跟大家讲了他这事,乾隆十七年五月的一天,朱达山雇人把珠兰贡茶送到县衙,县衙一班人开始认真验收茶叶,在抽出的几袋中,倒出来以后,发现了不少的茶灰,此事也让朱达山一头的雾水,经办人员怒气冲冲地说道:"这叫什么贡茶,抽了十袋只有两袋好的,这质量有问题。"程子冈到场,看了看,很严肃地说:"这是上缴朝廷的贡品,我想你小伙子应该懂吧,可不是闹着玩的,弄不好我们这班人连同你……"做了一个抹脖子的动作,朱达山"嗯嗯"地应着,一时无语,程中冈看着朱达山一副不安的样子,便谦和地说道:"这样吧,我们重新帮你整理下,钱嘛你来出,就给个十两银子,其他什么也别说了。"朱达山只好答应下来。乾隆十八年(1753)又被抽出几袋中有少数个头较大,炒制颜色异样的茶,程子冈这回表现得大度:"小伙子哦,朱老板,今年的货要好得多,一点小瑕疵也正常,但是我们对朝廷可不能有一丁点的马虎,你说呢,唉,算了,你也不容易,接下来的事,我们大家来做算了,你老板大度点就给这些兄弟一点小意思罢了。"朱达山倒是大方地给了他们一两银子,当时朱达山心中也是纳闷,明明家中检查过了,到了县衙怎么还是出了点小事。众人说道:"肯定是衙役他们做了手脚。"朱达山有所不知,确实是程子冈一伙有意引开朱达山,安排好人手塞进去的,本来没问题,硬是被他们整出了问题,扣朱达山银子,为的是中饱私囊。到如今朱达山真是有苦说不出。大家伙一起去休宁县衙。孙汉臣还叫上了朱达山。快到中午,才找到了县令万世林,万世林早早就获得了这个消息,在县衙等候了多时,茶、水、烟等一并准备妥当,一见众人赶忙迎了上来。孙汉臣怒气冲冲地说完,只见县令一边听,一边应。其实万县令此时哪里还有心思听他们说,而是在想出什么招来应付一下。朱达山也上前向县令作了个揖,很有礼貌地说道:"如果你们不处理好此事,托我加工的事,我不会再接手了,原来送到我处的花我算钱退还给县衙。"你一言我一语的,万县令听完之后表现出一脸的震怒:"还有此事?我定当查明事实,从重治罪。"大家一看县令如此的态度,顿时变得温和得多,万县令则表现出一副非常同情的样子,万县令此时要做的只能是安抚,于是吩咐厨子做上一些好吃的。"这都中午了,大家息息怒,吃过饭再说好吧。"吃完饭后,县令一个个问了个遍,表示还要接着查,待查清楚后定当给予处罚,但眼下还要点时间,当前最要紧的是把珠兰贡茶加工好,交给朝廷。"你们可以不看我县令的面子,皇上的面子总得给吧。"说完又是作揖又是好话,大家各自回家去了。

县衙为了拉拢朱达山,使尽手段,去了几拨人马安抚,还请了孙汉臣一起去找朱达山做事情。朱达山倒是好说话,还是照旧把事情做好,交与休宁县衙,县令最后还亲自登门致谢。

在送县令回城的路上,朱达山提及了前事,县令只是支支吾吾地敷衍。朱达山临走前把此事跟孙汉臣说清楚,并预计到县令还是采用拖延的办法,一拖了事,于是拿出了一笔用来打官司的银子交与孙汉臣。

万世林县令知道此事较为棘手,如果为此闹出乱子,影响一方稳定,自己也不好收拾。一方面要安抚,另一方面要不择手段地压制这些保长。县令与程子冈想出一招,找到几个保长,拿出事先准备好的举报信,举报他们少报田亩,偷税漏税、乱摊乱派云云,以此为由进行要挟,以达到震慑各位保长的目的。此举一出,还真吓唬到少数人。以致有几个保长自吞苦水,再也没出过面。

六十四　守节艰难赴黄泉

　　匹名家闺门,最肃女子,能攻若茹辛,凡冠履袜之属,咸手出,不幸夫亡,动以身殉经者、刃者、鸩者,绝粒者。数数见焉能,或移称未之人,而代养抚孤,赘居数十年,始终完节,更在在而是也,处子或未嫁而自杀,竟不嫁以终身,且时一见之,虽古烈女,何以远过焉。彼再嫁者,必加之戮辱出,必母从正门与,必母令近宅至穴墙,乞路跣足蒙头,儿群且鼓掌掷瓦石随之,知耻宜无所死矣,故贞烈之多,良以山水所钟,亦习尚然也。

——康熙年《休宁县志》

　　翻译成现代文,意思大概是,一些显赫家庭中的孝女,跟随丈夫含辛茹苦地过日子,她们就像男人身上的帽子或衣服,可以随意处理。一旦丈夫去世,动不动要求她们自杀,有用刀、服毒、绝食等方式,不愿自杀的,那么就得留下来为她的丈夫守寡一辈子,而成为所谓的烈女。如果想再嫁,必须加以羞辱才可以出嫁,婆婆不会让你走正门,在墙上挖个类似于狗洞的地方,打赤脚蒙着头爬着出去,还要叫上村里的小孩跟着出嫁寡妇起哄叫骂,掷瓦片石头等,众多寡妇知道会受如此耻辱,只好选择自杀或守寡。

石珠兰嫁后不久便丧了夫,家庭地位和社会地位一落千丈。清代的妇女一旦丧夫,人们认为寡妇身上会沾有秽气,就连娘家都不给回。一般情况下很难再改嫁,社会上大多也不会娶这种丧夫的妇女。人们不分青红皂白,把丈夫的死因都归结在寡妇身上,认为这类女人克夫,是不能娶的。普通人家丧夫的妇女改嫁,会无缘无故地遭人唾骂,无论走到哪都会一样。"扫帚星""害人精",总之骂人者可以用上一切最恶毒的语言,这类妇女还不能回嘴,否则会遭受群起攻击,改嫁出门不能带任何的东西,更有甚者,婆婆还要搜身。接下来就更难了,任何一个人都可以向改嫁妇女扔稻草或瓦砾,俨然就是一只过街老鼠,人人喊打。进到改嫁的夫家,只能走小门。改嫁妇女的生活就是一种磨难,度日如年,生不如死,常人很难承受如此重负。

石珠兰所在的石家和她后来所嫁的公公程家都是名门望族,不可能让她改嫁。等到石珠兰丈夫满七也就是丈夫死后第四十九天的这天,程慵老板则邀了亲家讨论石珠兰的事情。程慵先说:"亲家,你珠兰嫁给我的三儿子,我们可从来没有亏待过她,您也可以问问您闺女,珠兰的事现在成了这样了,我想听听您的打算。我是这样想的,历朝历代下来,我们休宁县的烈女贞女为数不少,你们石家和我们程家皆为名门望族。虽说珠兰没有生育,我们家也帮助她过继了一个儿子程商,也是为珠兰的今后考虑,有了继子以后也就不用再担心什么了,可以好好地生活。我们家不缺钱,只要她安心生活就好。"石磴老板答道:"感谢你们待我女儿的好,当初我女儿嫁到您家,我也是一百个放心,一百个乐意。谁知这天上掉下的横祸,可苦了我女儿,唉!这也是命呀。"石磴老板说得眼泪汪汪。"亲家说的是呀,命中注定是这样,我们都是凡夫俗子,不信也得信。"双方沉默了许久,程慵故弄玄虚地说道:"亲家您要不还是把您女儿接回去。"石磴老板摆了摆手,示意这样做肯定不行,嫁出去的女儿是泼出去的水,况且女婿一走,更不能回娘家。双方还是沉默,过了很久,程慵看到亲家心里稍缓一点,接着说:"既然亲家您不选择把珠兰接回去,那我只好直说了。"石亲家点了点头,程慵说道:"想我程家历来尊崇老祖宗给我们留下的忠孝仁义礼,才得以枝繁叶茂,你女儿既然嫁给我的儿子,作为妻子要尽忠,作为媳妇理当尽孝,因此我们作为长辈的有必要把这些大道理告知珠兰,作为女人必须对丈夫忠诚,必须为丈夫守节。亲家您说呢?这种事换在谁的身上,不是跟我一样的想法吗?当烈女可以留名,可以正我家风,您作为她的父亲一样留名。也可能有朝一日可以立贞节牌坊,这是多么了不起的事情!""事到如今,只能如此。"石磴哽咽着说出了这几个字,程慵立马差人叫来石珠兰。小丫扶着石珠兰看到父亲来了,一下子哭出声来,跪向父亲。父亲也是满眶眼泪,扶起女儿,只说了声"坐下吧",看着女儿如此痛苦,再也说不下去。等石珠兰定了定神,父亲说道:"我和你公公有话要对你说,你可听好了。"还没等把话说完,已经泪如雨下,石珠兰看着自己父亲一双泪眼,再看公公那张无情而又严肃的脸,顿时心里也猜到了七八分,公公程慵把与亲家一起谈好的想法跟珠兰说了,再次问了石珠兰是愿意改嫁还是守节。其实石珠兰听得懂,她哪里还有选择的余地,程家的连同她的父亲在内,已经把她的未来都完全设计好了,她只能选择守节。在双亲的一再催促下,只好点了点头。石珠兰在程家祖宗像下跪下,磕头,表示要为她的丈夫守一辈子的寡。

可怜的石珠兰事到如今只能默默忍受,她经常长吁短叹地过着。春天来了,从她的家中向远方望去,山花烂漫,万木发青,似乎让她的心情好了起来。有一天,她叫上小丫,想上街购物,婆婆没有反对,只是叮嘱了一下。她们沿着江边走向屯溪街那个熟悉的地方,江上的船帆上上下下,木排随江而下,悠悠而行。石珠兰心里还是惦记着她那个小哥哥朱达山,她时不时地面对阳湖方向眺望,小丫也很清楚小姐的内心所想所思,多少次话到嘴边都是收了回去。小丫一再告诫自己,朱达山的事只能烂在肚子里。小丫一看到石珠兰眺望阳湖,就催她快点走,不然时间来不及。她们慢慢地转到了屯溪街上,街上还是那样热闹,茶行、当铺、银号、旅馆、茶馆、百草堂一处处店门大开,迎着南来北往的客,两人一起走着看着,这个店进那个店出,看一些女人心爱的物品。石珠兰心情好了起来,临近石桥的一个布店内,石珠兰听得一个熟悉的声音,石珠兰寻声望去,看到一个背影,好像她的一个远房亲戚,等到人转过身来,石珠兰确认了,于是上前打了招呼:"是表哥吧?""珠兰妹妹,你怎么也在这里?""我们顺便出来买点日常用的东西。""我是替我两岁的儿子和妻子购买点布料做件衣服。""哦。"听得账房先生算盘一阵子猛响:"银子3钱1分。"石珠兰上前就把钱给付了,两人推让了许久,方才作罢。走出店门,珠兰表哥问道:"珠兰妹妹、妹夫你们都还好吧,那个妹夫长得真白,这不又是一年多过去了。"一听这话,石珠兰差不多要哭出来,小丫把表哥拉到一边,小声说了一切,表哥摇了摇头,叹息道:"我这表妹真是苦命。"三人不再说话,珠兰随手买了一点物品,就要回程家,表哥马上给表妹买了一些烧饼,送给表妹,算是一种礼尚往来。石珠兰一再推辞,这位表哥说道:"你俩不方便,我送你们回家吧。"珠兰推辞不过,表哥帮她们拿上物品,一直送到程家大门口。

这天正好有程家的家奴在大门口,看见了石珠兰和小丫从一个陌生男生手里接过了东西,一时间风言风语便传开来,大家以讹传讹,越传越玄乎,以至于石珠兰跟人私通都传出来了,最后一直传到了公婆那里去了。公婆倒是没有对外声张，而是暗中派人监视起石珠兰的一切，一段时间过去，没有发现任何异常，此事算是不了了之。

五月十日，正值桃熟李黄，石珠兰的这位表哥出于感激石珠兰给他妻儿买的衣服，于是亲自上门送了几斤自家产的桃子，并叫小丫带回去。他告诉石珠兰，后天上午他要上街办事。有人还把她表哥送的桃子数了一下，总共21个，也有人分析了，这21里面肯定有什么文章。第二天，石珠兰带上小丫一起上街，找到了表哥，三人一行逛了一趟街，不想却引起轩然大波。俗话说人嘴两张皮，可以把白的说成黑的，也可以把黑的说成白的，有人就把21这个数分析了，21+1不就是22吗，好事成双。一石激起千层浪，原来已经过去的事，再次被翻了出来，可怜的石珠兰此时还蒙在鼓里，传得更玄乎，一直传到公公耳里。程慵听到以后异常气愤，所以在十六那天晚上召集了家族里的上下老小，把石珠兰叫上大堂。石珠兰一进门，规规矩矩的："珠兰给公公婆婆和各位长辈请安！"程慵面无表情，开始发话："石珠兰，今天我们这么多人叫你来，你心里应该知道是为了什么事吧？""什么事，我哪知道？""你自己干了见不得人的事，还要隐瞒？按照祖法理当从重处罚。""我真不知道你们说的什么事。""如此刁妇，还敢抵赖，来人，家法伺候！"小丫听到对石珠兰要用家法，直接冲了上去："我家小姐时时刻刻都是跟我在一起，从来没做过亏心事，你们不能这样对待她。"家人走过来就是几个巴掌："一个小贱人还敢插嘴，给我滚。"众人一下子要把小丫轰走，可是小丫偏不走，这种场面，根本说不上话，哪家还把她们做丫鬟的当正常的人来看待？小丫被打得眼冒金星，流着泪，只好站到一边去。"好吧，省得到时候说冤枉了你石珠兰。我们把你石珠兰所做的丑事说一说，看看你的脸往哪搁？"还未等到程慵说完，众多的面孔一个个狰狞起来，声声的厉问，一浪盖过一浪。"荡妇！淫妇！"

"沉江——沉江——"更有甚者骂上了她父母。石珠兰被气得七窍生烟,浑身发抖,颤颤巍巍地说:"那——是——我——表——哥。"顿时被气得晕了过去。石珠兰从小到大,哪里经历过如此重大的打击,之后还是小丫托了人把她背进房间。小丫也是一身怨气,陪在她的身边,等到她醒来,已是三更,孤零零的,她只知道哭,任凭小丫怎么劝也没有止住。夜深了,石珠兰的声音也越发微弱,她此时想到了朱达山,恍惚中叫道:"达山哥,达山哥。"小丫见状,慢慢地把石珠兰扶起,流着眼泪,把大桥上遇到小哥哥的事说了出来,石珠兰一听,再一次陷入极度的痛苦之中:"我的命怎么这般苦呀!"她硬撑着起来,小丫还给她倒了一碗水,喝过水,她把泪擦干,叫小丫去睡,她想一个人待会。

十六日,朱达山忙得不可开交,把所有的货物全部准备停当。当天天气不好,便准备改天再装船走。由于太累,朱达山早早睡去了,到了半夜,梦里只见石珠兰穿一身白衣服,远远地在喊:"小哥哥救我,小——哥——哥——救——救——我——"朱达山在梦里一惊,突然醒过来,入睡后再一次被惊醒,索性起来看书到天明。

次日小丫起来,石珠兰已经自缢身亡。小丫失声痛哭起来,叫人解下绢布,只看到石珠兰用眉笔在绢布上写下了:命里有时终须有,命里无时莫强求;吾生命中天注定,枉来人间一场空。绢上是一滴滴未干的泪水,石珠兰除了守寡,没有任何的希望,一举一动都会被人看得严严实实,被逼无奈,最终早早走上黄泉路。这一年她只有19岁,正是花样的年龄。

十八日,似乎有转晴的迹象,朱达山看了几次天气,还是决定出发了。这时又听得对面的爆竹声声,朱达山站到船头,望着这熟悉的一切,心里隐隐有一种不祥的预感。爆竹声越来越密集,行到长干磅边,也跟着下来几条船,朱达山便问:"程家那块放爆竹,又是什么喜事?"船家答道:"哪是什么喜事,是丧事,程家的三媳妇前天夜里上吊自杀了。""请问船家,死的人叫什么名字?"朱达山急切地问道。"我也是不太清楚,好像叫什么兰,黎阳石家的大户人家小姐。"朱达山一怔,顿时泪如泉涌。

朱达山与石珠兰的相遇是悲哀的,最终以石珠兰的死为结局。

六十五　众人议事撰告状

朱达山为县衙加工完珠兰贡茶后,按照县衙的要求,把货物送到了指定地点,算是完成了一件事。而每一次的交差都让朱达山愤恨不已,承办人程子冈总要找这找那的毛病,想着法子扣几两银子。接着,朱达山协同孙汉臣再次找到万县令,得到的回答都是差不多。"我再仔细查查,放心,有问题我一定会处理的,你们各自做好自己的事。"

朱达山的珠兰贡茶加工基本告一段落。端午次日,孙汉臣找到朱达山,同朱达山商量:"达山侄,我看这个万世林纯粹糊弄我们,他是想把事拖一拖,放一放,糊弄我们一下,糊下过去就过去了,跟去年差不多,最后在哪里再找点小钱贴补一下完事。"朱达山赞成孙汉臣的说法:"听得出来,每一次都是这样,依我看,这里面是不是还有其他问题?可能存在官官相护的勾当,也可能不是那么简单的事。""众多的保长一致认为这个县令是在有意拖延此事,不一定会真处理,长此拖下去也不是个办法,这些保长之中,也有一些人收入一般般,去年他们之中绝大部分人是亏了钱,倒贴珠兰花收购款,今年这样一来,亏得更多,根据保长们反映,每收购一百枝花,要亏2—3钱的银子不等,全县14万枝花算起来,要亏300两的银子,这可是个大数字,全县种花的地方,大多保长承受不了,百姓那的钱总得要付,叫他们怎么过日子?""我们这个县衙做事实在欠妥,一点也不为保长们考虑。""明天我把几个保的保长叫过来,到我家一起看看如何应对,你也去,毕竟你世面见得多。"第二天快到中午,各路保长都集中到了阳湖孙汉臣的家中,朱达山早早就到了。孙汉臣说:"大家今天集中到我家来,主要是想点什么办法解决各位保长收珠兰花赔本一事,大家不妨议一议,找个更好的解决办法,我知道,在此期间,每收一百枝珠兰花就得赔上2—3钱的银子,这实在让人吃不消,说实话,我相比你们要好得多,他们曾经利用过我,但终归不是个事,如果不解决,还有明年、后年。今天我还请来了朱达山老板,别看他年轻,可这珠兰贡茶是由他一手给做出来的,他见的世面多,也请他帮出出点子。"孙汉臣话一说完,大家众说纷纭,有几个胆小的说:"这事还真难办,县衙明显摆着在欺负我们,官大一级压死人,我们受制于官府,怎么得罪得起呀?""我们也是被逼无奈,我们总不能就这样赔下去吧。"其他人说着他们个人的损失,临溪吴保长说:"我亏得不少,因为我地域面积大,种花的人多,分摊的数量多,所以亏得也多,今年一年的保长银两全部没了。"五城的程保长认同临溪保长所说,情况差不多。凹上保长毕廷权则说:"我们凹上路途遥远,运费比你们多得多,而且我的家庭也不如你们,我算了一下,我的100枝花足足亏3钱,我承受能力远不及你们,你们本来是家大业大,我当一年保长的银两没了,家里还要拿钱来补这个缺。真是冤死了。"范保长说:"我带几个人去砸了县衙,这种县衙纯粹是害人,可把我们坑苦了,你找他们有什么用?一次次地糊弄!"范保长说得头上青筋直暴。"对,我们这就去几个人砸了县衙!"一时间群情激奋。"不可,万万使不得,使不得。"朱达山摆了摆手说道,"你们听我说,你们只要到县衙一闹,问题就来了,县衙重地岂能容他人乱来,他们可以转移矛盾,借口为朝廷进贡品的事都敢闹,完全可以扣个帽子说你们想反朝廷,想造反。到时候就是一百个保长也难逃重罪。""县衙找我们的茬,逼着我们不能过日子呀,我们不能再忍。""对!不能再忍!大家伙豁出去算了!""对,豁出去算了!""豁出去算了!"孙汉臣倒是冷静:"达山说的是,你们好好想想,闹县衙的事我们不能做,那是叫造反,要吃大亏。大家都亏了钱,确实亏得冤。我是这么想的,要不大家到徽州府去看看?"朱达山接过话:"我也打听了,如今的徽州知府何达善做事很公正,我提议去趟徽州府,现如今这件事今年不捅破,迟早都得捅破。""民能告赢官吗?""不错,这是一步险棋,如果赢则好,反之,我等都要遭罪。事到如今,我们没有选择,我孙汉臣愿意带头出面。""那不行,要好一起好,要死大家一起死。人多力量大,说话才有分量。"凹上毕廷权、临溪吴保长问了下:"这去徽州府,能不能成,还是个问题,再说这么多的人去,还得花钱,钱也是个事。"朱达山立马说:"所有的钱由我负责出吧,不管此事办妥与否,都由我出钱。"孙汉臣:"钱有了,人有了,接下来是怎么去的事。"议来议去,最后确定写状子直接联名告状,可信度要高得多,知府大人会更加重视。临溪的吴保长则提议孙汉臣主笔写:"直接点知县名。""不可,不可,还是隐晦点,留点余地,也给人家一点面子吧。"大家你一言我一语,把思路理得差不多,于是孙汉臣提起笔来,开始写状子。大家随意在孙汉臣家吃了点饭,等待孙汉臣的状子。

徽州知府正堂:

具禀人:孙汉臣

吾乃大清子民,沐浴皇恩,深得朝廷恩惠,休宁县各地子民更是不胜感激,休宁县产珠兰贡茶深得皇上褒奖,乃休宁之幸也,自乾隆十七年以来，休宁县每年向朝廷进贡珠兰花拾肆万枝，各地地保竭尽全力，尽忠尽职，年年按时纳贡。然休宁县县衙的收购价明显低于市面价格，至每一百枝珠兰赔付银两一钱不等，至乾隆十八年，收花价格仍明显低于市价，其二县衙指派人员程子冈等在秤上大做手脚，致大部分保长缴珠兰花时，短斤少两，二项导致各保保长在收珠兰以后，每一百枝赔本一至二钱不等，各保保长苦不堪言，怨声载道，休宁县县衙之做法，实是令人愤慨，孙汉臣等联名状告休宁县县衙，请求徽州府到实地勘察，以明实情，乃还公正于民。

写好以后由孙汉臣读了两遍给大家听，大家都觉得写得很好，把整个事实讲清楚了，也有人提议，把孙汉臣等联名状告休宁县县衙中的"休宁县县衙"去掉，意思含糊一点即可，后面再加一个请求徽州府派员到休宁县实地勘察，议了一阵子，最后定稿，抄写完毕后，各个地保签字画押，也有两人中途退出，孙汉臣叫大家快快回家准备，明天一大早到徽州府门口集中。

六十六　威严的徽州府衙

这天是乾隆十九年农历五月八日,休宁阳湖保长孙汉臣、朱达山以及其他十多个保长约好到阳湖集中,从阳湖出发,顺水而下。徽州府衙距休宁有80多里,三更一过,他们就出发了。徽州府高大的城墙十分显眼,街上清一色的石板路,衙署为地方城市最高行政长官的驻在机构及第宅所在,是古代城市中最重要的建筑组群之一。徽州府衙位于原徽州府城内西北,西侧紧靠城墙,宋代时其建筑大致由南谯楼(外有宣诏、班春二亭)、仪门(军资库、公使酒库分列两侧)、设厅(号舍盖堂,其外东厢楼设防守库,西厢楼设甲仗库)及后部的紫翠楼、静治燕香之堂、清心阁、黄山堂等建筑组成。

徽州府的门楼做得很高大,门楼上徽州府三个大字非常显眼。两边清一色的厢房,接着向前,便是府衙的大门,中间是四根大柱子,柱子上方托着大梁,清一色徽州雕刻,边上有一对大石狮子,仪门的楹联写道:

歌古调,试濯尘缨,白水浅深江见底;
活疲氓,愿求丹药,黄山缥缈吏如仙。

上得台阶,孙汉臣等人开始击鼓,一会儿工夫听得"升堂",大家一起进门,进门正中有一块硕大的石碑竖立,正面写"公生廉"三个大字,石碑的背面写着:"尔俸尔禄民膏民脂,下民易虐上天难欺。"这是对当官的一种警示,提醒为官要公正,清廉做清官,向前是民息亭,现向前就是府衙正堂,用于宣读诏书、接见官吏、公开审理重大案件、举行宴饮、祈雨做法事等。屏风下正位称公座,知府到任,择日上公座,皂吏排衙,报时辰,同知、通判、经历、知县、巡检等所辖官吏皂役按《会典》规定前来作拜见礼。大堂上方是"明镜高悬"大匾额,大堂前排是四根硕大的柱子,纵向是八根柱子,有四平八稳之意,柱子上的楹联写的是:

为政戒贪,贪利贪,贪名亦贪,勿骛声华忘政事;
养廉惟俭,俭己俭,俭人非俭,还从宽大保廉隅。

上面是一排排硕大的冬瓜梁,大堂边上柱子上有两副对联,中间为下堂,就是告状人跪的地方,告状人不能过于靠前,这都有规定,两边各放了肃静、回避的牌子,牌子后面站着府衙的衙役,知府前面为案桌,案桌上有"治法如山"四个签筒,分别放有红黑黄绿四种不同颜色的签,知府按照案件的大小,拿出不同的颜色,抛向大堂,也是向府役下发的一种指令,衙役则按照知府的指令来处罚犯人。大堂的两边陈列的各式各样的兵器和开道用的大锣,显得很威严。

六十七　公正知府惩奸弊

孙汉臣等十多个保长进入徽州府正堂,齐刷刷地跪在大堂之下。换作平时,知府以下人员出面即可,徽州知府何达善,一看这来人阵势,感觉哪里不对劲,于是亲自登上大堂,一敲惊堂木:"下跪者何人,有何状所告?""何大人在上,小民乃休宁县阳湖保的保长孙汉臣,我们一行来的还有休宁县域十多个保长,现有冤情,请何大人为小的做主。"于是替上状子,何达善一看状子,心里顿时一惊,堂下这么多的保长来告状,告的还是跟县衙有关联的事,是罕见的民告官案例,这在徽州府有史以来尚属首次。何达善不敢怠慢,于是叫各位保长起身,孙汉臣等没有立即起身,"小民听闻何大人公正清明,现如今只能求助何大人为小民做主,何大人如果不受理这个状子,吾等绝不起身。"何达善:"好,我答应你们,为你们做主,本官将过些时日查明事实真相,绝不轻饶作奸犯科之人,下个月的今天重新开堂公开审理,可以吧?你们且快快起身说话。"何大人一脸的亲和,让大家信心十足,于是孙汉臣、朱达山起身把此事的前因后果说了个清楚。何大人心里已经明白了八九分,原来进贡朝廷的份额并不是拾肆万枝,仅有六万枝,其余的八万枝是休宁县衙加上去的,全国各地大相径庭,朝廷每安排的一件事情,各地都要变着法子加入自己渔利的方法,强加于民,得利于己,这是个通病。休宁县衙的这种做法,亦是如此,朝廷每年给县衙的珠兰贡茶价格也高于或与市价持平,哪里还有压价的道理?分明县衙的一班人,做了手脚,获了那么多的利益还不满足,还要在秤上做文章,短斤扣两,这班人着实可恶。何达善也知道,此事因利益的缘故把一班人紧紧地捆绑在了一起,行事定要稳妥,稍有不慎,则可能乱了方寸。

何达善于是叫来师爷,把所来的保长姓名、家庭住址一一记录下来,并暗中派人去各个保长家中问明情况,由于人多地区分散,着实花了不少时间,等到调查完毕,何达善完全掌握了休宁县衙程子冈一班人从中作弊的证据。但何达善未动声色,稍事做了些准备,一队人马浩浩荡荡开到休宁县衙,休宁县令万世林听到知府何大人到来,赶忙出门迎接,一番交谈之后,何达善把话题转移到了休宁珠兰贡茶上来,万世林心中有鬼,开始不安起来,面带忧郁,说话间小心翼翼,生怕露出马脚。何达善却大肆表扬休宁珠兰贡茶做得好:"万县令你们休宁进贡的珠兰贡茶,朝廷十分的赞赏,这件事你休宁做得好。""哪里,哪里!还不是托您何大人的福!"万县令没有想到还会受到表扬,心中的疑虑顿时被打消,面色一下子好了起来。何达善转而问道:"对了,你们县衙是哪个在专司此事?"万县令又不安起来。何达善一观县令脸色,哈哈大笑:"我不但要重赏你万县令,我还要重赏此人。""哦!哦!"这一下子把万县令弄得高兴不得了,马上差人叫程子冈。程子冈一到,万县令:"何知府何大人点名要见你。"程子冈便向何大人行礼:"在下程子冈见过何大人。""好好好!你就是程子冈程秀才。"何大人一连说了三个好,本来心里不踏实的程子冈,一听何大人也叫他程秀才,心头那根紧绷的弦一下子放松下来,何达善看了看程子冈的头理得油光发亮,下巴上的胡须长短整齐,一张圆脸始终堆着笑，一副哈巴狗的样子，尤其是那一双小眼珠，活灵活现，一看就不是个省油的灯。何达善心里在琢磨着，临走的时候，随从人员找到程子冈，说是何大人想单独见见他，邀他次日到徽州府衙一叙。

程子冈一听邀他到徽州府衙，丝毫不敢怠慢，找到县令商量对策。万县令也很疑惑："这何大人一面讲要重赏，一面又要见面，这葫芦里到底在卖什么药？""我在想，这何大人可能不是个善茬，是不是也想在这上面分一杯羹？你看那一举一动也没有表现出什么异常之态，表面上倒是对我们很热情。"万世林说："看来我们要想个万全之策才是。"两人商量了许久，程子冈方才离去。

第二天，程子冈下午才到达徽州府，报上姓名，径直找到了何大人，正要行礼，何大人抬起手："免了，免了。"于是何知府把程子冈带到了二堂。这二堂不是审理案件的地方，是知府议事的地方，程子冈的心很快放松下来，何知府叫其他人退下，只剩下何大人、程子冈两人。程子冈想，应该是他预料中的事。程子冈不动声色，何达善道："程子冈，哦，程秀才，辛苦你了。""哪里，哪里！何大人一人治理一府六县，才辛苦。""今天邀你来，不过是为了点芝麻小事，你别紧张。""哦，哦。""有人状告你程子冈在办理珠兰贡茶的过程中借机敛财。""没有的事，真的没有。"程子冈矢口否认，"哦？我听说你们每年下达的数量较朝廷下达的多。这又怎么解释？"何达善抛出了程子冈犯的错。程子冈的脸色紧张起来，但他很快故作镇静："这……这……哦，是这样的，县衙为了确保完成朝廷下达的贡品数量不得已而为之。如果刚好下那么点数量的话，万一有个别地方不能完成，全县就无法完成，我们怎么向朝廷交代？为稳妥起见，就多下了点数量，这样一来我们休宁县每年均能完成朝廷下达的贡品数量，我们都是为朝廷做事，也是为皇上着想。""哦……"何达善稍微应了下,接着不愠不火地说:"当初朝廷下达的是 6 万枝的数量,你们却下达了 14 万枝,超出 8 万枝数量,数字如此之大,难道也是为了单纯地完成任务吗?"何达善直接点明,语气中显得有点咄咄逼人,一下把眼前这个程子冈镇住了。程子冈本想糊弄过去,不想这何大人一清二楚,看来这次是凶多吉少,于是装出一幅可怜相:"这……这……小的该死,小的该死,没有说实话。"程子冈直接跪到了何大人面前,何达善却笑盈盈地上前扶起程子冈,叫他坐下。"其实这件事我早就知道,你们县衙人员也挺辛苦的,我也理解,只是百姓来告,你叫我怎么办? 全国这类事件太多,自上而下,自下而上,也是你知我知,看破不说破而已。你不必自责。顺便问一句,你们这几年应该挣了不少钱吧?""哎,哎! 这个这个……"这下可把程子冈的汗都给急出来了。"你不要隐瞒,这个账我可替你算过了。"何达善步步紧逼,"前几天就有人来我的府衙告你们借机敛财,我想他们告的不是没有理。既然有人来控告,你看看如何处理?""小的该死,务请何大人高抬贵手放过小的,小的定当报答。""要放过你,我总得想办法来应对过去,你说呢?""那就谢谢何大人,谢谢何大人。"程子冈一听这口风,估计是有戏了,于是从袖中抽出了一张银票。何大人看在眼里,慢慢地接着说:"我连你们这中间的事实都不清楚,你叫我怎么办?"程子冈眼珠子一转,心想,这个何大人也不是什么好人,有意在跟我兜圈子,一不做二不休,把银票拿了出来,面额是 200 两银子,何大人看了看银票:"拿人钱财,为人消灾,但事情的来龙去脉,我总要弄清楚吧。"何达善把程子冈往歪门邪道上引,程子冈心里倒是踏实了许多,于是大胆替上银票。"此话当真?""当真!"两人哈哈大笑,何达善收罢银票,程子冈一五一十地把事情经过全盘托出,当何大人问及短斤少两,程子冈见瞒不住,才说出实情。原来,程子冈几个人私下想多找点利,用了一种戥秤来称重,当然也看人面,对于少数有名望的、难缠的、斤斤计较的,则不去动,对大部分人一次扣一点,时间一长,积少成多。"人不为己,天诛地灭,三年清知县,十万雪花银,这雪花银就是这样来的。我程子冈在衙门当差不过是弄点小利而已,还望大人海涵,帮助小的渡过这一关。"何大人仍然表现出极大的热情,也让程子冈放心回家,何大人一番安慰,程子冈如释重负,等程子冈一走,何达善叫出了师爷,两人哈哈大笑。原来何达善在见过县令和程子冈之后,曾仔细观察程子冈的一举一动,察觉到此人非常精明、阴险,不施以小计,难以查证,所以,亲自导演了索贿、受贿这么一出。他们的一举一动,后面的师爷都在记着,程子冈此次所说与查明事实基本相符。

一个月过去,转眼到了六月八日。上午开始升堂,只见堂上何达善坐定,程子冈仰仗知府给他撑腰,来到大堂,一脸不屑,找个上位站定。因为他是个秀才,所以可以站着说话。孙汉臣等二十个保长跪向大堂,申述了所告之事、所告之人。不等孙汉臣说完,"一派胡言,一派胡言——"程子冈大声吼了起来。知府何达善轻轻捋着小胡子,慢慢悠悠地说:"不急,不急,你且听他们说完。"等到孙汉臣说完。"知府大人,保长孙汉臣所说是在妖言惑众,一派胡言,理当治罪。"知府何达善仍然慢条斯理地说道:"不急,不急,你且听师爷说说。"接下来师爷宣读了程子冈对珠兰贡茶一事查实过程的陈述,"你——你——"程子冈蒙了,伴随着师爷的宣读,程子冈的脸是红一阵白一阵,他带着一丝希望,看向知府何达善,只见何大人仍是那副表情,心里一惊:"完了!"接下来,程子冈额头上慢慢渗出汗来,全身由微微颤动到开始抖动,再到如筛糠状地颤抖起来,最后被直接吓得瘫倒在地。程子冈做梦都没想到,他中了何知府的计,他的所作所为被查得一清二楚,等到师爷说完,何达善猛地一击惊堂木,程子冈瘫倒的身子抖了一下。"程子冈,好大的胆子,休宁收花一事,你程子冈人等借机生财,一是多派进贡数量;二是压低价格;三是短斤扣两,从中渔利。现在事实清楚,你身为县衙吏员竟然上犯欺君,下犯黎民,可是死罪!"程子冈做梦也没想到,何知府把他扣上欺君之罪,那是必死无疑。"大人饶命!大人饶命!我——我——罪该万死,还请大人开恩,请大人开恩——"何知府取他小命易如反掌,程子冈只好作可怜相:"何大人饶命,我一家上有老下有小,何大人——"一把鼻涕一把眼泪,头磕得如捣蒜似的。何达善想了又想,杀一个程子冈太容易,可大清江山此类的事实在太多了,他一个小小的知府能扭转整个乾坤吗?何达善思索了一下:"想留你小命,可以,那就看你的表现。""何大人,小人照您说的办。何大人——""那就全部如实退还你们从中获取的渔利。"何达善严厉呵斥道。"我退——我退——"何达善责令程子冈一五一十地退还从珠兰花收花中所谋利益,并将程子冈打入大牢,以示惩戒。

在追回所有款项以后,何达善将款项退还给了各个地保,退款当天,各个地保欢天喜地,敲锣打鼓,为何善达送上了"公道正直"匾额。

为了禁止类似的事情发生,何达善颁发了禁事告示,以安百姓。

特授休宁县正堂加壹级记录六次大功九次万抄奉

特授工南徽州府正堂加三级记录二次何为示禁事照得珠兰贡茶每年奉宪发价制办,原有定数其需用珠兰,自应地方官,向养花之家购买应用讵,休邑相沿陋弊,派令地保领价承卖,从此承办经承,得以乘机舞弊,缴花之时辄用库戥秤称,收务要称重,四两作处一百枝,以致该保每花百枝,赔垫银二钱三钱不等,且每年计算,需用花枝不过六万,经承复藉称催缴不齐,务须长派为词,希图折收渔利,以致常额之外复又长派捌万,穷苦地保何堪如此赔累,现据孙汉臣等具控到府,本府除已将经承程子冈当堂究处,并将长派以及重戥过折赔垫银两,逐一追出给领,并严檄行县查禁外,合行示禁,为此示仰,地保居民人等知悉,嗣后尔等,地保该管地方,如有养花之时查照枝数,不许用戥秤,止倘有仍严分派,地保承卖,以及重戥秤收情事,示访地保即行赴府,指名呈禀以凭大示惩治,决不宽贷,凛之慎之毋。

特示右仰知悉

递呈里人毕廷权廷宜

乾隆拾玖年柒月

告示

专门下发文书,在各地勒石立碑,以示警诫。

乾隆二十年(1755)春,休宁县知县万世林因为珠兰贡茶一事被调离休宁县,由胡则安接任。

休宁屯溪成了朱达山的伤心地,爱情在此被毁,他还得罪了当地县衙的一班权贵,此后的日子里,朱达山回了休宁、屯溪几次。后来,据说他把全家迁往外地,做了老板。在他之后,当地也有人做珠兰贡茶,可品质终达不到朱达山的那个水平,朱达山没有把制作贡茶的精髓留在休宁,以至休宁珠兰贡茶制作技术最后失传,休宁凹上等地的珠兰花就此而凋谢,只留下了这样一块无言的石碑,如今依然立在凹上,仿佛在无声地叙述着当年的那些事。

后查,清代《内务府奏销档》中,有乾隆五十七年(1792)五月初二日《呈为各省督抚所进土物清单》,其中详细记载了当年安徽巡抚所进土物中有"珠兰茶八桶",与休宁珠兰贡茶已经相隔了整整三十八年。